Karin B. Holmqvist
Krieg im Schrebergarten

PIPER

Zu diesem Buch

Berta und Gunnar, ein aufgewecktes Ehepaar Anfang siebzig, haben ihr Haus auf dem Land aufgegeben und sind in eine kleinere Wohnung nach Simrishamn an Schwedens Südküste gezogen. Sie vermissen ihren Garten schmerzlich, doch welch ein Glück – sie erhalten den Zuschlag für eine kleine Schrebergartenparzelle! Endlich können sie wieder ihrem Lieblingshobby, dem Gärtnern, nachgehen. Doch mit der Ruhe ist es schnell vorbei. Denn als der fiese Parzellengenosse Holger eines Tages Gunnar beim Blumenkaufen beobachtet und diesem eine Affäre mit einer anderen Frau unterstellt, herrscht Krieg. Gunnar sinnt auf Rache und wirft einen Zettel in Holgers Briefkasten, der augenscheinlich von der Schrebergartenleitung kommt und alle Apfelbaumbesitzer auffordert, diese aufgrund einer sich rasant ausbreitenden Schädlingsplage unverzüglich zu fällen. Unter Tränen fällt Holger seinen heißgeliebten Apfelbaum, der sein ganzer Stolz war. Als herauskommt, dass das Schreiben fingiert war, ist die ganze Kolonie in heller Aufregung – und während Gunnars Gewissensbisse immer größer werden, begeben sich seine Nachbarn auf Tätersuche …

Karin B. Holmqvist, 1944 in Simrishamn geboren, machte eine kurze Karriere in der Kommunalpolitik und entschied sich schließlich für eine Ausbildung zur Sozialarbeiterin. In ihrer Freizeit ist sie Zauberkünstlerin und Kabarettistin und hat mehrere Romane sowie Gedichtsammlungen veröffentlicht. Ihr erster Roman »Manneskraft per Postversand« war ein großer Erfolg. »Krieg im Schrebergarten« ist ihr siebtes Buch auf Deutsch.

Karin B. Holmqvist

Krieg im Schrebergarten

Roman

Aus dem Schwedischen von
Annika Krummacher

PIPER
München Berlin Zürich

Mehr über unsere Autoren und Bücher:
www.piper.de
Aktuelle Neuigkeiten finden Sie auch auf Facebook, Twitter und YouTube.

Von Karin B. Holmqvist liegen im Piper Verlag vor:
Manneskraft per Postversand
Villa mit Herz
Zwei Damen auf Männerfang
Herzschrittmacher gesucht!
Ungeküsst
Das Leben ist kein Kaffeekränzchen
Krieg im Schrebergarten

FSC
www.fsc.org
MIX
Papier aus verantwortungsvollen Quellen
FSC® C083411

Deutsche Erstausgabe
April 2016

Titel der schwedischen Originalausgabe:
»Surt sa räven om rabarberna«, Karin B. Holmqvist, 2012

Umschlaggestaltung: Eisele Grafik·Design, München
Umschlagabbildung: Maskot/GettyImages (Haus/Gartengeräte);
Lena Katarina Johansson/GettyImages (Hütte)
Satz: Kösel Media GmbH, Krugzell
Gesetzt aus der Sabon
Druck und Bindung: CPI books GmbH, Leck
Printed in Germany ISBN 978-3-492-30780-2

Liebe Kleingärtner und liebe andere Leserinnen,

nun halten Sie also mein neues Buch in den Händen. Wie immer habe ich mich von Orten in meiner Umgebung inspirieren lassen. Österlen ist ein wunderbarer Schauplatz, egal in welcher Jahreszeit.

Als ich klein war, hatten meine Eltern in Simrishamn einen Schrebergarten mit Laube, wo wir in den Sommermonaten auch wohnten. Obwohl das nun schon viele Jahre zurückliegt, ist die Verbindung zu dieser Laubenkolonie nicht abgerissen, da auch meine Schwester und mein Schwager dort einen Kleingarten gepachtet haben. Immer wenn ich Ruhe zum Schreiben brauchte, habe ich mich dorthin zurückgezogen. Der Aufenthalt in einem Kleingartengelände ist Balsam für die Seele – nicht nur wegen der gepflegten Gärtchen, sondern auch wegen der vielen netten Menschen, denen man dort begegnet.

Mein neues Buch handelt von der Kleingartenanlage in Simrishamn. Vermutlich ähnelt sie anderen Laubenkolonien überall in unserem Land. Wie alle meine Bücher ist auch dieses rein fiktiv. Weder die Menschen noch die Ereignisse haben reale Vorbilder.

Da ich weiß, wie gepflegt die Gärten in der Laubenkolonie von Simrishamn sind und wie fleißig die Mitglieder des Kleingartenvereins dafür arbeiten, möchte ich ganz besonders unterstreichen, dass keine der Per-

sonen in diesem Roman auch nur das Geringste mit dem Kleingartenverein Simrishamn zu tun hat. Ganz allein meine Fantasie ist die Grundlage, und falls jemand glaubt, irgendwelche Personen oder Gegebenheiten aus der Realität wiederzuerkennen, dann ist das reiner Zufall.

Ich danke all denen, die ihre wunderbare Umgebung meinen verrückten Fantasien zur Verfügung gestellt haben, und hoffe, dass Sie und alle anderen Leserinnen und Leser sich bei der Lektüre gut unterhalten.

1. Kapitel

Hjördis Kron rasselte mit dem Schlüsselbund und öffnete die Tür zu den Sanitärräumen der Laubenkolonie.

»Spürst du den Geruch, Berta?«

Die Nasenflügel von Berta Andersson blähten sich wie bei einem wütenden Stier.

»Ich finde nicht, dass es hier stinkt«, sagte Berta und warf Hjördis einen fragenden Blick zu.

»Ich habe doch gar nicht behauptet, dass es stinkt«, korrigierte Hjördis. »Aber es riecht ziemlich stark nach Reinigungsmitteln. Hat Inga diese Woche Putzdienst?«

»Ich glaube schon. Aber es ist doch gut, wenn sie ordentlich putzt, oder?«

»Man sollte nicht vergessen, dass die Reinigungsmittel aus der Vereinskasse bezahlt werden.«

»Ach, lass Inga doch so viel putzen, wie sie will. Mich stört es nicht. Ich finde, es riecht sauber und frisch.«

Hjördis schwieg und warf ihrer Freundin einen verunsicherten Blick zu, als befürchtete sie, etwas Falsches gesagt zu haben.

Der Kleingartenverein verfügte über hundertfünfzig Parzellen. Die Aufgaben wurden unter den Mitgliedern nach einem sorgfältig ausgearbeiteten Plan verteilt. Das neu gebaute Gemeinschaftshaus enthielt die Sanitärräume mit zwei Toiletten und einer Dusche und außerdem einen kleinen Vereinsraum, in dem der Vorstand tagen konnte.

Berta und Gunnar Andersson hatten ihren Schrebergarten neben dem von Hjördis und Konrad Kron. Beide Parzellen verfügten über eine kleine Laube, und die Grundstücke befanden sich in der Nähe des Meers im Norden der Kleingartenanlage, wo die Bodenqualität besonders gut war – darin stimmten sie überein.

Berta zog die dünne, blaugeblümte Gardine zur Seite und sah hinaus auf die vorbildlich geharkten Kieswege, die sich um die kleinen Lauben schlängelten.

»Ich würde mich in Grund und Boden schämen, wenn ich so rumlaufen müsste wie Camilla.«

Hjördis stellte sich neben Berta und blickte ebenfalls aus dem Fenster.

»Also, echt sind die nicht, ihre Brüste, das sieht man«, sagte sie und rümpfte verächtlich die Nase. »Das sind eindeutig Silikonkürbisse.« Hjördis kratzte sich an der Nase.

»Glaubst du wirklich, dass das Silikon ist?« Berta reckte sich, um besser sehen zu können.

»Glauben? Das sieht man doch. Ihre Brüste bewegen sich ja nicht beim Gehen. Anders als ihr Hintern zum Beispiel, der wabbelt so richtig. Ja, Gott bewahre. Und dann noch im Bikini, bei den Temperaturen. Camilla will sich mal wieder produzieren. Dass ihr das nicht peinlich ist!«

Plötzlich öffnete sich die Tür, und Assar Pålsson betrat das Gemeinschaftshaus.

»Also wirklich, was du da eben gesagt hast«, meinte Berta kichernd. »Kürbisse!«

»Aha, die Damen unterhalten sich also über Kürbisse?«

Hjördis und Berta wechselten erschrockene Blicke.

»Je größer die Kürbisse, desto besser. Das sagt dein Mann auch immer, Berta.«

Auf einmal fühlte Berta sich genauso ertappt wie damals, als ihre Mutter sie dabei erwischt hatte, wie sie auf dem Plumpsklo saß und eine filterlose John Silver rauchte. Das Gefühl war kaum zu beschreiben. Dabei wurde ihr auf merkwürdige Weise die Luft aus den Lungen gepresst, bis ihr Kopf vollkommen leer war.

»Wir haben uns gerade darüber unterhalten, wie ...« Berta wusste nicht weiter.

»Meine Güte, das ist doch kein Grund, so erschrocken auszusehen. Ulla und ich wollen auch Kürbisse säen. Jetzt ist die richtige Jahreszeit dafür, und ich wüsste nicht, dass die Aussaat von Kürbissen verboten wäre.«

Die beiden Frauen entspannten sich.

»Steht ihr an den Toiletten an, oder wollt ihr erst fertig diskutieren?«, fuhr Assar fort, und ohne auf eine Antwort zu warten, ging er weiter zu den Toiletten.

Letztes Mal hatten Berta und Gunnar den jährlichen Kürbiswettbewerb der Laubenkolonie haushoch gewonnen, und immer mehr Gärtner bauten die großen runden Früchte an.

»Pfui Deibel!«, rief Hjördis plötzlich. »Da schleicht eine schwarze Katze über den Kiesweg!«

»Du bist doch nicht etwa abergläubisch, Hjördis?«

»Ich glaube an alles. Sogar an die Wettervorhersage.«

»Einen schönen Tag noch«, sagte Assar freundlich, als er die Sanitärräume verlassen hatte und hinaus in die Frühsommersonne ging.

Die beiden Damen verschwanden hinter den Türen mit dem roten Herzchen. Hjördis war zuerst fertig und sah sich im Vereinsraum um, während sie auf Berta wartete. Es war gemütlich und heimelig. Hjördis betrachtete sich im Spiegel. Sie war klein und musste sich strecken, um etwas zu sehen. Im Mai und im Oktober ließ sie sich immer eine Dauerwelle legen, und weil sie für ihr Geld so viele Locken wie möglich haben wollte, war ihr blondes Haar im Moment ziemlich stark gewellt. Sie war ganz zufrieden mit dem, was sie im Spiegel sah. Die Sonne hatte ihren Teint leicht goldbraun werden lassen, ihr Gesicht war rund und ihre mandelförmigen Augen waren grünmeliert. Trotz ihrer siebzig Jahre trug sie jeden Tag Lippenstift auf, allerdings in einem diskreten hellen Ton, der eher an Lipgloss erinnerte.

Auch Berta warf im Vorübergehen einen Blick in den Spiegel. Ein Schmuckstück bin ich nicht gerade, dachte sie, aber es könnte schlimmer sein. Die Falten waren natürlich tiefer geworden und die Haare grauer, aber wenn man zweiundsiebzig war, musste man dankbar sein, wenn man ohne Rollator gehen konnte. Einige ihrer Freundinnen waren auf solche Transportmittel angewiesen, wie Gunnar sie zu nennen pflegte.

Gemeinsam gingen die Freundinnen nach draußen.

»Ich finde trotzdem, dass Inga ein bisschen an den Putzmitteln sparen könnte«, brummte Hjördis, während sie die Tür des Gemeinschaftshauses absperrte.

Als sie wieder bei ihren Parzellen angekommen waren, saßen ihre Männer am Gartentisch von Hjördis und Konrad und tranken Himbeersaft.

»Ist alles in Ordnung?«, fragte Konrad, ohne eine Antwort zu bekommen.

Hjördis hängte den Schlüssel an einen kleinen Haken auf der Innenseite der Tür.

»Willst du ein bisschen Saft, Berta?«, erkundigte sich Hjördis.

»Da sage ich nicht Nein«, meinte Berta und setzte sich auf einen Gartenstuhl.

»Bald ist die richtige Zeit, um Kürbisse zu säen«, sagte Gunnar. Die beiden Frauen wechselten vielsagende Blicke und kicherten.

»In diesem Jahr werde ich ordentlich düngen, damit sie größer werden als eure«, erklärte Konrad lachend und trank noch einen Schluck Saft.

»Die Hortensie blüht so üppig wie lange nicht«, stellte Hjördis zufrieden fest.

»Blumen sind wirklich etwas Schönes«, sagte Berta. Plötzlich wurde sie ernst und sah Gunnar an. »Mir ist etwas eingefallen«, fuhr sie fort. »Wenn ich gestorben bin, will ich auf meiner Beerdigung Blumen haben.«

»Sterben!«, sagte Hjördis erschrocken. »Wer redet denn hier vom Sterben? Davon mal abgesehen, kriegt man doch immer Blumen, wenn man tot ist.«

»Weißt du, manchmal steht in den Todesanzeigen: ›Statt Blumen bitten wir um eine Spende fürs Rote Kreuz‹ oder so. Ich will aber nicht, dass in meiner Anzeige so was steht. Ich will Blumen.« Berta errötete ein wenig und fügte schnell hinzu: »Fürs Rote Kreuz kann ich doch selber spenden, aber auf meiner Beerdigung soll es ganz viele Blumen geben. Sonst sieht es so armselig aus.«

»Du machst dir vielleicht Gedanken«, meinte Gunnar und lachte.

»Ich habe am Schwarzen Brett gesehen, dass am 28. Mai das diesjährige Frühlingsfest des Kleingartenvereins stattfindet«, erzählte Berta. »Der Festausschuss hat sich schon getroffen. Bald ist Mitgliederversammlung, da wird entschieden, was es zu essen gibt und wie viel es kosten wird.«

Hätte Inga ein bisschen am Putzmittel gespart, könnten wir dafür mehr ausgeben, dachte Hjördis.

In einer Sache waren sich Berta und Gunnar einig: Sie hatten wirklich Glück, dass sie den Schrebergarten neben dem von Hjördis und Konrad bekommen hatten. Sie alle hatten früher in Smedstorp gewohnt. Als die Kinder ausgezogen waren, hatten sie es zu mühsam gefunden, ihre großen Häuser instand zu halten. Ohne voneinander zu wissen, hatten sie sich Eigentumswohnungen in der Landstingsgatan in Simrishamn gekauft. Und zwar im selben Haus.

»Aha, du bist also heute in der Stadt«, hatte Konrad zu Gunnar gesagt, als sie sich eines Tages auf dem Parkplatz vor dem Haus begegnet waren. »Und du auch, sehe ich«, hatte Gunnar erstaunt geantwortet und von ihrem Umzug nach Simrishamn erzählt. Sie waren vorher nicht direkt befreundet gewesen, aber in dem kleinen Ort Smedstorp hatte man sich einfach gekannt.

Die neuen Wohnungen waren hübsch und hatten

große Balkone, dennoch vermissten sie ihre Häuser und die Gärten. Eines Vormittags hatten sie bei einer Tasse Kaffee beschlossen, sich Kleingärten zuzulegen. Dass ihnen beinahe gleichzeitig eine Parzelle zugeteilt wurde, hatte sie gleichermaßen verblüfft und erfreut. Es war einer der Momente gewesen, in denen Gunnar normalerweise ein Sprichwort anbrachte. Er hatte hochkonzentriert die Augen verdreht, um sich etwas Passendes einfallen zu lassen. »Ungleich verteilt ist des Schicksals Ernte«, hatte er schließlich gesagt. Er konnte sich nämlich nicht immer an den ganz genauen Wortlaut erinnern.

Der Frühling war eine hektische Zeit im Kleingartengelände. Die beiden Männer schnitten die Sträucher zurück und düngten die Rasenflächen, während ihre Frauen Unkraut jäteten. Dabei waren sie alle sorgfältig und genau. Jeden Abend trugen die Frauen die Stuhlpolster in die Laube, und die Männer schlossen die Gartengeräte weg. Konrad brachte sie in einen kleinen Schuppen auf seiner Parzelle, während Gunnar seine Gerätschaften auf einer Plastikplane deponierte, die er jeden Abend in der Laube ausbreitete. Auch er plante, in der nächsten Zeit einen Schuppen zu bauen, aber bis dahin musste er sich eben so behelfen. Im Freien wollte er die Geräte auf keinen Fall liegen lassen, denn auf dem Gelände hatten schon Diebe und Randalierer ihr Unwesen getrieben. Es hatte sogar Fälle von Brandstiftung gegeben.

Immer wenn sie die Türen und die Vorhängeschlösser an den Gartenpforten zugesperrt hatten, standen die beiden Paare eine Weile an ihren Fahrrädern und unterhielten sich. Berta legte ihre Handtasche in den Fahrradkorb und schob dann die Pedalen in die optimale Startposition. Sie winkten anderen Kleingärtnern zu, während sie an deren Lauben vorbeiradelten, und fuhren dann leicht schwankend über den Parkplatz in Richtung Brücke, die zum Strandpavillon führte.

Es herrschte Ostwind, und die Wellen schlugen rauschend an den Strand. Die Möwen kreischten und flatterten mit ruckartigen Bewegungen durch die Luft. Die beiden Paare fuhren am Hafen vorbei und dann die Järnvägsgatan entlang. Es war abends noch kühl, und Berta war froh, dass sie ihre dicke Strickjacke angezogen hatte.

Vor allem aber freute sie sich über die intensive Freundschaft mit Hjördis und Konrad. Das Leben war auf einmal so reich geworden. Berta hatte durchaus auch andere Freundinnen, die sie teilweise schon seit Jahren kannte, doch Hjördis stand ihr am nächsten. Fast kam es ihr so vor, als könnte ihre Freundin Gedanken lesen, denn in diesem Moment drehte Hjördis sich um und winkte ihr zu.

2. *Kapitel*

Berta schlüpfte in den alten Volvo und bemühte sich, mit der Tür nicht das Nachbarauto zu berühren. Gunnar konnte es nicht leiden, wenn er in schmale Parklücken einparken musste. In Smedstorp hatte er beinah einen halben Hektar Fläche zum Parken gehabt. Und wenn sie bei Leif Handlare einkauften, konnte er sein Auto direkt vor dem nostalgischen Laden abstellen. Dort gab es keine markierten Parkplätze, sondern man stellte den Wagen irgendwohin, wo Platz war.

Bertas Miene war ernst, als Gunnar das Auto startete. Aber ich muss den Mund halten, dachte sie. Gunnar braucht seine Ruhe, wenn er ausparkt. Das Auto machte einen kleinen Hüpfer, und Gunnar kurbelte fluchend am Steuer, als lenkte er einen Sattelschlepper mit Zusatzanhänger.

»Was für ein Theater, nur um auszuparken«, brummte er.

»Das hast du gut gemacht, Gunnar«, sagte Berta aufmunternd.

»Was heißt gut? Eigentlich muss man nur rückwärtsfahren, aber das ist gar nicht einfach, wenn die Autos so dicht stehen.«

Schweigend verließen sie den Parkplatz und fuhren zum Bau- und Gartencenter in Tommarp, fünf Kilometer von Simrishamn entfernt. Gunnar brauchte Bauholz für den geplanten Geräteschuppen, und Berta wollte sich die vielen Blumen und Sommerpflanzen ansehen.

Gunnar freute sich, dass es vor dem Gartencenter keine markierten Parkplätze gab, und parkte seinen Wagen weitab von den anderen.

»Findest du nicht, dass es ein bisschen albern aussieht, so weit weg zu parken, wenn auf dem Parkplatz kaum andere Autos stehen?«

»Musst ausgerechnet du sagen, wo du nicht mal den Führerschein hast. Wenn wir aus dem Laden kommen, ist der Parkplatz vielleicht voll.«

Gunnar ging schon mit raschen Schritten in Richtung Eingang, während Berta sich bückte, um ihre Kniestrümpfe hochzuziehen. Es war immer ein besonderes Gefühl, im Frühling endlich wieder welche zu tragen. Das hatte sie schon immer gefunden. In ihrer Kindheit war der 1. Mai der Stichtag gewesen. Selbst wenn die Temperaturen noch unter dem Gefrierpunkt lagen, hatte sie an diesem Tag die kratzigen Winterstrumpfhosen durch Kniestrümpfe ersetzt. Außerdem hatten Berta und ihre kleine Schwester Iris am 1. Mai das erste Eis des Jahres bekommen. Berta seufzte. Inzwischen aß man das ganze Jahr über Eis, und es war nichts Besonderes mehr.

Als sie zum Eingang kam, war Gunnar schon im Gebäude verschwunden. Er war immer einen Schritt voraus. Nur selten gingen sie nebeneinander. Vor ihrer Trauung hatte Berta ihn ermahnt, in der Kirche langsam zu gehen. Sie hatte sich schon ausgemalt, wie er den Mittelgang entlang zum Altar stürmte, während sie nicht einmal den Mantel ausgezogen hatte.

Berta wurde von freundlichen Verkäufern begrüßt,

und sie sah, wie Gunnar mit einem Berater in die Holzabteilung ging. Sie genoss es, zwischen den Blumen herumzuschlendern. Die Pflanzen sahen gesund und kräftig aus, aber sie musste mit dem Kauf noch warten, bis sie ihre Blumenkübel und Pflanzkästen herausgeräumt hatte. Aber genießen konnte sie allemal und sich dabei überlegen, was sie kaufen würde.

»Ich leihe mir in den nächsten Tagen mal Konrads Anhänger, um Bauholz zu kaufen, damit ich den Schuppen noch vor dem Herbst fertighabe«, sagte Gunnar auf dem Rückweg zum Auto. »Hast du ein paar hübsche Blumen für deine Beerdigung gefunden?«

»Ach, hör doch auf. Aber vergiss trotzdem nicht, was ich gesagt habe«, meinte sie leise.

Gunnar bog aus alter Gewohnheit nach rechts in Richtung Smedstorp ab statt nach Simrishamn. Sie hatten mitverfolgt, was nach dem Verkauf ihres Hauses geschehen war. Ihr Sohn Mikael und seine Frau Mona hatten kein Interesse daran gehabt, das Haus zu übernehmen, weil sie sich gerade erst ein modernes Einfamilienhaus in Simrishamn gebaut hatten. Thomas hingegen, der Sohn von Hjördis und Konrad, war mit seiner Familie ins Haus seiner Eltern gezogen, weil sie vorher ziemlich beengt in einer Wohnung gelebt hatten.

»Da sitzt Anton Nilssons zurückgebliebene Tochter Hulda auf der Milchrampe und baumelt mit den Beinen wie immer«, sagte Gunnar.

»Ich mag es nicht, wenn du ›zurückgeblieben‹ sagst. Ist doch schlimm genug für Anton und Agda mit Huldas Problem. Und was meinst du eigentlich mit zurückgeblieben?« Berta klang irritiert.

»Na ja, zurückgeblieben heißt doch wohl, dass der Kopf nicht richtig entwickelt ist.«

»Ich finde, sie hat ein hübsches Köpfchen.«

»Man meint doch mehr im Kopf drin, oder?« Plötzlich war Gunnar selbst unsicher, was er eigentlich sagen wollte.

»Dann hast du ja noch mal Glück gehabt, dass dein Kopf so gut entwickelt ist, von außen und von innen«, sagte Berta spöttisch.

Als sie an ihrem ehemaligen Haus vorbeikamen, wurde Berta wieder ernst. So viele Erinnerungen strömten auf sie ein. Mikaels gebräunter Körper, wie er da in der Plastikbadewanne im Garten spielte. Ihre Enkelin Louise, die so oft zu Besuch gekommen war. Eine Wohnung in der Stadt war wirklich nicht dasselbe. Aber jede Zeit hat ihr Gutes, dachte Berta seufzend.

»Hast du was gesagt?«, fragte Gunnar.

»Ich habe an früher gedacht.«

»Vorbei ist vorbei. Sieh mal dort!« Gunnar zeigte auf ein großes Schild mit der Aufschrift *Galerie,* das die neuen Hausbesitzer aufgehängt hatten. »Ganz Österlen ist bald eine einzige Galerie. Blumentöpfe und verdrehte Köpfe aus Ton. Wie zum Teufel können die davon leben?«

»Keine Ahnung. Schade, dass sie das Schild direkt vor den Flieder gehängt haben.« In Bertas Stimme schwang eine leichte Trauer mit.

»So was wie die Natur sehen solche Leute natürlich nicht, sie haben ja auch genug zu tun mit ihren Tonklumpen und Pinseln.«

»Jetzt bist du aber ungerecht. Viele Künstler stellen

doch ganz hübsche Sachen her«, meinte Berta. »Unsere Marmeladendose zum Beispiel. Die hat Mona in einer Galerie gekauft.«

»Gekaufte Marmelade ist doch sowieso schon in Gläsern. Ich verstehe nicht, warum man sie da noch umfüllen muss. Aber heutzutage soll ja alles so besonders und exklusiv sein.«

»Manchmal kokettierst du mit Dingen herum, von denen du nichts verstehst.«

»Soll der Schuppen braun oder rot gestrichen werden?«, fragte Gunnar betont freundlich.

»Das kannst du entscheiden. Du weißt ja ohnehin alles besser.«

So war es jedes Mal, wenn sie an ihrem alten Haus vorbeifuhren. Plötzlich wurde der Ton zwischen ihnen gereizt. Dabei hatte es in ihrer fünfzigjährigen Ehe nur wenige Scharmützel gegeben. Höchstens dann, wenn sie Gäste erwarteten und Berta nervös wurde, was schnell der Fall war. Aber Gunnar hatte gelernt, ihr in solchen Fällen aus dem Weg zu gehen.

»Wir melden uns doch zum Frühlingsfest an, oder?«, fragte Gunnar, als sie sich Simrishamn näherten.

»Natürlich! Hjördis und Konrad wollen auch hingehen, das weiß ich. Aber wir warten mit der Anmeldung bis nach der Mitgliederversammlung. Dann wissen wir auch, was es kostet.«

»Wenn wir hinwollen, ist es doch egal, was es kostet. Letztes Jahr hat es zweihundert Kronen pro Person gekostet, und das war es auch wert, finde ich. Wenn man dann noch die Inflation einrechnet, können wir uns das auf jeden Fall leisten.«

»Was weißt denn du von der Inflation, Gunnar Andersson?« Berta sah ihren Mann erstaunt an.

»Ach, das sagt man doch so«, antwortete er verlegen. Er befürchtete, dass seine Frau in eine tiefere Diskussion einsteigen wollte. Sie verfolgte aufmerksam die Nachrichten und informierte sich über die Ereignisse in der Welt, dachte er stolz und tätschelte ihr das Knie.

»Was willst du denn jetzt? Es gibt kein Marzipantörtchen zum Kaffee, falls du darauf aus sein solltest«, meinte Berta lachend und strich ihm über die Hand.

Zu Hause legten sie sich eine Weile hin, um sich in ihrem neuen Doppelbett auszuruhen. Sie hoben die Tagesdecke mit dem Gobelinmuster an und holten die Kissen darunter hervor. Berta streckte sich aus und breitete die Wolldecke über ihrer beider Füße aus.

»Wenn am Wochenende schönes Wetter ist, können wir im Garten grillen. Vielleicht kommen Hjördis und Konrad dazu«, schlug Gunnar vor.

»Mal sehen, wie das Wetter wird«, antwortete Berta verschlafen.

Ein dumpfer Knall war zu hören, als die Haustür unten zuschlug. Wenig später erklang das klappernde Geräusch von Holzpantinen auf den Stufen.

»Es ist ja nicht zu fassen, was für einen Lärm die machen. Das klingt ja schlimmer als …«

»Zumindest sind das nicht solche Crocs oder wie die Dinger heißen. Aber wir müssen uns wohl daran gewöhnen.«

»Es klingt so, als würden sie mir direkt durch den Schädel laufen«, murrte Gunnar.

»Holzschuhe gehen ja noch, solange sie tagsüber im Treppenhaus herumtrampeln. Da finde ich die Sache mit dem Waschkeller viel schlimmer«, sagte Berta.

»Mit dem Waschkeller?« Gunnar stützte sich auf seinen Ellbogen und sah Berta an. »Wo ist denn da das Problem, wenn ich fragen darf?«

»Ach, ich bin es einfach nicht gewohnt, so weit im Voraus zu planen. Man muss sich ewig vorher in die Liste für die Waschmaschinennutzung eintragen. Außerdem sind die Maschinen so groß, dass unser ganzer Kleiderschrank darin Platz hätte. Und es war früher so schön, die Wäsche ins Freie zu hängen und in der Sonne trocknen zu lassen.«

Gunnar antwortete nicht, sondern schloss die Augen. Es war ihnen beiden schwergefallen, sich an das Leben in der Wohnung zu gewöhnen. Das Einparken, der Lärm im Treppenhaus, die Liste im Waschkeller. Gunnar öffnete die Augen wieder.

»Aber bei uns hier drinnen ist es warm und gemütlich. Es zieht nicht durch die Fenster wie in unserem Haus früher. Wenn was kaputtgeht, kommt jemand und repariert es. Das finde ich gut«, sagte er optimistisch.

»Schade, dass wir keine Katzen mehr haben«, sagte Berta. »Aber sie würden mir leidtun, wenn sie immer in der Wohnung leben müssten.« Plötzlich begann sie zu kichern.

»Was ist denn daran so witzig?«

»Ich musste gerade daran denken, wie wir damals unseren Kater Pupsi haben kastrieren lassen.«

»Was ist denn daran so witzig? Schließlich haben wir ihm den ganzen Spaß im Leben verdorben.«

»Weißt du noch, wie Mikael gesagt hat: ›Warum habt ihr Pupsi den Sack abgeschneidet, Papa?‹«

»Na ja, so was ist für ein Kind in dem Alter nicht so leicht zu durchschauen. Wollen wir uns nun ausruhen oder nicht?« Gunnar kuschelte seine Beine in die Wolldecke.

»Aber die Sache mit Pupsi war schon verrückt«, sagte Berta und lachte noch immer. »Kann ich auch was von der Decke abhaben?«, fragte sie dann und zog die Decke zu sich herüber, bevor sie sie unter dem Knie einrollte.

Die dünnen Tüllgardinen ließen die hellen Strahlen der Mittagssonne ins Schlafzimmer. Auf Bertas Nachttischchen tickte ein Wecker beharrlich vor sich hin, daneben lag ein Buch über Gartenpflege.

3. Kapitel

»Ich gehe eben hoch zu Konrad und frage, ob ich mir seinen Anhänger leihen kann, um die Bretter zu transportieren«, sagte Gunnar, als sie aufgewacht waren.

»Gut. Schließlich soll aus dem einzigen Raum in unserer Laube kein Geräteschuppen werden.«

Gunnar schlüpfte rasch hinaus, ehe die ganze Tirade von vorn losging. Natürlich konnte er Berta verstehen, aber sie war immer so ungeduldig. Alles sollte möglichst schon vorgestern fertig sein.

Sorgfältig faltete Berta die Wolldecke zusammen und ging in die Küche. Sie holte eine Tüte mit selbstgebackenen Zimtschnecken aus der Gefriertruhe und legte sie auf die Spüle. Dann setzte sie sich an den Küchentisch, schlug die Werbung vom ICA-Supermarkt auf und begann einen Einkaufszettel zu schreiben. Sie freute sich darauf, in ihrem Schrebergarten Gemüse und Kräuter ernten zu können. Beinahe zwanzig Kronen für ein Bund Schnittlauch ist doch eine Unverschämtheit!, dachte sie. Dabei war an so einem Bund wirklich nicht viel dran.

Sie schaltete das Küchenradio an, legte den Stift aus der Hand und lächelte. »Die alte Nordsee« war zu hören, gesungen von Harry Brandelius. Endlich mal nicht dieses Geschrei, das die meisten Sänger heute von sich gaben.

»Die alte Nordsee, sie rauscht und braust, bei wechselnden Winden verzaubert sie uns, und das seit ewigen Zeiten«, sang sie laut mit.

Es klingelte an der Wohnungstür, und Berta drehte rasch die Lautstärke herunter.

»Hjördis«, sagte sie erfreut. »Haben die Männer dich rausgeschmissen?«

»Ach, sie haben nur noch über Lasuren und Bretter geredet. Offenbar hat Gunnar gemerkt, dass mich das nicht weiter interessiert. Jedenfalls hat er gemeint, ich könnte ja mal runtergehen und eine Runde mit dir quatschen. Natürlich nur, wenn ich nicht störe?«

»Das ist aber nett, Hjördis. Du störst doch nie.«

Berta legte die Supermarktwerbung weg und setzte einen Kaffee auf.

»Ist die Kaffeedose bei euch auch immer leer, wenn du Kaffee kochen willst? Natürlich macht es keinen Spaß, eine neue Packung zu öffnen. Die Kaffeebohnen fliegen immer seitlich raus. Das findet Gunnar auch. Er treibt mich noch in den Wahnsinn.«

»Warum denn das?«, erkundigte sich Hjördis neugierig.

»›Willst du vielleicht einen Abendkaffee aufsetzen?‹, frage ich ihn manchmal. ›Ach, ich glaube, ich verzichte heute Abend auf den Kaffee‹, antwortet er dann, obwohl ich weiß, dass er Lust darauf hat. Und das nur, weil ihm klar ist, dass die Dose leer ist und er eine neue Packung öffnen müsste. ›Ich hätte aber schon gern eine Tasse‹, sage ich dann. ›Ach, wenn du ohnehin einen Kaffee kochst, kann ich auch einen mittrinken‹, antwortet er fast immer. Aber ich durchschaue ihn«, sagte Berta und rammte das Messer in die Kaffeepackung, dass die Luft zischend entwich.

Hjördis lachte wiedererkennend. »Ich habe gehört, dass Frau Doktor Siv Rydholm in unser Haus ziehen wird. Sie ist ja seit Neuestem Witwe«, erzählte sie.

»Sag doch nicht so was.« Berta kniff die Augen zusammen.

»Ach, ich dachte eigentlich, sie wäre ganz nett«, sagte Hjördis erstaunt.

»Ich meine nicht Siv, ich ärgere mich nur, wenn man sie Frau Doktor nennt. Soweit ich weiß, ist sie Grundschullehrerin und hat gar keinen Doktortitel. Warum sollte sie sich mit dem Titel ihres Mannes schmücken? Da könnte ich mich ja Frau Fernfahrer nennen.«

»Na ja, so wird sie sich ja nicht selbst nennen. Das sagen doch bloß die anderen«, versuchte Hjördis zu vermitteln. »Aber es ist schon ein bisschen komisch, das stimmt.«

Berta seufzte und stellte Kaffeetassen auf den Tisch. Dann erzählte sie ihrer Freundin, was Mikael seinerzeit gesagt hatte, als Pupsi kastriert worden war. Hjördis lachte herzlich und musste sich die Tränen mit der geblümten Kaffeeserviette abwischen, die Berta gerade hingelegt hatte.

»Ach ja, diese Kinder«, sagte Hjördis. »Ich muss gerade daran denken, wie unser Enkel Nicklas dem Hund ein Stöckchen hingeworfen hat, das er apportieren sollte. Als er den Stock warf, rief er: ›Abort, Abort!‹ Weißt du was, Berta? Wir können wirklich froh sein, dass unsere Enkelkinder in der Nähe wohnen. Bekannte von uns haben ihre Enkelchen in Amerika.«

Berta schnappte nach Luft und musste zugeben, dass sie es wirklich gut getroffen hatten.

»Was machst du eigentlich mit den ganzen Nägeln? Schluckst du sie?«, witzelte Berta, als Gunnar ankündigte, er müsse losfahren, um noch mehr Nägel zu kaufen.

»Ich bin doch kein Fakir. Manchmal frage ich mich auch, wo die Dinger bleiben. Teuer sind sie obendrein. Aber wenn ich einen Schuppen bauen soll, dann brauche ich nun mal welche«, erklärte Gunnar, bevor er die Wohnungstür schloss.

Er konnte wirklich stolz auf seine Berta sein, dachte er, als er sich ins Auto setzte. Ein bisschen schlechtes Gewissen hatte er schon, weil er sie in den letzten Tagen einige Male angeraunzt hatte. Er würde ihr Blumen mitbringen, beschloss er und grinste. Ja, verflixt, das würde er tun. Darüber würde sie sich freuen. Plötzlich war er richtig zufrieden mit sich.

Vor dem Blumenladen standen nur zwei Autos. Gunnar schloss seinen Wagen ab und betrat das Geschäft. Ein bisschen unangenehm war es ihm schon. Bestimmt ging es Berta so ähnlich, wenn er sie wegen irgendwas zum staatlichen Spirituosenladen schickte. Vielleicht lag es daran, dass er sich mit Blumen nicht auskannte. Unsicher fühlte er sich jedenfalls.

»Kann ich Ihnen helfen?«, fragte eine freundliche Verkäuferin.

»Ich hätte gern Blumen für meine Frau.«

»Ein paar rote Rosen vielleicht?«, meinte die Verkäuferin lächelnd.

»Nein, ich dachte eher an drei rote Nelken«, erklärte er, denn er hatte Berta mal sagen hören, dass Rosen so schnell die Köpfe hängen ließen.

»Möchten Sie eine kleine Karte beilegen?«

»Gern«, meinte Gunnar höflich.

»Darf es eine Glückwunschkarte sein?«

»Nein, einfach eine ganz normale.«

Die Verkäuferin legte ihm einen Stift hin und suchte im Kartenständer.

»Wenn Sie so freundlich wären, die Karte zu beschriften?«, sagte Gunnar verlegen.

»Was soll denn draufstehen?« Die Verkäuferin legte eine neutrale Karte auf den Tresen.

»Von Gunnar Andersson?«

Die Dame sah ein wenig ratlos drein.

»Ach, du wandelst wohl auf Freiersfüßen?«

Gunnar drehte sich um und starrte in Holgers spöttisches Gesicht. Obwohl Holger und seine Frau eine Parzelle im selben Kleingartengelände hatten, konnte Gunnar ihn nicht leiden. Er war ironisch und unfreundlich, das war schon immer Gunnars Eindruck gewesen.

»Pst, nicht so laut. Und erzähl Berta nichts davon, ja?«, sagte Gunnar geheimnisvoll.

Holgers mageres Gesicht sah noch kümmerlicher aus, als ihm die Kinnlade herunterfiel. Wortlos verschwand er im hinteren Bereich der Verkaufsfläche, wo Töpfe mit Petunien standen. Trotzdem konnte er sich nicht verkneifen, aus einer gewissen Entfernung erstaunt zu Gunnar hinüberzuschauen.

Ob der wirklich eine Affäre hatte? Wenn Berta das wüsste! Plötzlich ärgerte er sich. Das hätte er von Gunnar wirklich nicht gedacht. Und er schien sich nicht einmal besonders zu schämen. Nein, er hatte eher stolz ausgesehen. Die Wärme im Treibhaus brachte Holger zum Schwitzen, und er befürchtete, gleich von seiner Allergie befallen zu werden.

Gunnar legte die Nelken auf die Rückbank, gerade als Holger auf den Parkplatz kam.

»Verdammter Casanova!«, rief Holger ihm zu, ehe er in seinen Wagen stieg.

»Man hat mir schon immer nachgesagt, ich sei ein Weiberheld. Trotzdem danke fürs Kompliment, das tut gut«, konterte Gunnar, auch wenn Holger das vermutlich nicht mehr hörte, da er im selben Moment seine Autotür zuschlug.

»Keine Antwort ist auch eine Antwort«, murmelte Gunnar und fuhr davon. Er schlug ein paarmal mit der Hand aufs Armaturenbrett, als wollte er unterstreichen, wie er Holger verblüfft hatte. Dann drehte er das Autoradio an.

Nachdem er Nägel gekauft hatte, fuhr er nicht direkt nach Hause, sondern drehte noch ein paar Runden um die Häuser, wie er zu sagen pflegte, wenn Berta fand, dass er zu lange für irgendwelche Besorgungen gebraucht hatte. Er setzte seine Schirmmütze verkehrt herum auf und behauptete lässig, er sei noch etwas um die Häuser gezogen. Die ersten Male hatte Berta gelacht, aber in der letzten Zeit verdrehte sie nur noch die Augen.

Er beschloss, sich einen Spaß zu erlauben, und klingelte an seiner eigenen Wohnungstür.

»Hier ist der Blumenbote mit einem Strauß von Gunnar Andersson«, sagte er, als sie öffnete.

»Blumen? Von wem?«

»Von mir. Hast du nicht zugehört? Von Gunnar Andersson.« Er überreichte die noch eingewickelten Blumen.

Berta begutachtete den Strauß und las die Karte: *Von Gunnar Andersson.*

»Du Spinner. Warum hast du Blumen für mich gekauft?«

»Einfach so.« Gunnar warf den Kopf in den Nacken.

»Danke, Gunnar, das ist wirklich lieb von dir …« Berta verkniff sich zu sagen, wie unnötig es sei, Blumen zu kaufen, wo sie eigene im Schrebergarten hatten.

4. *Kapitel*

Gunnar begann herumzuhämmern, sobald Konrad ihm geholfen hatte, die Bretter zum Kleingarten zu transportieren.

»Pass bloß auf! Halt dich ordentlich an der Leiter fest, damit du nicht abstürzt«, schrie Berta.

Gunnar warf ihr einen dunklen Blick zu.

»Und sieh zu, dass die Leiter nicht gegen das Fenster fällt«, flehte sie.

»Meine Güte, ich stehe auf der zweiten Stufe von unten. Ich habe nicht vor, den Eiffelturm zu besteigen. Reich mir mal den Hammer.«

Berta hielt krampfhaft die Leiter fest und wagte kaum, sie loszulassen, um den Hammer zu holen.

»Und denk an die Sonne. Du hast keine Schirmmütze auf, Gunnar. Wenn du einen Sonnenstich kriegst, kannst du von der Leiter fallen. Wir sollten das Abschleppseil holen und es dir um die Taille binden.«

»Wenn du noch ein bisschen so weitermachst, bleiben die Gartengeräte den ganzen Sommer in der Laube. Dann wird das nichts mit dem Schuppen. Guten Abend«, sagte er plötzlich und sah verlegen zum Weg hinüber, wo Holger und seine Frau Erna vorbeispazierten. »Akrobatik auf hohem Niveau«, witzelte Gunnar, als ihm bewusst wurde, dass die beiden ihr Gespräch mitgehört haben mussten.

»Wir haben zwar kein Abschleppseil, aber ihr könntet unser Fahnenseil nehmen«, sagte Holger ironisch.

Berta schlich in die Laube zurück. Typisch, dass ausgerechnet Holger und Erna vorbeigekommen waren. Sie spähte an der rotgeblümten Gardine vorbei nach draußen. Jetzt war Gunnar wütend, das sah sie. In solchen Situationen wurden seine Bewegungen immer so ruckhaft. Entsetzt stellte sie fest, dass die Leiter wackelte, während er auf die vierte Stufe stieg. Am liebsten wäre sie hinausgestürmt, überlegte es sich aber anders.

Gunnar nagelte ein Querholz auf eine der Latten. Die Nägel hatte er sich zwischen die Lippen geklemmt, was an die Zinken einer Heugabel erinnerte. Die Irritation über Bertas Verhalten ließ ihn nicht los. Manchmal war sie ihm einfach zu viel, das stand mal fest. Im Lauf der Jahre war es wegen ihrer Ängstlichkeit zu vielen peinlichen Situationen gekommen. Wie damals bei der Einladung zum Essen, als Gunnar sich vorsichtig geräuspert hatte, woraufhin Berta aufgesprungen war und ihm auf den Rücken geklopft hatte, als wäre er kurz vor dem Ersticken. Sie hatte immer weiter geklopft, und am Ende hatte sie ihn zum Entsetzen der übrigen Gäste an den Schultern gepackt und geschüttelt.

Manchmal kam es Gunnar wie ein Wunder vor, dass sie Mikael in seiner Kindheit nicht erschlagen hatte. Sobald er hustete, hatte sie auf seinen Rücken gehauen, weil sie sicher war, dass er sich verschluckt hatte. Nicht einmal Kater Pupsi war ihrer unsanften Behandlung entkommen, aber er hatte sich das nicht gefallen lassen. Eines Tages hatte das Tier ein Geräusch von sich gegeben, das Berta irgendwie seltsam vorkam. Sie war sofort hingerannt und hatte an dem armen Vieh gezogen und gezerrt. Daraufhin hatte Pupsi gefaucht und sie am Arm gekratzt.

Gunnar sah, wie die Gardine sich bewegte. Bestimmt stand Berta dort drinnen und beobachtete ihn. Er machte eine ruckhafte Bewegung, bei der er beinahe das Gleichgewicht verloren hätte.

»Fahnenseil«, schnaubte er verächtlich. Das war mal wieder typisch Holger: Sobald sich eine Gelegenheit bot, machte er boshafte Bemerkungen. Allerdings hatte Holger, als ihm letztens die Tüte vom ICA-Supermarkt ins Vorderrad geraten und er mitsamt den Einkäufen auf die Straße gepurzelt war, gar nicht mehr so großspurig gewirkt. Gunnar hatte das Elend mit angesehen. Am liebsten hätte er auf die Bemerkung mit dem Fahnenseil gekontert: »Dann kannst du dir ja vor dem nächsten Einkauf unseren Fahrradkorb ausleihen.«

Gunnar sah, wie sich die Gardine erneut bewegte, und auf einmal musste er grinsen, und eine Woge der Zuneigung durchflutete seinen mageren Körper. Meine liebe Berta, dachte er. Im Grunde meinst du es ja gut, wenn du dir Sorgen um mich machst, auch wenn es mir manchmal zu viel ist. Er winkte in Richtung Fenster. Im nächsten Moment war Bertas Schatten verschwunden. Ein bisschen nervös ist sie schon, stellte er wieder mal fest. Da war sich ganz Simrishamn einig. Oder zumindest waren es alle, die sie kannten.

Die Gartenpforte quietschte, als Hjördis und Konrad den Garten betraten.

»Sieh an, du hast mit dem Schuppen angefangen«,

konstatierte Konrad und nickte in Richtung Baustelle. »Wenn du Hilfe brauchst, gib einfach Bescheid.«

»Vielen Dank. Du hast mir ja schon mit dem Transport des Baumaterials geholfen«, sagte Gunnar und stieg von der Leiter.

»Ist Berta heute gar nicht mitgekommen?«, fragte Hjördis enttäuscht.

Die Tür wurde langsam geöffnet, und Berta steckte den Kopf heraus.

»Ich habe mich gerade gefragt, ob ihr noch kommt. Ihr seid doch sonst immer so früh dran«, sagte sie freundlich. Sie drehte sich um, holte die Polster für die Gartenmöbel und warf sie auf die Stühle.

»Willst du ein Bier, Konrad?«, fragte Gunnar. »Ich habe hart gearbeitet und muss mich ein bisschen erfrischen.«

»Ich gehe mal kurz rüber«, sagte Hjördis und zeigte auf den Korb, in dem sie immer Proviant für die Kaffeepause im Garten transportierte. In den Lauben gab es keinen Stromanschluss, daher brachten die beiden Frauen Kaffee in Thermoskannen mit.

Konrad setzte sich auf einen der Gartenstühle.

»Ich habe die Kühltasche genommen, das Bier hat also die richtige Temperatur«, sagte Gunnar stolz und verschwand in der Laube.

Bald war Hjördis wieder da und schloss sich den anderen an. Berta und sie zogen sich zurück zu den Blumenbeeten, wo sie stehen blieben und schwatzten.

»Wo hast du das Bier versteckt, Berta?«, rief Gunnar und steckte den Kopf aus der Türöffnung. Normalerweise rührte Berta sein Bier nicht an.

»Ich habe es den Schnecken gegeben«, entgegnete sie schuldbewusst.

»Den *Schnecken?* Was sagst du da?« Gunnar starrte sie verständnislos an.

»Ich habe in einer Gartenzeitschrift gelesen, dass man Nacktschnecken mit Bier anlocken kann, und dann ertrinken sie darin«, versuchte Berta zu erklären.

Gunnar schien etwas sagen zu wollen, aber es kam kein Wort über seine Lippen.

Berta zeigte auf eine Schüssel, die unter dem Sonnenschirm stand.

»Hast du den Nacktschnecken etwa *zwei gekühlte Bier* gegeben?«, knurrte Gunnar und ließ den Blick an der lavendelbewachsenen Kante des Beets entlang schweifen, wo eine ganze Reihe von Schüsseln stand. »Bist du von allen guten Geistern verlassen? Wir haben doch gar keine Nacktschnecken, oder?«

»Noch nicht, aber man muss doch vorbeugen.«

»Vorbeugen«, seufzte Gunnar. »Wir haben keine Schnecken, und du willst sie mit meinem Bier herlocken. Mit *meinem* Bier.«

Konrad und Hjördis waren etwas unangenehm berührt.

»Wir gehen mal rüber in unseren Garten und packen das Unkraut in den Blumenbeeten an«, meinte Konrad und erhob sich.

»Ich hätte noch etwas Stachelbeersaft anzubieten«, schlug Berta vorsichtig vor.

»Stachelbeersaft«, schnaubte Gunnar. »Soll das ein Ersatz für Bier sein?« Doch als er Bertas unglückliche Gestalt unter der Fassadenflagge sah, die im Frühlingswind flatterte, tat sie ihm doch leid. Sie hatte ein einmaliges Talent, Dinge durcheinanderzubringen, dabei meinte sie es ja nur gut.

»Wir trinken unser Bier ein andermal, Konrad. Es sei denn, du willst es direkt aus den Schüsseln schlürfen«, witzelte Gunnar.

Er kehrte zu seiner Arbeit am Schuppen zurück, während sich Berta mit einem Glas Stachelbeersaft in den Schatten unters Rosenspalier setzte.

Der Ostwind hatte aufgefrischt, und in den Pausen zwischen Gunnars Hammerschlägen waren die Ostseewellen zu hören, die an den Strand schlugen. Berta schloss die Augen.

Wo die Worte enden, müssen die Fäuste übernehmen, dachte Gunnar und hämmerte auf einen Nagel ein, schlug jedoch daneben und erwischte den Daumen.

»Scheiße!«, brüllte er.

Berta schloss die Augen noch fester und verstand nicht, dass man wegen ein paar Bier so wütend werden konnte. Ganz kurz nickte sie ein, wachte aber davon auf, dass ihr Kopf nach vorn fiel. Sie streckte die Hand aus und guckte nach oben. Es hatte angefangen zu nieseln. Schnell brachte sie die Stuhlkissen in die Laube und legte sie aufs Sofa. Dann ging sie wieder nach draußen und sah zum Himmel. Der Wind trieb die Wolken wie Polster vor sich her Richtung Westen. Plötzlich blitzte es, und wenig später folgte ein Donnerschlag. Berta zuckte vor Schreck zusammen.

»Gunnar, spring von der Leiter! Es gewittert!«, schrie sie hysterisch.

»Ich bin doch nicht taub.«

»Los, beeil dich! Die Leiter ist aus Alu. Sie leitet den Strom, falls der Blitz einschlägt!«

»Was du nicht sagst, Berta. Ich wusste gar nicht, dass du so viel Materialkenntnis hast.« Die Sache mit dem Bier saß noch immer wie ein Stachel in ihm. Er stieg von der Leiter, aber nicht, weil Berta ihn darum gebeten hatte, sondern weil der Regen stärker wurde.

Rasch wickelte er die Plane um die Bretter und ging in die Laube, wo Berta reglos auf dem weißen Holzsofa saß. Gunnar setzte sich auf einen der Sessel, die Berta mit einem hübschen karierten Stoff neu bezogen hatte. Das Gewitter kam immer näher, und Gunnar hörte, wie Berta die Sekunden zwischen Blitz und Donner zählte, um zu wissen, wie weit es noch entfernt war.

»Stell dir vor, der Blitz schlägt ein«, sagte sie ängstlich.

»Doch nicht so nahe am Meer. Die Blitze werden vom Wasser angezogen«, tröstete Gunnar.

»Ist es nicht ziemlich früh im Jahr für ein Gewitter?«

»Wenn es kommt, dann kommt es«, antwortete Gunnar.

Dann blitzte es, während fast gleichzeitig ein Donnerschlag ertönte. Ein Regenguss prasselte auf das geteerte Dach nieder.

»Rutsch mal mit dem Sessel ein bisschen weiter ins Zimmer rein, Gunnar. Du sitzt zu nah am Fenster.«

In all den Jahren in Smedstorp war Berta bei Gewitter immer hinausgelaufen und hatte sich ins Auto gesetzt, weil die Forscher behaupteten, dort sei es am sichersten. Dabei hatte sie immer eine große Tasche mit den Fotoalben und ein paar anderen Gegenständen von

Erinnerungswert mitgeschleppt. Die Tasche stand in den Sommermonaten fertig gepackt an der Tür. Den kleinen Mikael hatte sie natürlich auch mitgenommen, selbst wenn es mitten in der Nacht war. Gunnar hatte sich geweigert mitzukommen, und Berta hatte sich jedes Mal wie eine Idiotin gefühlt, wenn sie mit dem Jungen im Auto saß, während Gunnar sie vom Wohnzimmerfenster aus beobachtete. Seit sie nach Simrishamn gezogen waren, hatte sie sich zu sehr geschämt und war bei Gewitter im Haus geblieben. Irgendwie kam ihr das Gewitter in der Stadt auch nicht so gefährlich vor wie auf dem Land. Doch hier in der Laubenkolonie fand sie es richtig bedrohlich – und sie hatten ja auch nur die Fahrräder dabei.

Gunnar stand auf und stellte sich ans Fenster.

»Das war's dann mit dem Bier«, sagte er müde und beobachtete die Schüsseln, in denen das Bier nun mit Regenwasser verdünnt war.

Berta kniff bei jedem Blitz die Augen zusammen. Gunnar setzte sich wieder in den Sessel. Schweigend verfolgten sie das Schauspiel dort draußen. Es goss wie aus Kübeln, und das Prasseln auf dem Dach übertönte beinahe das Donnergrollen.

Der einzige Raum der Laube war klein. Außer dem Sofa und den beiden Sesseln gab es noch einen kleinen Tisch und einen Zeitungsständer. An einer Wand stand ein alter Nachttisch mit einem ovalen Spiegel darüber. Direkt an der Tür gab es eine winzige Abstellnische, die Gunnar mit Regalen ausgestattet hatte. Hier bewahrten sie Kaffeetassen, Zucker, Saft und einige Gläser auf und außerdem ein paar Packungen Kekse.

An der Wand über dem Sofa war ein kleines Holzregal angebracht, auf dem Nippes stand, etwa eine Windmühle aus blau-weißem Porzellan, die sie auf einer Seniorenreise nach Holland gekauft hatten, und ein Sparschwein, auf dessen Flanke ein grünes Glückskleeblatt gemalt war. Neben dem Regal hingen ein paar Gemälde oder besser gesagt gerahmte Abbildungen, die Berta aus einer Illustrierten ausgeschnitten hatte, sowie ein Holzteller mit einem roten Haus, das von anmutigen Birken umgeben war. Am unteren Rand stand in Schreibschrift: *Markt in Kivik 1956.*

Inzwischen waren die kleinen Fenster so beschlagen, dass man kaum hinaussehen konnte. Das Gefühl des Eingeschlossenseins in Kombination mit der stickigen Luft löste bei Berta beinahe Panik aus. Sie fragte sich, ob Konrad und Hjördis wohl rechtzeitig nach Hause gefahren waren. Der Regen war ja so plötzlich gekommen, und sie war sich fast sicher, dass die beiden auch in ihrer Laube hockten.

Jetzt im Frühjahr, wo alles so grün war, konnten sie nicht mehr zu ihren Nachbarn hinübersehen. Früher hatte Konrad jeden Tag die Flagge gehisst und sie abends wieder eingeholt. Dann wussten ihre Nachbarn immer, ob sie da waren oder nicht. Doch Konrad fand das ewige Hissen und Einholen zu mühsam und hatte sich schließlich für einen Wimpel entschieden, den er immer hängen lassen konnte. Konrad Kron legte Wert auf Etikette und ärgerte sich über Leute, die ihre Flaggen den ganzen Sommer über an der Fahnenstange flattern ließen. »Man muss doch ein bisschen Respekt vor seinem Vaterland haben«, pflegte er zu sagen.

»Wann ist wohl der Schuppen fertig, was meinst du?«, fragte Berta vorsichtig und rubbelte an einem Fleck auf der Armlehne des Sofas.

»Wenn ich nicht von der Leiter falle und mir den Hals breche oder vom Blitz erschlagen werde, dürfte er zu Mittsommer stehen«, witzelte Gunnar.

Berta schien an seiner Aussage nichts Lustiges zu finden. Gunnar sah sie freundlich an und fuhr fort:

»Es ist nie zu spät, um nicht noch fertig zu werden.«

Berta starrte ihn mit großen Augen an. Dann begann sie zu lachen.

»Spinner«, sagte sie und fuhr dann fort: »Warum sitzen wir eigentlich hier drinnen? Es hat aufgehört zu regnen, und das Gewitter ist weitergezogen.« Unsicher stand sie auf und sah aus dem Fenster, als wäre sie sich nicht sicher, ob das, was sie eben gesagt hatte, auch stimmte.

In dieser Sekunde brach die Sonne durch. Berta öffnete die Tür.

»Weißt du was, Gunnar? Heute Abend müssen wir nicht gießen.«

Im Garten roch es herrlich frisch. Es tropfte vom Dach, und die Spatzen badeten in der Pfütze vor den Stachelbeersträuchern. Berta sammelte ein paar Zweige und Blätter auf, die durch den heftigen Regenguss auf den Rasen gefallen waren, und Gunnar schüttete das Wasser von der Plane.

Ihre Nachbarn waren ebenfalls herausgekommen. Hjördis lehnte sich über den Zaun.

»Wollen wir einen kleinen Spaziergang machen, Berta? Es ist so angenehm frisch nach dem Regen.«

»Gern. Ich hole nur schnell meine Strickjacke. Es ist noch ein bisschen kühl, obwohl die Sonne scheint.«

»Ich frage mich, was das für eine Kletterrose ist, die Oscarsson an seiner Hauswand hat. Sie wächst so schön dicht«, meinte Hjördis, während sie mit Berta durchs Gelände schlenderte. Sie hatten sich untergehakt und sprachen leise miteinander.

»Ich glaube, das ist ein Schlingknöterich. Die sind hübsch und wachsen wie Unkraut. Genau das Richtige, um dahinter hässliche Wände und Holzzäune zu verstecken.«

Berta stupste ihre Freundin an. »Jetzt hat sie sich immerhin was angezogen.«

Camilla kam ihnen entgegen. Sie trug eine knielange Hose und ein Oberteil, das der Fantasie nur wenig überließ. Es strammte über dem üppigen Busen, und Camilla reckte sich, um ihren Ausschnitt, sofern möglich, noch ausladender zu machen.

»Das war ja ein furchtbares Gewitter«, sagte sie, als sie sich begegneten.

»Ein Glück, dass es so schnell vorbeigezogen ist«, erwiderte Berta freundlich.

»Ihr kommt doch auch zum Frühlingsfest, oder?«, fragte Camilla.

»Wir haben noch nicht darüber gesprochen, aber wahrscheinlich schon«, meinte Hjördis. »Morgen ist ja die Mitgliederversammlung.«

Zwei Männer in ihren Gärten fielen beinahe über den Zaun, um einen Blick auf Camilla zu erhaschen, während sie an ihnen vorbeistolzierte.

»Diese Kerle. Ich verstehe nicht, was an künstlichem Zubehör so attraktiv sein kann.« Berta rümpfte die Nase.

»Bist du etwa neidisch?«, fragte Hjördis und hob eine Augenbraue.

»Neidisch?« Berta kicherte. »Weißt du, ich kann gut darauf verzichten, solche Teile mit mir herumzuschleppen. Ich habe so schon genug Rückenprobleme.«

»Sieh mal, wie hübsch!«, sagte Hjördis und zeigte auf einen Schrebergarten mit besonders üppigen Blumen, in dem die Wege von bemalten Steinen gesäumt wurden.

»Es ist doch bemerkenswert, wie gepflegt die Kleingärten hier sind. Wenn man durch eine Einfamilienhaussiedlung geht, sind die Häuser zwar meist ganz schön, aber die Gärten wirken eher ungepflegt.«

»Das finde ich nicht weiter erstaunlich«, meinte Hjördis. »Die Leute kaufen sich schicke Häuser. Die Gärten sind sozusagen im Preis inbegriffen – ob sich die Besitzer nun dafür interessieren oder nicht. Einen Schrebergarten schafft man sich aber nur an, wenn man Spaß an Blumen und Gartenbau hat.«

»Da hast du natürlich recht. So habe ich das noch gar nicht gesehen.«

Kann das Leben besser sein?, dachte Berta. Sie genoss es, die Wärme von Hjördis zu spüren und sich die vielen schönen Gärten anzusehen. Der Wind war abgeflaut, und die Wimpel und Flaggen hingen schlaff an den Fahnenstangen. Die Kleingärtner packten zusammen und machten sich auf den Heimweg zu ihren Fernsehern und Stereoanlagen – ein denkbar starker Kontrast zur Stille des Schrebergartengeländes.

»Sieh mal!« Berta schnappte nach Luft und zog Hjördis an der Strickjacke.

»Was ist denn? Du hast mich vielleicht erschreckt!«

»Eine Nacktschnecke!« Berta blieb stehen und sah das Tier voller Verachtung an.

»Sie ist bestimmt auf dem Weg in euren Garten, um Bier zu trinken«, meinte Hjördis und kicherte.

»Tja, das lässt sich nicht mehr ändern. Aber ich werde morgen neues Bier kaufen.«

»Ich wusste, dass es heute Gewitter gibt«, behauptete Hjördis nach einer kurzen Schweigepause und seufzte.

»Das wusstest du?« Berta blieb erneut stehen.

»Das liegt an meinem linken Knie. Kurz vor einem Gewitter tut es mir immer weh.«

»Ist das ein Elend mit den ganzen Wehwehchen im Alter«, meinte Berta mitleidig.

»Manchmal bin ich beinahe wütend auf Konrad, weil er so gesund ist und nie irgendwelche Schmerzen hat. Natürlich freue ich mich für ihn«, fügte Hjördis eilig hinzu, als sie den erstaunten Blick ihrer Freundin bemerkte. »Aber ich muss eine Menge Tabletten schlucken – gegen den hohen Blutdruck, gegen Schmerzen und lauter anderes Zeug. Konrad nimmt eine Paracetamol im Halbjahr, wenn er ausnahmsweise mal Kopfweh hat. Das ist doch ungerecht.«

»Klar, aber weißt du, dass Leute, die so gesund sind, dafür meistens Knall auf Fall sterben?«

Jetzt war es Hjördis, die stehen blieb und sie verständnislos ansah.

Berta tätschelte ihr verlegen die Hand. »Natürlich

habe ich nicht gemeint, dass Konrad Knall auf Fall sterben wird«, entschuldigte sie sich. »Aber bei manchen Leuten ist das so, obwohl sie vorher kerngesund waren.«

Heute habe ich wirklich jede Menge Unfug gesagt und getan, dachte Berta betrübt.

»Mir ist doch klar, dass du das nicht so gemeint hast, Berta«, sagte Hjördis.

Berta ging schweigend weiter. Typisch Hjördis. Immer wollte sie alles runterspielen und entschuldigte sich auch dann noch, wenn sie gar nichts Falsches gesagt oder getan hatte.

Als sie an der Brücke angekommen waren, die über die Tommarpsån führte, beschlossen sie, zum Meer hinunterzugehen und auszuprobieren, wie kalt das Wasser war. Sie hielten sich am Geländer fest, während sie Schuhe und Strümpfe auszogen. Dann spazierten sie im groben Sand zum Ufer.

»Hui, ist das kalt!«, sagte Berta, die als Erste den Fuß ins Wasser tauchte.

»Das können nicht mehr als zwölf Grad sein«, meinte Hjördis kichernd, nachdem auch sie die Wassertemperatur geprüft hatte.

»Sieh mal, was für ein hübscher Stein!« Berta hielt einen schwarz glänzenden Stein in die Höhe.

Hjördis bückte sich und hob einen ähnlichen hoch, den sie sich an die Brust hielt.

»Wie eine Brosche«, sagte sie.

Eifrig sammelten sie Steine und steckten sie sich in die Taschen.

»Der Sand ist noch zu feucht. Sollen wir uns auf diesen Kahn setzen?«, schlug Berta vor.

Hjördis stellte die Schuhe in den Sand und steckte die Socken in die Taschen ihrer Strickjacke. Dann saßen die beiden Freundinnen auf dem umgedrehten Kahn, während die Sonne in Richtung Westen wanderte. Obwohl der Wind schwächer geworden war, zeigte sich das Meer noch immer unruhig. Die Wogen schlugen heftig an den Strand, und draußen waren nur wenige Segelboote zu sehen. Berta griff nach Hjördis' Hand und hielt sie ganz fest.

Sie saßen lange schweigend beieinander. Berta bohrte ihre Zehen in den feuchten Sand und hatte plötzlich das Gefühl, als stünde die Zeit still.

»Du hast doch nicht etwa Knieschmerzen, Hjördis?«

»Ach, ist nicht so wild.«

»Wo sind sie bloß abgeblieben?« Gunnar drehte sich auf seinem Stuhl und hielt Ausschau.

»Die inspizieren bestimmt die anderen Gärten«, antwortete Konrad.

Die Männer hatten ihr Tagwerk beendet. Gunnar hatte die Geräte in die Laube getragen, und nun saßen sie träge am Gartentisch und warteten auf ihre Frauen.

»In unserem alten Haus in Smedstorp hat so eine Galerie eröffnet«, meinte Gunnar, während er sich die Fingernägel reinigte.

»Solange man nicht auf diese Vernissagen gehen muss, können die von mir aus so viele Galerien eröffnen, wie sie wollen.«

»Da sprichst du ein wahres Wort! Berta hat mich vor einigen Jahren zu Ostern auf die ›Kunstrunde‹ mitgeschleppt, und wir haben ein paar von diesen Galerien besucht. Überall waren die Parkplätze gesteckt voll, und ich hatte den Eindruck, die Leute sind vor allem herumgefahren, um gesehen zu werden und sich zur Schau zu stellen – mit komischen Hüten, Tüchern und anderem Flitterkram.«

»Das sind schon verrückte Zeiten. Früher sind die Leute noch einer ehrlichen Arbeit nachgegangen. Und heute sitzen sie nur am Computer oder stellen Tonpötte und andere seltsame Sachen her.«

Gunnar reckte den Hals und sah über die Kieswege.

»Jetzt könnten sie aber mal kommen. Mein Magen knurrt.«

Vom Äußeren her hatten die beiden Männer kaum etwas gemeinsam. Gunnar war groß und schlank, und sein welliges Haar war noch immer dunkel und voll, obwohl er fast fünfundsiebzig war. Konrad hingegen war klein und untersetzt. Er hatte eine Glatze und nur noch einen schmalen Haarkranz, der ein bisschen rötlich war, genau wie seine Haut.

»Jetzt kommen sie«, sagte Gunnar erleichtert und stand auf. Zufrieden stellte er fest, dass die beiden Frauen fröhlich wirkten, wie sie Arm in Arm anspaziert kamen.

Rasch packten Hjördis und Berta die Kaffeekörbe zusammen, während die Männer sorgfältig absperrten.

Die Knospen von Bertas Super-Star-Rose würden bald aufbrechen und ihre Kronblätter entfalten. Man hatte den Eindruck, als nähme die Vegetation Anlauf, um den bevorstehenden Sommer zu empfangen.

5. Kapitel

»Diese Sache mit dem Bier für die Schnecken war ja schon ein bisschen verrückt«, meinte Hjördis, als sie wieder zu Hause waren.

»Stimmt, und Gunnar hatte richtig schlechte Laune. Kann ich gut verstehen.«

»Aber für dich war es gut, Konrad.«

»Wieso denn das?«

»Ich finde, du bekommst einen richtigen Bierbauch. So hast du ein Bier weniger getrunken. Ich werde mich morgen bei Berta bedanken.«

Konrad stellte sich vor den Flurspiegel und tätschelte seinen Bauch. »Das ist doch nicht so schlimm. Und außerdem – die meisten Menschen, die ein bisschen kräftiger sind, machen auf mich einen fröhlichen und vergnügten Eindruck.« Er sah zufrieden aus.

»Gunnar sieht doch auch fröhlich und vergnügt aus, obwohl er schlank ist.«

»Heute sah er *nicht* fröhlich aus. Berta hätte sich doch damit zufriedengeben können, die Schnecken auf *ein* Bier einzuladen«, meinte Konrad und lachte.

»Zum Abendessen gibt es Reste von gestern«, sagte Hjördis und verschwand in der Küche.

Konrad ging ins Wohnzimmer und setzte sich in seinen Ohrensessel. Er machte es sich bequem, nahm die Tageszeitung und begann darin zu blättern.

»Herbert und Inga-Karin feiern goldene Hochzeit«, rief er in Richtung Küche, als er bei den Familienanzeigen gelandet war. »Hier ist ein Hochzeitsfoto von damals – und ein aktuelles.«

»Darf ich mal sehen?« Hjördis kam ins Wohnzimmer und beugte sich neugierig über die Zeitung.

»Da war vermutlich was Kleines unterwegs«, sagte sie grinsend.

»Wie, unterwegs?«

»Das siehst du doch. Sie hatte keine Brautkrone.«

»Rede bitte so, dass man dich versteht«, brummte Konrad.

»Wenn die Frauen früher keine Brautkrone trugen, dann war was Kleines unterwegs.«

»Was Kleines?«

»Dann waren sie schwanger!«

»Ja und? Das hätte dir auch passieren können, wenn wir nicht so vorsichtig gewesen wären.«

Hjördis war verlegen und verschwand wieder in der Küche.

»Als Braut war Inga-Karin ja nicht gerade eine Schönheit. Ich finde, sie sieht auf dem jetzigen Foto besser aus«, bemerkte Konrad.

»Schön für sie«, meinte Hjördis.

Die Dreizimmerwohnung in der Landstingsgatan war richtig hübsch. Vom Wohnzimmer aus gelangte man auf den Balkon, und Hjördis hatte schon ein paar Blumentöpfe mit Stiefmütterchen hinausgestellt. Drinnen standen zwei Ohrensessel und ein kleiner runder Säulentisch, auf dem immer ein Obstteller stand und wo auch die aktuelle Fernsehzeitung ihren Platz hatte. Sobald sie erschienen war, kreuzte Hjördis die Sendungen an, die sie im Lauf der Woche sehen wollte. Nur wenn Fußball oder Eishockey übertragen wurde, musste sie zurückstecken. Dabei war es eigentlich unnötig, dass sie ihm zuliebe auf ihre Lieblingssendungen verzichtete, denn er schlief ohnehin spätestens nach der ersten Halbzeit vor dem Fernseher ein.

Etwas später am Abend machte Hjördis einen Spaziergang zum ICA-Supermarkt. Sie hatte den Einkaufszettel vergessen und zog planlos an den Regalen vorbei.

»Ist es nicht furchtbar? Das hätte man doch wirklich nicht gedacht.« Signe kam auf Hjördis zu. Sie hatte ihre Parzelle ganz in der Nähe vom Schrebergarten des Ehepaars Kron. Signe war die Nachrichtenzentrale des Ortes. Ihr entging wirklich nichts. Dabei stand jedoch der Wahrheitsgehalt nicht an oberster Stelle.

»Was ist denn so furchtbar?«, fragte Hjördis desinteressiert, während sie eine Packung Kaffee in den Einkaufskorb legte.

»Berta kann einem wirklich leidtun«, fuhr Signe fort.

»Berta?« Hjördis sah Signe an. »Was meinst du damit?«

»Na ja, das mit Gunnar.«

»Ich verstehe nicht, was du meinst.« Hjördis war neugierig und besorgt zugleich.

»Dass Gunnar sich mit anderen Frauen herumtreibt, meine ich. Dabei ist Berta so eine Nette.«

»Wovon redest du eigentlich? Jetzt komm mal zur Sache.« Allmählich wurde Hjördis wütend.

»Gunnar scheint was mit anderen Frauen zu haben.«

»Wer hat denn das behauptet?«

»Jemand vom Kleingartengelände.«

»Dann kannst du diesem Jemand ausrichten, dass das gelogen ist.« Hjördis runzelte die Stirn. Was Signe da angedeutet hatte, konnte einfach nicht stimmen.

»Gunnar war neulich im Blumengeschäft und hat einen Blumenstrauß gekauft. Dabei hat er sich gleich ein Grußkärtchen mitgeben lassen.« Es war nicht zu übersehen, dass Signe jedes Wort genoss.

Hjördis warf ihr einen flammenden Blick zu und wandte sich wieder dem Regal zu.

»Aber sag keinem, dass ich dir das erzählt habe.« Plötzlich wirkte Signe beunruhigt.

»Natürlich muss ich Gunnar sagen, wer diese Informationen verbreitet. Falsche und unklare Behauptungen dürfen nicht einfach so in die Welt gesetzt werden.« Hjördis, die normalerweise eher konfliktscheu war, wirkte jetzt geradezu selbstbewusst. Aber es waren ja auch ihre besten Freunde, die da von Signe diffamiert wurden.

Schweren Schrittes ging Hjördis nach Hause. Die Gedanken kreisten in ihrem Kopf, und sie wusste nicht, wie sie mit den Informationen umgehen sollte. Konrad war nicht zu Hause, als sie die Wohnung betrat. Sie räumte die Einkäufe weg und entdeckte einen Zettel auf dem Küchentisch.

Bin noch mal losgefahren, um was zu besorgen. Konrad.

Hjördis setzte sich an den Küchentisch und starrte mit leerem Blick aus dem Fenster. Plötzlich kamen die Tränen. Sie stand auf und holte die Küchenrolle. Nicht auszudenken, wenn Signes Erzählung der Wahrheit entspräche! Hjördis blieb lange am Tisch sitzen und reagierte nicht einmal, als Konrad nach Hause kam.

»Was ist denn, Hjördis? Weinst du etwa?« Konrad wirkte verunsichert. »Was ist denn los?«

»Nichts«, sagte Hjördis und schnäuzte sich ins Haushaltspapier, das sie in der Hand zerknüllt hatte.

»Man weint doch nicht ohne Grund?«

Hjördis schwieg, und Konrad setzte sich hilflos in seinen Ohrensessel im Wohnzimmer. Es war ihm immer schon schwergefallen, Hjördis zu trösten, wenn sie traurig war. Er fühlte sich dumm und unbeholfen, insbesondere wenn er nicht einmal erfuhr, warum sie traurig war. Es versetzte ihm einen Stich, sie so jämmerlich herumsitzen zu sehen.

6. *Kapitel*

Der Vorstand rechnete mit reger Teilnahme an der heutigen Mitgliederversammlung des Kleingartenvereins. Schließlich sollte das Frühlingsfest geplant werden. Man hatte das geräumige Vereinsheim der Pfadfinder angemietet, das an die Laubenkolonie grenzte. Die Mitglieder sollten sich selbst etwas zum Kaffee mitbringen.

Die Ehepaare Kron und Andersson hatten beschlossen, sich etwas Besonderes zu gönnen, nämlich Krabbenpasteten aus dem Fischgeschäft Skillinge Fisk. Gunnar hatte versprochen, sie zu besorgen. Er setzte seine Schirmmütze auf, doch als er die Wohnungstür hinter sich zuziehen wollte, kam Berta angerannt.

»Fahr unten am Hafen bloß nicht zu nah am Kai entlang. Stell dir vor, das Auto landet im Hafenbecken.«

»Meine Güte, musst du denn so im Treppenhaus herumschreien? Wenn du noch ein bisschen weitermachst, brauche ich gar kein Auto. Dann springe ich einfach so ins Hafenbecken. Soll ich die Verkäufer im Fischladen bitten, die Krabben noch mal ganz genau durchzusehen, ob auch keine Gräten drin sind, an denen ich mich verschlucken könnte?«

»Gräten, so ein Quatsch«, meinte Berta beleidigt und schloss die Tür.

Heute standen nicht viele Autos auf dem Parkplatz,

und Gunnar fuhr mit elegantem Schwung rückwärts auf die Straße.

Wie immer war vor dem Fischgeschäft eine Schlange. Gunnar zog eine Wartenummer und sah sich bei den Auslagen um, während er wartete. Sind das hässliche Burschen, dachte er, als er die Seeteufel sah. Sie erinnern mich an meinen alten Volksschullehrer Björk. Große Lippen und müde Glotzaugen.

Als Gunnar endlich an der Reihe war, bestellte er vier Krabbenpasteten. Schon jetzt lief ihm das Wasser im Mund zusammen. Sollen die anderen heute Abend auf der Mitgliederversammlung doch ihre Zimtschnecken essen, dachte er vergnügt.

Schon am frühen Nachmittag verschwand Berta im Badezimmer, um zu duschen und sich für den Abend schön zu machen.

»Ein Glück, dass das Wasser im Hausgeld inbegriffen ist«, brummte Gunnar, als er Berta im Bad plätschern hörte. Er sah auf die Uhr. Seit zwanzig Minuten stand sie schon unter der Dusche. Er stand auf und klopfte an die Badtür.

»Pass auf, dass dir keine Schwimmhäute zwischen den Zehen wachsen«, rief er.

»Hast du was gesagt?«

Gunnar wiederholte nicht, was er gesagt hatte, hörte aber, wie Berta die Dusche abstellte. Er setzte sich wieder in den Sessel. Wenig später kam Berta aus dem Badezimmer. Sie trug einen hellgrünen Frotteebademantel und hatte sich ein geblümtes Handtuch als Turban um die Haare gewickelt.

»Hast du was gesagt, Gunnar?«, fragte sie, während sie anfing, ihr Haar trockenzurubbeln.

»Ach, ich habe nur gesagt, dass der Grundwasserspiegel in Simrishamn gesunken ist, und zwar dramatisch«, verkündete er lautstark.

»Was sagst du da?« Berta hielt inne. »Dann haben die Bauern ja kein Wasser für die Landwirtschaft.«

Das Telefon klingelte, und Berta verschwand in die Küche.

Gunnar betrachtete die Nelken, die Berta in einer hübschen Vase auf den Esstisch gestellt hatte. Sie hatte sich gefreut und war ganz überrascht gewesen, das hatte er gemerkt. Es kam ja auch nicht so oft vor, dass er ihr Blumen mitbrachte. Zwanzig Jahre war es bestimmt her, dass er ihr zuletzt einen Strauß Blumen gekauft hatte. Das war damals, als Berta wegen eines Gallensteins operiert worden war. Genau genommen war es Mikael gewesen, der ihm gesagt hatte, er solle ihr mal wieder Blumen kaufen. Nun, es gab weiß Gott vieles zu bedenken in seinem Leben.

Plötzlich setzte Gunnar sich kerzengerade in den Sessel. Er dachte an die Begegnung mit Holger und bekam nasse Hände. Hoffentlich erzählte er im Kleingartengelände nichts von den Blumen und den Freiersfüßen. Gunnar bekam wieder diese Zuckungen an der linken Augenbraue, die ihn immer befielen, wenn er nervös war.

Genau zehn vor sechs verließ das Auto den Parkplatz in der Landstingsgatan. Die Männer saßen vorn, die Frauen auf der Rückbank. Berta hielt die Schachtel mit den Krabbenpasteten auf dem Schoß. Der Korb mit dem Kaffee, den Tassen, Papptellern, Besteck und Servietten stand hinten im Kofferraum.

Gunnar war seinem Freund Konrad dankbar, dass der am Steuer saß. Er selbst wurde beim Fahren noch nervöser, wenn er Passagiere dabeihatte. Das ärgerte ihn, zumal er in all den Jahren als Fernfahrer gearbeitet hatte. Einen riesigen Lkw hatte er gefahren. Es war nicht zu fassen.

Konrad stellte den Wagen auf dem Parkplatz vor dem Pfadfinderheim ab. Aus allen Richtungen strömten die Kleingärtner mit Körben und Plastiktüten herbei.

Der Raum füllte sich rasch. Nachdem Hjördis und Berta den Korb und die Schachtel mit den Pasteten auf einen der langen Tische gestellt hatten, nahmen die vier Platz.

»Dürfen wir uns dazusetzen, oder erwartet ihr noch jemanden?«, fragte Rut Pedersen und sah sie reihum freundlich an.

»Setzt euch ruhig. Wir sind ja fast Nachbarn.« Konrad machte eine einladende Geste.

Rut und Gert sind wirklich nette Menschen, dachte Hjördis. Sie haben immer Zeit für ein freundliches Wort. Ihr Schrebergarten ist so hübsch und gepflegt, sie interessieren sich aber auch für die Gärten der anderen und tauschen gern Blumenzwiebeln und Ableger.

»Das war ja ein fürchterliches Gewitter gestern«, meinte Gert.

»Es hat zweiundzwanzig Millimeter in kürzester Zeit geregnet«, sagte Gunnar, während er die Pappteller auf dem Tisch verteilte.

»Es ist wirklich schlimm, dass das Grundwasser in Simrishamn zur Neige geht«, sagte Berta seufzend.

Gunnar zuckte zusammen und stieß aus Versehen gegen die Thermoskanne. Berta gelang es in letzter Sekunde, sie noch zu retten.

»Wie? Der Grundwasserspiegel sinkt?« Gert sah erstaunt aus. »Komisch, davon habe ich weder gelesen noch gehört.«

Gunnar wollte gerade etwas sagen, da fuhr Berta fort:

»Dramatisch sogar. War das nicht so, Gunnar?«

»Ach«, setzte Gunnar zu einer Erklärung an, als sein Blick auf Holger und Erna fiel, die gerade den Raum betraten. Puh, jetzt wird es anstrengend, dachte er und führte die Hand zur linken Augenbraue, als wollte er die Zuckungen stoppen.

»Dann hätten sie doch ein Gießverbot erlassen«, meinte Konrad. »Was hast du da über das Grundwasser gehört, Gunnar?«

»Ich habe mir doch nur einen Spaß erlaubt mit Berta«, sagte Gunnar.

»Einen Spaß?«, rief Berta. »Was ist denn daran spaßig? Das ist doch ein ernstes Thema.«

Gunnar dankte seinem Herrn und Schöpfer, dass sie das wenigstens nicht während der Mitgliederversammlung herausposaunt hatte. Mein größtes Problem ist, was ich gegen all das tun soll, wogegen ich nichts tun kann, dachte er, und die Zuckungen an der Augenbraue ließen nach.

Diese Sprichwörter und Redewendungen waren irgendwie tröstlich. Er hatte sie von seiner Mutter gelernt, und er wunderte sich, dass er sich noch immer daran erinnerte. Die Strophen aus dem Gesangbuch hingegen, die er in der Schule hätte lernen sollen, hatte er sich nie merken können. Plötzlich sah er die Küche in seinem Elternhaus vor sich. Die lange hölzerne Sitzbank mit dem selbstgewebten Kissenbezug und dem großen Steintisch, an dem seine Mutter abends gesessen und geschrieben hatte. Nicht nur Sprichwörter und Aphorismen hatte sie notiert, sondern auch das Wetter und andere Geschehnisse. Plötzlich meinte Gunnar, den Duft aus der Küche seiner Kindheit wahrzunehmen. Kräuter, die an kleinen Bündeln von den Dachbalken hingen. Er seufzte und schluckte.

Plötzlich merkte er, dass die anderen auf eine Erklärung warteten.

»Ach, das Grundwasser reicht bestimmt noch, solange wir leben«, versuchte Gunnar es mit einem Witz, aber die anderen sahen nachdenklich aus.

Dann klopfte der Vereinsvorsitzende Karl-Åke Asp mit seinem Hämmerchen auf den Tisch, und Berta stupste Gunnar an, damit er den Mund hielt.

»Herzlich willkommen. Das Interesse ist besonders groß, wenn das Frühlingsfest näher rückt. Der Festausschuss hat gute Arbeit geleistet wie immer. Eva, kannst du uns bitte mehr darüber berichten?«

Eva räusperte sich. Sie hatte rote Flecken am Hals, und das Papier in ihrer Hand zitterte so sehr, dass es aussah, als wedelte sie damit herum.

»Wir vom Festausschuss sind der Meinung, dass wir unser Fest dieses Jahr besonders feierlich begehen sollten, und zwar mit richtiger Musik.«

»Wieso richtig? Kann Musik denn auch falsch sein?«, flüsterte Konrad seiner Frau zu.

»Psst!« Hjördis gab ihm einen Klaps auf den Arm.

»Wie immer beauftragen wir einen Cateringservice, weil es zu umständlich wird, wenn alle ihr eigenes Essen mitbringen.«

»Was kostet denn der Spaß?«, fragte ein Mann aus dem östlichen Teil der Laubenkolonie. Sein Blick flackerte unruhig.

»Natürlich wird der Beitrag dieses Jahr ein bisschen höher«, antwortete Eva, die offenbar nicht aufzusehen wagte. »Wir haben an zweihundertfünfundzwanzig Kronen pro Person gedacht.«

Erik Kvist, ein stattlicher Mann mit hochrotem Gesicht, baute sich auf. Energisch schob er den Stuhl unter den Tisch.

»Klingt ja so, als hättet ihr die Band Lasse Stefanz engagiert, und das Essen wird wohl vom Opernkeller in Stockholm geliefert, was? Zweihundertfünfundzwanzig Kronen! Ich hoffe, ich habe mich verhört.«

Karl-Åke Asp schlug das Holzhämmerchen fest auf den Tisch.

»Die Teilnahme am Frühlingsfest ist freiwillig. Wir haben aber diskutiert, ob wir auf dem Fest eine Tombola machen sollten, um die Kosten niedriger zu halten.«

»Die Kosten niedriger halten! Das ist ja das Dümmste, was ich je gehört habe. Wenn wir Lose kaufen müssen, wird das Ganze ja noch teurer.« Kvist lief der Schweiß von der Stirn.

Eva schwankte und setzte sich.

»Wir wollten Rolf-Görans Orchester anfragen. Das Essen kommt von ›Kerstins Küche‹.«

»Ausgerechnet Rolf-Görans«, kommentierte Kvist mit höhnischem Grinsen. »Die sind ja nicht gerade dafür bekannt, dass sie Schwung in die Bude bringen.«

»Darf man sich was zu trinken mitnehmen?«, erkundigte sich ein schüchterner kleiner Mann.

»Wenn du dabei an Alkohol denkst, dann gilt dieselbe Regelung wie in früheren Jahren.«

»Vielleicht gibt es neue Mitglieder, die noch nicht wissen, was früher gegolten hat.« Erik Kvist sah sich um, als suchte er nach neuen Mitgliedern.

»Wer sich alkoholische Getränke mitbringen möchte, darf das gerne tun. Allerdings in mäßigen Mengen. Es soll auf gar keinen Fall zu einem Massenbesäufnis ausarten.« Der Vorsitzende sah verärgert aus.

»Ich dachte, wir wollten richtig feiern?«, witzelte Erik Kvist, und die Versammlung lachte.

Gunnar machte eine Geste, als wollte er Konrad zuprosten. Die beiden freuten sich schon auf das Fest.

Die Stimmen wurden immer lauter, und die Simrishamner, die in der ansonsten eher ruhigen Frühsommernacht am Pfadfinderheim vorbeiflanierten, blieben verwundert stehen.

Nach einer guten Stunde waren das Klappern von Porzellan und das Scharren von Stühlen zu hören. Die Versammlung hatte beschlossen, dem Vorschlag des Festausschusses zu folgen, auch wenn einige Stimmen die Kosten für ungerechtfertigt hielten.

»Sobald etwas Geld kosten soll, gehen die Diskussionen los«, meinte Konrad.

»Etwas essen muss man doch sowieso«, sagte Hjördis vorsichtig. Kurz dachte sie an Inga und die Verschwendung von Putzmitteln in den Sanitärräumen, entschied aber, das für sich zu behalten.

Berta schloss die Augen, als sie den ersten Bissen von der Krabbenpastete nahm. Während Hjördis Kaffee einschenkte, sah sie verstohlen zu den anderen Vereinsmitgliedern, die Zimtschnecken und Kekse mitgebracht hatten.

»Aha, ihr habt also schon angefangen mit dem Fest«, stellte Gert lachend fest und starrte begierig auf die Krabbenpasteten.

Gunnar unterdrückte sein Bedürfnis, sich zu räuspern, denn er dachte an Berta, die vermutlich sofort aufspringen und ihm auf den Rücken klopfen würde.

»Sag mal, Gunnar, sind eigentlich Gräten in den Krabbenpasteten?«, meinte Berta kichernd. Die anderen am Tisch wechselten verständnislose Blicke.

7. *Kapitel*

Als die Türen zum Pfadfinderheim geöffnet wurden und die Kleingärtner ins Freie strömten, erinnerten sie an Kühe, die nach dem langen Winter im Stall endlich auf die Weide gelassen werden. Sie schubsten und drängelten, als ginge es darum, am schnellsten von allen draußen zu sein.

Die meisten von ihnen waren aufgedreht und fröhlich, nur Erik Kvist und ein paar andere, die gegen die hohen Kosten protestiert hatten, sahen mürrisch aus. Sie hatten sich zu einem Grüppchen zusammengeschlossen und brummelten vor sich hin.

»Irgendwie ist es schwül«, bemerkte Konrad, als er den Korb in den Kofferraum stellte.

»Es gibt doch nicht etwa schon wieder Gewitter?« Berta sah ängstlich zum Himmel.

»Bestimmt nicht, ich habe nämlich nichts in meinem Knie gespürt«, tröstete Hjördis.

»Wollen wir noch in unsere Gärten gehen?«, schlug Gunnar vor.

Anstelle einer Antwort schloss Konrad seinen Wagen ab und betrat durch die kleine Pforte das Kleingartengelände.

»Hier ist es angenehm ruhig«, sagte Berta und seufzte zufrieden. »Ist es nicht schön, dass unsere Parzellen direkt nebeneinanderliegen?«

»Doch, das ist wirklich gut«, meinte Hjördis und lächelte.

Inzwischen war Gunnar an der Parzelle angekommen und machte sich am Schloss der Gartenpforte zu schaffen. Als er aufschaute, fiel sein Blick auf Holger und Erna.

»Aha, heute Abend wird also die Gattin ausgeführt«, bemerkte Holger und sah ihn herausfordernd an. »Auch mal nett zur Abwechslung.«

Berta sah fragend drein, und Erna wirkte verlegen.

»Ein schöner Abend heute«, sagte sie leise. »Das Frühlingsfest wird bestimmt ein großer Erfolg.«

»Willst du ein Bed and Breakfast eröffnen?«, fuhr Holger fort und zeigte auf Gunnars im Bau befindlichen Geräteschuppen.

»Leider bin ich für die nächste Saison schon komplett ausgebucht«, erwiderte Gunnar mürrisch.

Erna zog Holger am Jackenärmel, und sie gingen auf dem perfekt geharkten Kiesgang davon.

»Kommst du mit zur Toilette?«, fragte Berta ihre Freundin, während sie den Schlüssel vom Haken in der Laube nahm.

Sie machten sich zusammen auf den Weg.

Berta war als Erste fertig. Während sie auf Hjördis wartete, setzte sie sich auf einen Stuhl im Vereinsraum und blätterte zerstreut in ein paar Broschüren, die auf dem Tisch auslagen.

Hjördis blieb extra lange auf der Toilette. Sie dachte an das, was Signe gesagt hatte. Und jetzt hatte auch Holger so eine komische Andeutung gemacht. Wie traurig das war.

»Das sind bestimmt solche Typen wie die da, die hier auf dem Gelände ihr Unwesen treiben«, sagte Gunnar, und Konrad stimmte ihm zu.

»Worum geht's?«, fragte Berta, als sie den Schlüssel wieder an den Haken hängte.

»Seht ihr das nicht? Eine Motorradgang hat auf der anderen Seite der Tommarpsån ihr Lager aufgeschlagen.«

»Ja und?« Berta sah gleichgültig hinüber.

»Das sind Halbstarke mit Abzeichen auf dem Rücken.«

»Was denn für Abzeichen?« Hjördis kratzte sich nervös an der Hand.

»Diese Motorradgangs sind gefährlich«, meinte Gunnar.

»Woher willst du wissen, dass die gefährlich sind, Gunnar? Die haben doch wohl auch das Recht, zu zelten und die Natur zu genießen, genau wie wir.«

Im selben Augenblick war ein Gebrüll von der Stelle zu hören, wo die Motorradfahrer ihre Zelte aufgebaut hatten.

»Na, hab ich's nicht gesagt?« Gunnars Kiefer begannen zu mahlen. »Wagen wir überhaupt, nach Hause zu fahren?« Er sah Konrad an.

»Wir können doch nicht den ganzen Sommer hier sitzen und Wache halten, oder?«

»Jetzt dramatisiert ihr aber ein bisschen«, sagte Berta.

Die Leute auf der anderen Seite des Flusses ließen ihre Motorräder aufheulen.

»Dürfen die eigentlich überall zelten, wo sie wollen?«, fragte Konrad.

»Was heißt schon dürfen? Solche Leute machen doch

sowieso, was sie wollen«, brummte Gunnar. »Ich sag's ja, die sind gefährlich. Sie haben Schlagringe und prügeln sich mit Fahrradketten.«

»Oh, was du alles weißt, Gunnar. Ich glaube, ich werde unser Lexikon der Inneren Mission stiften. Wir brauchen es nicht mehr. Du weißt ja alles. Du bist ein Orakel.«

Hjördis unterdrückte ihren Impuls, laut loszuprusten. Gunnar und Berta waren einfach zu amüsant. Doch dann überkam sie wieder die Unruhe wegen Signes Andeutungen, und ihr Lächeln erlosch.

»Ich glaube trotzdem, ich übernachte heute besser hier.« Gunnar reckte sich.

»Was könntest du denn im Zweifelsfall ausrichten?«, wollte Hjördis wissen.

»Dafür sorgen, dass sie heute Nacht nicht hier randalieren.«

»Das könnte gefährlich werden«, meinte Hjördis atemlos.

»Ich habe keine Angst.« Gunnars Blick war streitlustig.

»Keine Angst?« Berta lachte hysterisch auf. »Weißt du noch, wie wir neulich hier im Dunkeln entlanggegangen sind und uns eine leere Plastiktüte hinterhergeweht ist? Du bist losgerannt, weil du gedacht hast, wir werden verfolgt. Es hat zehn Minuten gedauert, bis dein Herz wieder stehen geblieben ist.« Berta wirkte hektisch und sprach sowohl beim Einatmen als auch beim Ausatmen.

»Also, wenn mein Herz stehen geblieben wäre, dann wäre ich tot«, meinte Gunnar grinsend.

»Du weißt, was ich meine«, sagte Berta verlegen.

»Jetzt fahren wir nach Hause. Und zwar alle miteinander«, sagte Hjördis mit rauer Stimme.

»Wie ihr wollt«, brummte Gunnar. »Aber sagt hinterher bloß nicht, dass …«

Doch keiner hörte ihm zu, während sie miteinander in Richtung Parkplatz spazierten.

»Besser gut geflohen als schlecht geflochten«, brummte Gunnar.

»Gefochten, heißt das«, bemerkte Berta seufzend.

Gunnar kniff die Augen zusammen. Das war kein guter Abschluss dieses Tages, dachte er.

Als Konrad die Wagentür aufschloss, waren vom Lagerplatz der Motorradclique Musik und laute Stimmen zu hören. Die beiden Paare stiegen rasch ins Auto. Konrad legte einen Kavaliersstart hin, und der Kies spritzte auf den Rand des Parkplatzes, wo die wilden Blumen einen dichten Teppich bildeten.

Die Laubenkolonie lag einsam und verlassen da. Nur aus dem Pfadfinderheim, wo der Festausschuss nach der Mitgliederversammlung aufräumte, war das Scharren von Stühlen zu hören.

Berta und Gunnar lagen still in ihren Betten. Nur ein schmaler Lichtstreifen von der Straßenlaterne schlich sich durch die Jalousien ins Zimmer.

»Musstest du unbedingt versprechen, mit selbstgemachter Marmelade und gehäkelten Topflappen zur Tombola beizutragen? Das wäre doch nicht nötig gewesen«, meinte Gunnar müde.

»Hjördis wird eine selbstgenähte Schürze und eine Dose mit Mandelzwieback stiften.«

»Ihr beiden müsst ja wohl nicht das ganze Fest finanzieren.«

»Ach, es ist doch schön, wenn man mithelfen kann. Erna wird eine Schachtel Pralinen aus ihrem Laden mitbringen.«

Gunnar musste wieder an die Sache mit Holger denken. »Auch mal nett zur Abwechslung«, hatte er gesagt. Aus dieser Schwertschnauze kamen wirklich nur Bosheiten. Sollte er jemandem auch nur ansatzweise von unserem Gespräch im Blumengeschäft erzählen, werde ich ihm seinen gesamten Gemüsegarten umbuddeln, so wahr ich Gunnar Andersson heiße, dachte er grimmig.

»Warum stöhnst du so? Alles in Ordnung bei dir, Gunnar?«, fragte Berta.

»Ich denke an das ganze Elend auf der Welt«, schwindelte Gunnar. »An Erdbeben und andere schlimme Dinge.«

Plötzlich fuhr er auf und stellte sich auf den hellgrünen Wollflokati, der vor dem Bett auf dem Boden lag.

»Ich wusste es«, keuchte er.

»Was ist denn?« Berta schaltete die Bettlampe an und betrachtete ihn.

»Hörst du nicht das Feuerwehrauto? Jetzt haben diese Halbstarken den ganzen Mist angezündet.«

»Bezeichnest du unsere Kleingärten als Mist?«

»Mist ist ja wohl das Einzige, was nach ihrem Randalieren noch übrig bleibt.«

»Vielleicht sind es ja dieselben Idioten, die in Smedstorp unser altes Plumpsklo angezündet haben. Hast du das etwa vergessen?« Verärgert schaltete Berta die

Lampe wieder aus, sah Gunnars Umriss aber weiterhin im Dunkeln stehen.

»Das war die Grillkohle, die nicht richtig abgekühlt war, bevor ich den Grill ins Plumpsklo gestellt habe«, sagte Gunnar etwas ruhiger.

»Man stellt ja wohl auch keinen glühenden Grill in einen morschen Kloschuppen.«

»Fängt jetzt wieder das Genörgel wegen des alten Plumpsklos an? Das ist zwanzig Jahre her. Kann man nicht mal in Ruhe schlafen, oder was?«

»Dann würde ich dir empfehlen, dich erst mal in dein Bett zu legen.«

Gunnar legte sich beschämt hin.

»Gute Nacht, Berta«, sagte er vorsichtig. »Bis morgen.«

»Gute Nacht.« Berta ärgerte sich jedes Mal, wenn er sagte: »Bis morgen«, aber jetzt hatte sie einfach keine Nerven mehr für weitere Diskussionen.

Unten auf dem Parkplatz wirbelte ein Schokoladenpapier fröhlich tänzelnd umher, bis es im Dornengebüsch am Fahrradschuppen hängen blieb.

Hinter den Fenstern im Haus erloschen allmählich die Lichter, eines nach dem anderen. Schließlich wurde die Hausfassade nur noch von ein paar schwachen Lampen erhellt, die an wachsame Augen erinnerten.

8. Kapitel

»Musst du den Brotbelag ganz nach hinten stellen? Man kommt doch gar nicht ran«, beschwerte sich Hjördis, ohne von der Zeitung aufzublicken.

»Was brauchst du denn?« Konrad schob den Käse näher zu ihr hin.

»Ich will, dass *alles* mitten auf dem Tisch steht.«

Das Telefon klingelte, und Konrad verschwand im Wohnzimmer.

Die Küche war gemütlich, wenn auch ein bisschen vollgestellt. Hjördis hatte sich beim Umzug nicht von der ausladenden Esszimmergarnitur trennen können, die noch aus ihrem Elternhaus stammte. Sie bestand aus einem großen Tisch aus dunkler Eiche und acht Stühlen, deren hohe Lehnen oben mit einer Apfelschnitzerei versehen waren. Nur sechs der Stühle hatten Platz in der Küche, weshalb die restlichen beiden im Schlafzimmer untergekommen waren. Weil der Tisch so breit war, entstanden oft Diskussionen, wenn Konrad das Essen nicht mitten auf die Tischplatte stellte.

Hjördis wackelte mit den Zehen. Es gefiel ihr, dass sie morgens barfuß gehen konnte. In ihrem alten Haus war es fürchterlich fußkalt gewesen, und sie hatte selbst im Sommer Socken tragen müssen. Sie fuhr sich mit der Hand durch die Haare. Mit der frischen Dauerwelle befürchtete sie, wie ein Pudel auszusehen, und an den

Ohren war es wieder viel zu kurz. Wegen ihrer langen Ohrläppchen hatte sie schon immer Komplexe gehabt. Als Thomas klein war, hatte er gesagt: »Mutti, warum hast du so flatterige Ohren?« Und dann hatte er sie an den Ohrläppchen gezogen.

»Es war Gunnar«, sagte Konrad, als er in die Küche zurückkam.

»Gunnar! So früh am Morgen. Was wollte er denn?«

»Er wollte wissen, ob wir zum Garten fahren.«

»Die sind doch sonst nie so früh unterwegs?«

»Er macht sich Sorgen wegen dieser Motorradgang.«

»Unglaublich, wie er sich deswegen aufregt.«

»Er hat gestern vor dem Einschlafen noch die Feuerwehr gehört«, erzählte Konrad und legte zwei Scheiben Wurst auf sein Brot. Er spürte Hjördis' kritischen Blick, aber die Brotscheibe war nun einmal groß, und er wollte Aufschnitt bis an den Rand darauf haben, damit es nicht so trocken war.

»Du hast doch wohl gesagt, dass wir heute zu Thomas und Kerstin fahren und ihnen im Garten helfen?« Hjördis faltete die Zeitung zusammen und reichte sie Konrad.

»Natürlich. Steht heute was Besonderes im Käseblatt?«, fragte er und reckte sich, um die Zeitung in Empfang zu nehmen.

»Ich finde, die Werbeanzeigen nehmen allmählich überhand. Irgendwo stand, dass Alf Johannesson die ›Rose des Tages‹ verliehen bekommen hat, weil er einer alten Dame aufgeholfen hat, die gestürzt war.«

Hjördis begann den Tisch abzuräumen. Sie wickelte

Käse und Wurst sorgfältig in Frischhaltefolie, bevor sie beide Päckchen in den Kühlschrank legte.

Als der Esstisch wieder leer war, breitete Konrad die Zeitung aus und lehnte sich mit ausgestreckten Armen vornüber.

»Soll ich in den Keller gehen und die Einlegeplatten für den Tisch holen, damit du genug Platz hast?«, zog Hjördis ihn auf und verschwand dann im Badezimmer. Als Konrad hörte, wie sie die Zähne putzte, stand er rasch auf, ging zum Kühlschrank, nahm sich eine Scheibe Wurst und steckte sie sich in den Mund.

»Willst du wirklich schon so früh los?«, fragte Berta. »Ich habe eben in den Nachrichten gehört, dass es in einem Bootshaus unten am Hafen gebrannt hat. Die Kleingärten stehen bestimmt noch.«

»Das weiß man nie.« Gunnar zog sich einen dicken Pullover über und schlüpfte in seine Holzpantinen.

»Es ist nicht gut, wenn man sich zu viele Sorgen macht. Es war ja fürchterlich, wie du dich heute Nacht im Bett herumgewälzt hast.« Berta legte liebevoll ihre Hand auf Gunnars Wange.

»Schönheitsschlaf hab ich jedenfalls keinen bekommen.« Gunnar kniff Berta scherzhaft in den Hintern. »Und das mit dem Sorgenmachen kam ja genau von der Richtigen. Was du dir immer für unnötige Gedanken wegen unserer Kinder und Enkel gemacht hast. Wenn deine Prognosen gestimmt hätten, dann wäre die Welt schon mehrmals untergegangen.«

Als Gunnar die Tür öffnete, hätte Berta beinahe gesagt: »Pass gut auf dich auf«, aber sie beherrschte sich und bemerkte stattdessen: »Vielleicht solltest du dir ein Blaulicht aufs Rad montieren, wenn du auf Verbrecherjagd fährst.«

Als Gunnar gegangen war, blieb Berta noch eine Weile an der Wohnungstür stehen und rang die Hände. Dann trat sie auf den Balkon hinaus und zupfte welke Blätter von den Stiefmütterchen. Sie sah, wie Gunnar zum Schuppen ging und wenig später sein Fahrrad zur Parkplatzeinfahrt schob. Er legt großen Wert auf Zucht und Ordnung, dachte sie, wobei er sich in Sachen Motorradclique wohl besser zurückhalten sollte.

Gunnar radelte die Storgatan hinunter, am Jachthafen vorbei und zum Strandpavillon, von dem aus die Brücke über die Tommarpsån zum Kleingartengelände führte. Verstohlen sah er zur Stelle, wo die Motorradfahrer ihr Lager aufgeschlagen hatten. Sie waren schon noch dort. Das hatte er im Gespür gehabt. Vermutlich würden sie sich den ganzen Sommer mit diesem Pack herumschlagen müssen. Aber es war still und ruhig, und niemand war zu sehen.

Als er auf seinen Garten zuging, sah er, dass jemand einen Zettel an der Gartenpforte befestigt hatte. Sein Atem wurde hektisch, er schwankte und wäre beinahe in Karlssons Ligusterhecke gepurzelt.

Berta liebte die Einsamkeit. Die selbstgewählte wohlgemerkt. Auf das Alleinsein, das einen ungewollt traf, konnte sie gut verzichten. Sie schüttelte die Thermoskanne. Ein kleiner Schluck war noch drin. Sie zog ihren Häkelkorb hervor und stellte ihn auf den Balkon. Dann legte sie sich eine Strickjacke über die Schultern und setzte sich mit dem Kaffeebecher hinaus, obwohl es noch so früh morgens war. Sie kramte zwischen den verschiedenen Garnen und entschied sich schließlich für Grün und Gelb. Manchmal fragte sie sich, wie viele Topflappen sie wohl im Lauf der Jahre produziert hatte. Jetzt würde sie mit denen beginnen, die sie für die Tombola beim Frühlingsfest häkeln wollte. Ein bisschen stolz war sie schon auf ihre Erzeugnisse. »Gleichmäßig und schön häkelst du«, sagten die Leute immer, und sorgfältig, das war sie. Sie brauchte keine Anleitung mehr, denn sie konnte sie längst auswendig.

Gerade als sie den ersten Schluck Kaffee genoss, sah sie Hjördis und Konrad in Richtung Parkplatz gehen. Ehe sie ins Auto stiegen, drehte Hjördis sich um und entdeckte Berta oben auf dem Balkon. Sie winkten einander zu, und Konrad hupte, bevor er losfuhr.

Plötzlich kam es Berta so vor, als zwitscherten die Vögel lauter als vorher, und die frische Morgenluft war wie eine Liebkosung. Das Einzige, was sie traurig stimmte, war die Tatsache, dass sie und Hjördis sich nicht schon in der Zeit kennengelernt hatten, als sie noch in Smedstorp wohnten. Sie hatte das Gefühl, als hätte sie viele Jahre der Freundschaft verpasst, aber die würden sie jetzt nachholen.

Gunnar saß am Gartentisch und las den Zettel, der an der Pforte befestigt gewesen war. Wie immer, wenn er allein hier war, hatte er sein Fahrrad nicht hinter die Laube gestellt und das Gebäude auch nicht aufgeschlossen. Hektisch überflog er die Mitteilung.

»Der Vorstand hat die Anfrage eines Vereinsmitglieds erhalten, ob in den Kleingärten Trampoline aufgestellt werden dürfen. Der Vorstand hat beschlossen, diese Trampoline auf dem Gelände zu untersagen …«

Gunnar verdrehte die Augen. Immer nur Verbote, dachte er. Wobei sie an einem Trampolin ohnehin nicht interessiert waren. Er las weiter.

»Die Problematik der zu hohen Hecken wird weiterverfolgt. Rasenmähen, Hämmern und andere störende Tätigkeiten dürfen zwischen dem 1. Juni und dem 31. August montags bis einschließlich freitags nicht vor 8.00 Uhr und nicht nach 21.00 Uhr ausgeführt werden, ebenso wenig an Samstagen vor 8.00 Uhr und nach 15.00 Uhr. An Sonn- und Feiertagen sind solche Tätigkeiten komplett untersagt.«

Gunnar erhob sich abrupt. Jetzt musste er auch noch pinkeln. Berta mochte es nicht, wenn er das auf ihrem Grundstück erledigte. Aber sie hatte nichts über andere Grundstücke gesagt. Er ging hinters Haus. Die angrenzende Parzelle war ungepflegt, und das Ehepaar Olofsson, das den Garten gepachtet hatte, war schon mehrfach ermahnt worden. Ein großer struppiger Busch stand direkt an der Grundstücksgrenze zu Bertas und Gunnars Garten und warf seinen Schatten auf Bertas Duftwicken. Sicher hatte sie nichts dagegen, wenn dieses Gestrüpp einging, dachte Gunnar, knöpfte seinen Hosenstall auf und richtete den Strahl durch den Maschendrahtzaun. Ein verdammtes Glück, dass es kein Elektrozaun ist, dachte er. Dann wäre ich vermutlich bis aufs Dach geflogen.

Erleichtert setzte er sich wieder an den Gartentisch

und las weiter. Dabei schüttelte er immer wieder den Kopf. Anschließend steckte er den Zettel in die Tasche und schloss die Laube auf. Er nahm das Fernglas vom Haken neben dem Toilettenschlüssel und hängte es sich um den Hals. An der Gartenpforte blieb er eine Weile stehen und sah sich um, ehe er sie öffnete und den Weg in Richtung Tommarpsån einschlug.

Aha, dachte er. Jetzt ist das Pack also aufgewacht. Drei Frauen und vier Männer waren an den Zelten zugange. Gunnar hob das Fernglas und spähte hinüber. Papier, Flaschen und Decken lagen auf dem Rasen verstreut. Offenbar hatten sie sich im Sand eine Feuerstelle gebaut.

»So früh bist du also schon unterwegs, um dich nach fremden Frauen umzusehen. Scheint ja dein neues Hobby zu sein.«

Gunnar fuhr zusammen und fühlte sich ertappt. Er warf Holger einen wütenden Blick zu.

»Hast du schon mal Frauen mit Schnäbeln und Flügeln gesehen?«, konterte er.

Holger stellte die Schubkarre auf dem Kiesweg ab und schob die Haare zurück, die ihm in die Stirn gefallen waren.

»Mit Schnäbeln und Flügeln?« Er sah Gunnar skeptisch an.

»Alpenschneehühner kriegt man ja nicht alle Tage zu Gesicht«, fuhr Gunnar angestrengt fort. »Ich liebe es, Vögel zu beobachten.«

»Ach, wie schön! Vielleicht willst du ja in unseren ornithologischen Verein eintreten? Ich bin der Vereinsvorsitzende.«

Gunnar atmete die Morgenluft so heftig ein, dass er eine Hustenattacke bekam.

»Und falls du nicht Mitglied werden willst, kannst du ja trotzdem mal vorbeikommen und von deinen Entdeckungen und Beobachtungen berichten. Alpenschneehühner gibt es normalerweise nur in kargen arktischen und subarktischen Gebieten.«

Gunnar antwortete nicht, sondern hob das Fernglas erneut und sah in eine andere Richtung. Er brauchte Bedenkzeit. Doch ehe ihm eine schlagfertige Antwort eingefallen war, hörte er Holger mit seiner Schubkarre in Richtung Müllplatz davonquietschen. Heute sollte ich besser meine Klappe halten, dachte Gunnar. Je mehr man in der Scheiße wühlt, desto mehr stinkt es.

Wie war er nur auf das Alpenschneehuhn gekommen?, fragte er sich, während er zurück zum Kleingartengelände spazierte. Er holte sein Werkzeug und begann am Schuppen weiterzuhämmern. Plötzlich hielt er inne, zog den Zettel aus der Tasche und las ihn noch mal durch. Montags bis einschließlich freitags nicht vor 8.00 Uhr. Er sah auf die Uhr und hämmerte weiter.

Doch Gunnar hatte an diesem Tag keine rechte Freude an der Arbeit. Die Vorstellung, dass Holger nach ihrem Gespräch im Blumenladen irgendwelche Gerüchte über ihn in die Welt setzen könnte, beunruhigte ihn. Es hatte keinen Sinn, Holger zu erklären, dass das Ganze nur ein Scherz gewesen war. Selbst wenn Holger das begriffen hätte, er würde es trotzdem genießen, Gunnar zappeln zu lassen und kleine Anspielungen zu machen. Sollte Berta von dem Gespräch erfahren, könnte er gleich in den Fluss springen.

Ohne Berta war es einfach nicht gemütlich im Schrebergarten. Er vermisste ihre Fürsorge und ihr Herumpusseln.

»Beeil dich mit dem Hämmern, ehe es zu spät ist. Sonst treten die Strafmaßnahmen in Kraft«, sagte eine gut gelaunte Stimme.

Gunnar drehte sich um und sah Camilla, die auf ihn zuspaziert kam.

»Bald darf man sich vielleicht nur noch eine Stunde am Tag in seinem Garten aufhalten. Da muss man seine Vorhaben noch möglichst schnell umsetzen«, konterte Gunnar.

Richtig ansehnlich ist sie, dachte er, und sein Blick blieb unwillkürlich an ihrem üppigen Ausschnitt hängen.

»Du baust an, sehe ich.« Camilla ging zum Zaun hinüber.

»Ach, das wird nur ein Geräteschuppen, damit Berta keine Schaufeln und Harken im Wohnzimmer dulden muss.«

»Berta hat wirklich einen grünen Daumen«, lobte Camilla und sah sich im Garten um. Gunnar empfand Stolz. »Ist das eine Anemone dort drüben an der Hausecke?«, fuhr sie fort und streckte sich noch weiter über den Zaun.

»Keine Ahnung, wie die Blumen heißen.«

»Darf ich sie mir mal näher ansehen?« Camilla wartete die Antwort nicht ab, sondern stand plötzlich bei Gunnar im Garten und beugte sich über das Blumenbeet.

»Ja, das sind Anemonen. Hübsch sehen sie aus«, stellte sie fest und richtete sich wieder auf.

Gunnar spürte den Duft ihres Parfüms und schloss die Augen.

»Du bist ja heute richtig aktiv, Gunnar.« Holgers Stimme klang amüsiert.

»Er ist nicht nur fleißig, sondern auch nett«, meinte Camilla lachend und klopfte Gunnar auf die Schulter.

»Lasst euch nicht stören.« Holger blinzelte Gunnar vielsagend zu.

Ein Besuch beim Zahnarzt war im Vergleich dazu fast ein Genuss. Dort konnte man sich immerhin eine Narkose geben lassen. Holgers Worte hingegen fühlten sich wie eine Spritze an, die in eine völlig gesunde Wurzel traf.

»Ich muss mal weitermachen«, sagte Gunnar, nachdem er sich erholt hatte und Holger mit einem albernen Lächeln davongegangen war.

»Ich mache gerade meinen Morgenspaziergang nach Tobisborg. Vielleicht kann Berta mir mal einen Wurzelschnittling von den Anemonen geben«, meinte Camilla und ging durch die Gartenpforte nach draußen.

Gunnar setzte sich in die Laube. Er wollte lieber nicht das Risiko eingehen, Holger an diesem Morgen noch einmal zu begegnen, denn dann könnte er keine Verantwortung mehr für seine Handlungen übernehmen. Am liebsten hätte er Holger einen Schlag in seine breite Fresse versetzt, aber auf solche Methoden musste er natürlich verzichten. Vielleicht wäre es tatsächlich eine Alternative, ihm den Gemüsegarten komplett umzugraben, grübelte er. Holger ähnelte einem Trüffelschwein, wenn er auf allen vieren in seinem Beet lag. Seine Parzelle war pedantisch gepflegt, und Gunnar tippte darauf, dass Holger mit Pinzette und Monokel lauerte, bis das Unkraut aus der Erde hervorlugte, damit er es sofort auszupfen konnte. Sicher kroch er auch auf dem Rasen umher und richtete nach einem Windstoß jeden Grashalm einzeln wieder auf.

Doch obwohl Holger so großspurig auftrat, gab es durchaus Situationen, in denen er sich bei anderen einschmeichelte. Bei den Mitgliederversammlungen des Kleingartenvereins zum Beispiel stimmte er allen Entschlüssen zu und schien sich beim Vorsitzenden beliebt machen zu wollen. Womöglich gierte er nach einem Auftrag im Vorstand.

»Sitzt du bei diesem schönen Wetter in der Laube?«, erkundigte sich Berta, als sie den Kopf hereinsteckte.

Gunnar seufzte, erhob sich aber, ging hinaus und machte sich wieder an sein Bauvorhaben.

»Konrad und Hjördis kommen heute Abend zu uns in den Garten. Wir wollen grillen, weil das Wetter so schön ist. Das Mittagessen überspringen wir einfach. Ich habe ein paar Eier gekocht und belegte Brote mitgebracht.«

Es fühlte sich gleich viel besser an, jetzt da Berta hier war. Gunnar genoss es, sie summen zu hören, während sie mit ihren Blumen herumhantierte. Auf das Grillen heute Abend freute er sich.

Das Bauprojekt hatte sich ein wenig hingezogen, aber wie hieß es so schön? Besser etwas zu spät als etwas zu schlecht. Plötzlich hatte Gunnar das Gefühl, als stünde seine Mutter neben ihm und läse aus ihrem Notizbuch vor. Danke für alle klugen Worte, Mutter, dachte er zärtlich, während er das nächste Brett zurechtsägte.

9. *Kapitel*

Konrad und Hjördis kamen mit dem Auto und brachten alles mit, was sie fürs abendliche Grillen brauchten. Berta hatte vorgeschlagen, dass das Grillen in ihrem Garten stattfand. Ihren eigentlichen Beweggrund verschwieg sie lieber: Sie fand es in ihrem eigenen Garten entspannter, weil der Grill dort auf Zementplatten stand, denen die Funken nichts anhaben konnten. Stattdessen bot sie an, das Praktische vorzubereiten und herzurichten, wenn Hjördis das Einkaufen übernehmen wollte. Die Kosten für das Essen teilten sie sich ohnehin.

Die Frauen deckten den Tisch, und die Männer planten das Grillen.

»Wenn ihr ein Fußbad nehmen wollt, müsst ihr künftig mit der kleinen Wanne vorliebnehmen«, meinte Gunnar plötzlich lachend.

»Hier gibt es doch gar kein Wasser, außer dem Flusswasser aus dem Gartenhahn natürlich. Aber damit soll man ja nur gießen. Meine Füße will ich wirklich nicht darin baden.« Hjördis verzog angewidert ihr Gesicht.

»Ihr habt doch auch das Schreiben vom Vorstand bekommen, oder?«, fragte Gunnar, während er reichlich Zündflüssigkeit auf den Grill spritzte.

»Ich habe es noch nicht gelesen. Stand irgendwas Besonderes drin?«, erkundigte sich Konrad.

»Ein Haufen Verbote wie immer«, seufzte Gunnar.

»›Das maximale Volumen von Schwimmbecken wird auf fünftausend Liter begrenzt. Swimmingpools müssen auf Bodenhöhe aufgestellt werden.‹«

»Das ist das Dümmste, was ich je gehört habe. Hier gibt es doch gar kein Badewasser. Denken die etwa, wir würden das Wasser in Eimern vom Meer herauftragen?« Konrad stellte die Flasche ab.

»Am albernsten fand ich folgende Passage: ›Masten und Parabolspiegel für Rundfunk, Fernsehen und die Montage von Sonnenkollektoren dürfen höchstens einen Meter über dem Dachfirst angebracht werden.‹«

»Wir haben doch gar keinen Strom«, meinte Berta lachend.

»Vermutlich haben sie die Richtlinien von irgendeinem anderen Verein geklaut«, sagte Hjördis.

»Sieh mal, jetzt kommen wieder die fliegenden Mäuse.« Gunnar scheuchte einen Schwarm Spatzen weg, die sich auf den Gartentisch gesetzt hatten.

»Nenn sie doch nicht so, Gunnar. Ich finde sie niedlich.«

»Niedlich!«, meinte Gunnar entrüstet. »Sie haben letzte Woche ein halbes Marzipantörtchen weggeholt. Und überall hinkacken tun sie auch.«

Inzwischen zogen verführerische Düfte vom Grill herüber. Das marinierte Kotelett begann Farbe zu bekommen, und der Tisch war fertig gedeckt.

»Du hast wirklich leckeren Kartoffelsalat gekauft«, lobte Berta, als sie angefangen hatten zu essen.

»Er ist aus dem ICA-Supermarkt Brunnshallen gekauft. Von der Delikatessentheke«, antwortete Hjördis stolz.

»Ich verstehe nicht, warum man alles so kompliziert machen muss. Was ist denn gegen normale Kartoffeln einzuwenden? Die finde ich viel besser. Und immer dieses Grünfutter. Dabei ist doch das Einfachste meistens auch das Beste«, sagte Konrad mit Nachdruck.

»Ihr versteht eben nichts von Finesse«, erwiderte Berta und schob sich ein Stück Fleisch in den Mund. »Das Fleisch ist euch aber gut gelungen. Gerade richtig von der Konsistenz her.«

»Darf man eigentlich nach achtzehn Uhr grillen?«, witzelte Gunnar.

Nach einer Weile hörten sie, wie die Leute von der Motorradclique ihre Fahrzeuge starteten und lärmend davonbrausten.

»Wisst ihr was? Ich habe mir immer gewünscht, mal Motorrad zu fahren«, sagte Berta unvermittelt, und die anderen sahen sie erstaunt an.

»Na, das wäre ja was«, meinte Gunnar spöttisch. »Wo du doch schon von Nahtoderlebnissen sprichst, wenn ich auf der Autobahn mal siebzig fahre. Und Probleme mit den Ohren hast du auch. Außerdem kannst du doch gar nicht Motorrad fahren, oder?«

Gunnar schien zu befürchten, dass seiner Frau irgendwas Komisches einfallen könnte. Bei Berta konnte man das nie so genau wissen. Wie damals, als Mikael sich mit fünfzehn sein erstes Moped gekauft und sie darauf bestanden hatte, es Probe zu fahren. Herrjemine. Damals wäre es beinahe böse ausgegangen. Mitten im Holzstapel war sie gelandet, dass die vordere Gabel abgefallen war – und Berta gleich mit.

»Du kannst ja fragen, ob du eine Runde mitfahren darfst«, meinte Gunnar mürrisch.

»Das würde mir nichts ausmachen. Sobald jemand Lederkleidung trägt, scheinen alle Menschen davon auszugehen, dass er gefährlich ist.«

»Aber diese Abzeichen auf dem Rücken«, gab Hjördis zu bedenken.

»Die Abzeichen sind doch wohl nicht gefährlich.« Berta wischte sich den Mund ab. Typisch Hjördis, dachte sie zärtlich. Jetzt fiel es ihrer Freundin mal wieder schwer, Stellung zu beziehen. Manchmal wünschte sie sich, dass Hjördis mit der Faust auf den Tisch schlagen und ihre eigenen Ansichten kundtun würde.

»Nimm dir doch noch ein bisschen Kartoffelsalat, Berta«, sagte Hjördis freundlich. Sie hatte den Kartoffelsalat in eine hübsche Glasschüssel gefüllt und einen eleganten Auffülllöffel aus Silber hineingesteckt.

Wenn es in den Kleingärten ein bisschen festlich sein sollte, reichte es nicht mit Papptellern und Plastikbechern, nein, da wurde richtiges Porzellan aufgedeckt.

»Wollen wir vor dem Kaffee noch einen Spaziergang machen?«, schlug Konrad vor, als sie aufgegessen hatten. »Man fühlt sich schon ein bisschen voll nach dem Essen.«

»Gern.« Berta holte schnell ihre Strickjacke aus der Laube.

Sie gingen zu der Stelle am Fluss, wo Gunnar zuvor mit dem Fernglas gestanden hatte.

»Still und ruhig ist es da drüben«, stellte Konrad mit Blick auf das Lager der Motorradfahrer fest.

»Ist ja auch keiner zu Hause.« Hjördis fuhr sich mit der Hand durchs Haar.

»›Keiner zu Hause‹ – das sagt man doch wohl nicht, wenn man in einem Zelt übernachtet.«

»Was sagt man denn dann?«, erwiderte Hjördis beleidigt.

»Dass die Zelte leer sind vielleicht«, meinte Konrad.

Hjördis rümpfte die Nase und zog Berta am Ärmel ihrer Strickjacke.

»Komm, gehen wir in den Solrosgången. Ich muss mir einfach Svenssons Gämswurzen ansehen, die sind so hübsch.«

»Nicht da hingehen!«, rief Gunnar erschrocken.

»Blühen die schon?«, meinte Berta fröhlich und folgte Hjördis.

»Nein, nein!« Gunnar versuchte Berta zurückzuhalten.

»Was ist denn mit dir los?« Berta befreite sich aus dem Griff ihres Mannes.

Als auch Konrad den beiden Frauen folgte, gab Gunnar auf und gesellte sich widerwillig zu den anderen.

»Sieh dir mal Holgers und Ernas Garten an! Ist der hübsch«, meinte Hjördis seufzend.

Zu Gunnars großer Erleichterung war deren Parzelle menschenleer, und auch die Fahrräder der beiden waren nicht zu sehen.

»Was für ein prächtiger Apfelbaum. Könnten wir nicht auch einen in unserem Garten haben? Das wäre schön«, sagte Berta schwärmerisch.

»Das geht aber nicht, wenn wir zwischen all deinen

Blumentöpfen und Pflanzkästen auch noch Platz finden sollen. Wir oder ein Apfelbaum. Du hast freie Wahl«, konterte Gunnar lachend.

»Seht mal, was für ein schöner Briefkasten.« Hjördis strich mit den Fingern über den handbemalten Kasten, auf dem bunte Blumen und eine schwarze Katze abgebildet waren.

Im selben Moment hatte Gunnar einen nobelpreisverdächtigen Einfall – sofern es für Gedanken überhaupt Preise gab. Jetzt wusste er, was er unternehmen könnte, um sich an Holger zu rächen.

»Was grinst du denn so vor dich hin?«, erkundigte sich Berta amüsiert.

»Ich denke an Holgers und Ernas Apfelbaum.« Und Gunnar wurde auf einmal von einem großen inneren Frieden erfüllt.

Als sie nach dem Spaziergang zurückkamen, drehten die beiden Frauen eine Runde in ihren eigenen Gärten, um sich anzusehen, wie die Blütenknospen täglich mehr anschwollen.

Irgendwann wurde es feucht, und sie packten ihre Körbe zusammen und sperrten die Lauben zu. Konrad verstaute alles in seinem Auto, während Gunnar und Berta mit dem Rad fuhren. Auf dem Strandvägen begegneten sie der Motorradclique. Berta drehte sich nach ihnen um und klingelte fröhlich, doch Gunnar reagierte überhaupt nicht. Seine Rachepläne beanspruchten seine volle Aufmerksamkeit.

Auf den Zementplatten in Gunnars und Bertas Schrebergarten hatten es sich ein paar Möwen gemütlich gemacht und taten sich an den Brotresten gütlich, die die fliegenden Mäuse zurückgelassen hatten.

Konrad und Hjördis standen schon auf dem Parkplatz und warteten, als ihre Freunde schließlich eintrafen.

»Das ging ja fast so flott wie mit dem Auto«, stellte Konrad fest.

»Man hat ja schließlich Turbo«, meinte Gunnar und schlug grinsend mit der Hand auf seinen Fahrradsattel.

Sie nahmen die Taschen mit hoch und gingen in ihre Wohnungen.

»Das war ein schöner Abend«, meinte Berta.

»Wirklich«, antwortete Gunnar mit Nachdruck.

Während Berta auspackte und abwusch, lief Gunnar in der Wohnung herum wie ein Huhn in Legenot.

»Was tigerst du eigentlich so herum?«, erkundigte sich Berta, als sie ins Wohnzimmer kam.

Er antwortete nicht, sondern setzte sich in den Sessel und schaltete den Fernseher an.

»Du wolltest doch unbedingt Birnen haben, oder?«, fuhr Berta fort. »Dann iss sie gefälligst, ehe sie vergammeln. Unglaublich, wie gesprächig du heute bist.« Sie warf Gunnar einen finsteren Blick zu.

Warum konnte sie nicht einfach ins Bett gehen?, dachte er. Es war beinahe halb zehn, eine Zeit, zu der sich Berta sonst hinzulegen pflegte. Zwar las sie meistens noch ein bisschen oder löste ein Kreuzworträtsel, aber sie schlief in der Regel ziemlich schnell ein. Erst dann würde Gunnar mit der Umsetzung seiner Pläne beginnen.

»Ich bin heute so aufgekratzt. Das geht mir fast

immer so, wenn wir etwas mit den beiden unternommen haben. Wie schön Hjördis den Kartoffelsalat angerichtet hatte. Hörst du eigentlich, dass ich mit dir rede?« Berta starrte Gunnar an.

»Hast du was gesagt?«

»Ob ich ›was gesagt‹ habe? Ich habe eine Menge gesagt, aber du hast mir nicht geantwortet. Ich habe gesagt, dass ich noch total wach bin.«

Gunnar sank noch tiefer in den Sessel. Berta zupfte ein welkes Blatt von den Nelken, die er ihr geschenkt hatte, und las noch mal das Begleitkärtchen. *Von Gunnar Andersson.* Sie kicherte und sah ihren Mann an. Spinner, dachte sie liebevoll. Aber heute Abend bedrückte ihn etwas, das war deutlich zu spüren. Berta setzte sich in den anderen Sessel. Im Fernsehen lief die Wiederholung eines alten Films, und beide starrten gelangweilt auf den Bildschirm. Plötzlich nickte Gunnar ein.

»Geh doch ins Bett! Du bist wie ein kleines Kind, das bis zum Letzten kämpft, um aufzubleiben.«

»Willst du dich denn nicht hinlegen?«, fragte Gunnar.

»Da sieht man es wieder. Du hörst gar nicht zu, wenn ich rede. Ich habe eben gesagt, dass ich mich so wach fühle.«

Gunnar stöhnte und schaltete zu einem anderen Sender weiter, in der Hoffnung, sich wachhalten zu können. Berta blätterte in einer Zeitschrift.

»Kronprinzessin Madeleine hat einen neuen Kerl.«

»Schön für sie«, antwortete Gunnar.

»Schade, dass aus der anderen Beziehung nichts geworden ist. Der Mann wirkte so nett.«

»Wie kannst du dich nur so dafür interessieren, wer mit wem zusammen ist?«, meinte Gunnar.

»Du könntest dich ein bisschen mehr für das interessieren, was auf der Welt passiert.« Berta legte die Zeitschrift beiseite.

»Ist es etwa ein Weltereignis, dass sie einen neuen Kerl hat? Das kommt doch ständig vor.«

Berta sah auf die Uhr, stand auf und verschwand im Bad.

»Willst du nicht auch ins Bett gehen? Es ist schon nach zehn«, sagte sie, als sie wenig später an Gunnar vorbei ins Schlafzimmer ging.

Er wusste, dass sie nicht lockerlassen würde, ehe er ins Bett kam. Deshalb beschloss er, sich hinzulegen und darauf zu warten, dass Berta einschlief. Wie immer las sie erst ein bisschen und fing dann mit einem Kreuzworträtsel an.

»Morgen ist auch noch ein Tag«, sagte Gunnar.

»Das wollen wir hoffen.« Berta löste weiter fieberhaft ihr Kreuzworträtsel. »Verleiht neue Kräfte, mit vier Buchstaben, endet auf E.«

»Schlaf«, schlug Gunnar vor und gähnte.

»Das sind sechs Buchstaben und da ist weit und breit kein E.«

»Willst du das Licht die ganze Nacht brennen lassen?« Jetzt klang Gunnar gereizt.

Berta antwortete nicht, machte aber die Nachttischlampe aus. Gunnar musste sich konzentrieren, um nicht einzuschlafen. Berta wälzte sich im Bett herum, und ihm war klar, dass sie noch wach war. Nicht zu fassen, wie ausdauernd sie heute war. Dabei schlief sie sonst schlagartig ein, sobald sie die Lampe ausgeschaltet hatte. Im Treppenhaus war das Getrappel von Holzpantinen zu hören. Gunnar kniff die Augen zusammen. Er wollte das Geräusch nicht kommentieren, denn das hätte zu einer Diskussion geführt, die ewig dauern konnte.

Bald elf, stellte Gunnar fest, als er nach einer Weile auf die Uhr sah. Er streckte einen Fuß unter der Decke hervor. In diesen Wohnungen ist es irgendwie stickig, dachte er. Im selben Moment hörte er ein Schnarchen von Berta. Am besten wartete er noch eine Weile, sicherheitshalber.

Um Viertel nach elf hob er vorsichtig die Decke an und richtete sich auf. Berta wälzte sich unruhig herum, und er hielt inne. Als er eine Weile auf dem hellgrünen Flokatiteppich gestanden hatte, schlich er hinaus, schloss die Schlafzimmertür hinter sich und ging in die Küche. Wo hatte Berta bloß die Stifte hingelegt? Sie musste doch noch andere haben als den im Schlafzimmer? Vorsichtig zog er mehrere Küchenschubladen auf. Plötzlich entdeckte er den Stiftehalter auf der Fensterbank. Jetzt fehlte nur noch Papier. Er wusste, dass im Schränkchen in der Diele welches lag. Richtig, da war der Schreibblock – und noch ein ganzer Haufen Stifte.

Zufrieden setzte er sich an den Küchentisch. Er war es nicht gewohnt zu schreiben. Eine Reihe nach der anderen malte er auf den Zettel. Zwischendurch lehnte er sich zurück und bewunderte sein Werk.

»Was um alles in der Welt machst du hier?« Bertas Stimme klang erstaunt.

Rasch faltete Gunnar den Zettel zusammen und steckte ihn in die Schlafanzugtasche.

»Konnte nicht schlafen«, erklärte er mit einem schiefen Lächeln.

»Und dann bist du aufgestanden, um zu schreiben. Meine Güte, du hattest doch keinen Stift in der Hand, seit du zur Schule gegangen bist. Und was schreibst du? Gedichte?« Berta wirkte verwundert und irritiert zugleich. »Den ganzen Abend schon ist irgendwas los mit dir. Ich habe doch gemerkt, dass du über etwas herumgrübelst. So, raus damit jetzt.«

»Kann man nicht mal in seiner eigenen Küche und in aller Ruhe etwas aufschreiben?« Gunnar spielte an dem Zettel in seiner Schlafanzugtasche herum.

»Wenn du fertig*geschrieben* hast, kannst du dich vielleicht hinlegen und schlafen, damit wir endlich zur Ruhe kommen.«

»Ich glaube nicht, dass ich heute Abend noch was schreiben werde.«

»Heute Abend«, schnaubte Berta und flatterte in ihrem langen Nachthemd davon.

Gunnar konnte nicht schlafen. Den Zettel behielt er in seiner Schlafanzugtasche. Er wusste, dass Berta herumsuchen würde, bis sie ihn fand. Als er an das dachte, was er auf den Zettel geschrieben hatte, erfüllte ihn eine große Zufriedenheit, und nach einer Weile schlief er mit einem Lächeln ein.

10. Kapitel

»Hast du das gehört, Hjördis?«, fragte Konrad, als er am nächsten Morgen in die Küche kam.

»Was denn?«

»Im Rundfunk haben sie gesagt, dass heute Nacht Randalierer in der Laubenkolonie waren.«

»Was sagst du da? Ob wohl in unseren Kleingärten etwas passiert ist?« Vor Schreck ließ Hjördis das Messer auf den Boden fallen.

»Ich rufe mal bei Gunnar an. Hoffentlich war es nicht diese Motorradgang. Und hoffentlich hat Gunnar nicht das Gesetz in die eigene Hand genommen.«

»Ich glaube nicht, dass er so mutig ist, wenn es hart auf hart kommt.«

Eine halbe Stunde später saßen sie alle miteinander im Auto des Ehepaars Andersson. Gunnar atmete heftig und blickte in den Rückspiegel. »Nimm mal den Kopf beiseite, damit ich was sehen kann, Berta.«

Es knirschte im Getriebe, als er den Gang einlegte. Nach einem umständlichen Manöver verließen sie den Parkplatz.

»Was habe ich gesagt?«, brummte Gunnar. »Wir hätten Wache halten sollen!«

»Ach, du redest Unsinn.« Berta versuchte einen Fleck von ihrem Rock wegzukratzen.

»Hoffentlich haben sie nichts in unseren Gärten zerstört.« Hjördis warf Berta einen hilflosen Blick zu.

Gunnar hatte nicht bemerkt, dass ein Fußgänger den Zebrastreifen betreten hatte, und musste abrupt bremsen.

»Sieh nur, wie du fährst, Gunnar.« Berta zog den Gurt wieder fest, der sich gelockert hatte, nachdem sie beim Bremsmanöver vorwärtsgeschleudert worden war.

»Die sind weg!«, zischte Gunnar, als er das Auto parkte. »Was für ein feiges Pack!«

»Wer denn?«, fragte Berta.

»Siehst du nicht, dass die Clique abgehauen ist? Aber die kommen mir nicht davon. Ich erinnere mich ganz genau an das Kennzeichen von dem einen Motorrad.«

»Woher weißt du denn, dass die das waren?«, fragte Berta müde.

»Wer sollte es denn sonst gewesen sein?«

»Es wohnen knapp siebentausend Leute in der Stadt, zuzüglich Touristen«, erklärte sie mit scharfer Stimme. »Das kann jeder gewesen sein.«

»Jetzt beruhigt euch mal«, sagte Konrad, während er aus dem Auto stieg.

In der Laubenkolonie herrschte hektische Betriebsamkeit. Grüppchen von Kleingärtnern standen zusammen und sprachen erregt miteinander. Als die beiden Paare festgestellt hatten, dass ihren Gärten nichts zugestoßen war, gesellten sie sich zu einem der Grüppchen.

»Kein Wort über die Motorradfahrer. Hörst du, Gunnar?« Berta fixierte ihn mit dem Blick.

Karl-Åke Asp stand herum und gestikulierte. Dabei erinnerte er an einen Dirigenten. Eva vom Festausschuss sah genauso verstört aus wie neulich, als sie von den Kosten des Frühlingsfestes berichten sollte.

»Die Laube von Hultmarks im Tagetesgången ist zerstört worden«, sagte Karl-Åke ernst.

Ein Stück entfernt stand Britt Hultmark und weinte. Berta ging zu ihr und strich ihr mitfühlend über den Arm.

»Das ist ja schrecklich«, sagte Berta. »Was haben sie denn angerichtet?«

»Drei Fenster haben sie eingeschlagen, und auf dem Fußboden haben sie Farbe ausgeschüttet…« Der Rest des Satzes ging in Schluchzen unter. Doch das, was Berta gehört hatte, reichte aus, mehr als genug.

»Weiß jemand, wer das war?«, fragte Gunnar, und Berta starrte ihn eindringlich an.

»Es gibt keine Spuren, mal abgesehen von der Zerstörung, die sie hinterlassen haben. Die Polizei war schon da und hat eine Anzeige aufgenommen. Es gibt keine Zeugen.«

»Aber die Leute da drüben, direkt bei der Laubenkolonie«, Asp zeigte mit dem Finger, »die haben heute Nacht Mopedfahrer gehört, die auf dem Gelände unterwegs waren.«

»Und es waren ganz sicher keine Motorräder?«, meldete sich Gunnar zu Wort. Berta stieß ihn in die Seite.

»Wir wollen nicht spekulieren«, erwiderte Asp. »Aber wir sollten ruhig ein bisschen aufmerksam sein und alle verdächtigen Beobachtungen melden.«

Holger stand steif und blass ein Stück entfernt. Gunnar vermied es, in seine Richtung zu sehen.

»Am Freitag wird der Festausschuss mit den Vorbereitungen für das Frühlingsfest beginnen. Wir sind dankbar, wenn alle ihre Preise für die Tombola bis dahin abgeben. Wir brauchen auch noch Blumen für die Tische. Stühle und Tische müssen richtig geschrubbt werden, und ich habe ein paar Freiwillige aufgetrieben, die uns dabei behilflich sind, die Bühne für Rolf-Görans Orchester aufzubauen. Alle helfenden Hände sind willkommen!«

Nach weiteren Gesprächen zerstreute sich die Gruppe. Gunnar ging schnell in seinen eigenen Garten.

»Das ist ja eine schreckliche Sache mit Hultmarks«, bemerkte Hjördis, als sie ihn eingeholt hatte.

»Es hätte genauso uns treffen können.« Berta ließ sich so schwer in die Hollywoodschaukel fallen, dass die Metallhalterung knirschte.

»Ich frage mich gerade, ob ich daran gedacht habe, die Kaffeemaschine auszuschalten«, meinte Hjördis. »Wir sind vorhin so überstürzt aufgebrochen.«

»Hier gibt es im Moment ohnehin nichts zu tun«, stellte Gunnar fest. »Hilfst du am Freitag mit, Konrad?«

»Ich werde meinen Beitrag leisten. Sonst kriegt man vermutlich keinen Kuchen zum Kaffee. Wollten nicht drei Damen vom östlichen Teil der Laubenkolonie am Freitag Kuchen mitbringen?«

»Ich bin fast fertig mit den Topflappen«, sagte Berta stolz. »Und Marmelade habe ich in der Vorratskammer. Die ist vom letzten Jahr, aber immer noch lecker«, fügte sie hinzu.

»Die Schürze ist fertig, aber den Mandelzwieback mache ich erst am Freitag. So, Konrad, jetzt müssen wir nach Hause gehen und die Kaffeemaschine überprüfen.«

»Das haben wir schon tausend Mal getan, aber wir haben noch nie vergessen, sie auszuschalten.«

Sie waren alle vier düster gestimmt, als sie das Kleingartengelände verließen. Der Vandalismus hatte sie alle empört.

Berta saß auf dem Balkon und häkelte die letzten Maschen eines Topflappens. Sie dachte an Gunnar und an den Zettel, den er geschrieben hatte. Das Ganze kam ihr schon ein bisschen merkwürdig vor. Aber sie wollte nicht misstrauisch wirken, und er hatte von sich aus kein Wort mehr darüber verloren. Sie hatten noch nie irgendwelche Geheimnisse voreinander gehabt, und wenn es irgendwas Belangloses gewesen wäre, hätte er ihr den Zettel sicher gezeigt. Ob sie mal mit Hjördis darüber sprechen sollte? Wobei … es gab ja eigentlich nichts zu besprechen, denn sie wusste ja gar nichts. In seiner eigenen Küche zu sitzen und zu schreiben, das war ja nicht verboten.

»Soll ich einen Kaffee aufsetzen?«, fragte Gunnar.

»Ja, gern.« Ich wusste ja, dass da was im Busch ist, dachte sie.

»Ich habe in einer Broschüre gelesen, dass es im Sommer Führungen durch die Laubenkolonie geben soll«, sagte Gunnar, als er mit dem Kaffee auf den Balkon trat. »Da stand auch, dass ein Teil der Gärten während des Ersten Weltkriegs angelegt wurde, um eigenes Gemüse anzubauen.«

»Nicht zu glauben«, sagte Berta säuerlich. »Neuerdings liest und schreibst du ja sogar.« Als sie Gunnars unglücklichen Blick sah, bereute sie sofort, was sie gesagt hatte.

Ich kann mich ebenso gut ein Weilchen hinlegen, dachte Gunnar, als er den Kaffee getrunken hatte. Den Zettel hatte er in die Innentasche seines guten Anzugs gesteckt, denn den Platz hatte er für sicher befunden. So sicher wie das Amen in der Kirche. Er knüllte sein Kissen zusammen und zog die Wolldecke über sich. Berta hatte den ganzen Tag weder vor sich hin gesummt noch gesungen. Verdammter Holger, konnte er gerade noch denken, ehe der Schlaf seinen angespannten Körper übermannte.

Als Berta eine Weile später zurück in die Wohnung ging, stellte sie erstaunt fest, dass Gunnar sich zum Schlafen ins Bett gelegt hatte.

»Was ist mit dir los, Gunnar?«, sagte sie leise und setzte sich auf die Bettkante. »Du wirkst so unruhig und ernst.« Sie saß still da und beobachtete ihn. Genauso hatte sie vor einigen Jahren an seinem Krankenhausbett gesessen. Noch immer erinnerte sie sich an ihre Panik, als sie ihn da inmitten des Wirrwarrs von Schläuchen und Kanülen hatte liegen sehen. In dieser Zeit hatte sie über vieles nachdenken können. Wie leer und schrecklich es wäre, wenn sie ihn verlieren würde. Der bloße Gedanke daran löste noch immer Schauer in ihr aus. Es hatte eine Weile gedauert, bis sie die Diagnose Borreliose bekommen und eine entsprechende Behandlung hatten einleiten können. Eine kleine verdammte Zecke hätte beinahe ihr Leben zerstört.

Berta wischte sich die Tränen am Ärmel ihres Kleids ab. Sie war so dankbar für jede Minute, die sie mit Gunnar verbringen durfte, auch wenn sie manchmal ein bisschen genervt von ihm war. Er brachte sich ungewollt in dumme Situationen, und zwar ständig. Dann lächelte sie. Es ist doch egal, wenn du irgendwas angestellt haben solltest, was dich beunruhigt. Wir haben einander, und das ist es, was zählt.

Berta beugte sich vor und legte die Wolldecke über Gunnars Schultern. Im selben Moment wimmerte Gunnar und setzte sich schlagartig auf. Seine Augen glühten vor Schreck.

»Was ist los?«

»Meine Güte, ich habe doch nur die Wolldecke über deine Schultern gelegt.«

»*Warum denn das?*« Der Schreck leuchtete noch immer aus seinen Augen.

»Weil sie heruntergerutscht war. Du bist bald ein Fall für die Klapsmühle, wie du dich benimmst.« Berta betrachtete Gunnars erstarrten Körper. Ja, er sah beinahe so aus, als hätte er einen epileptischen Anfall erlitten. Sie stand auf und verließ das Zimmer.

»Wie lieb von dir, Berta«, sagte Gunnar freundlich, um die Lage zu entspannen.

Hoffentlich ist nicht die Borreliose wieder aufgeblüht oder eine weitere Zecke ist ihm ins Hirn gekrochen, dachte Berta seufzend.

Gunnar warf die Wolldecke auf den Fußboden, blieb aber im Bett liegen – blass und steif.

11. Kapitel

Am folgenden Tag radelten die beiden Männer zum Kleingartengelände, während Hjördis auf dem Balkon stehen blieb und ihnen nachblickte. Normalerweise wäre sie nach unten gegangen und hätte ein Weilchen mit Berta geredet oder sie auf einen Kaffee zu sich eingeladen. Aber irgendwas in ihr sperrte sich nach dem, was Signe gesagt hatte.

Vielleicht hatte Berta inzwischen selbst von dem Gerücht gehört und war deshalb traurig. Mit so etwas konnte Hjördis nicht gut umgehen. Letzte Nacht im Bett war ihr klar geworden, dass Berta in den vergangenen Tagen wehmütig und niedergeschlagen gewirkt hatte, aber das konnte natürlich auch Einbildung sein. Hjördis war richtig unangenehm zumute. Was war sie denn für eine Freundin, wenn sie in schwierigen Zeiten nicht für Berta da war? Die ganze Zeit versuchte sie auszublenden, was Signe gesagt hatte. Es war doch so unwahrscheinlich, dass Gunnar … Sicher, er war ein Charmeur und sah gut aus mit seinem dunklen, welligen Haar, und bestimmt könnte er andere Frauen haben, wenn er wollte. Hoffentlich war es keine aus dem Kleingartengelände. Dann könnte das Ganze zu einem einzigen Chaos werden. Plötzlich tauchte in ihrem Inneren das Bild von Camilla auf. Nein, jetzt durfte sie der Fantasie wirklich keinen freien Lauf lassen.

Hjördis öffnete die Tür des Kleiderschranks. Was sollte sie beim Frühlingsfest nur anziehen? Es hing natürlich davon ab, wie das Wetter werden würde. Wenn sie nicht solche Hemmungen gehabt hätte, mit Berta zu reden, dann hätte sie sie einfach angerufen und die Kleiderfrage mit ihr diskutiert. Man darf nicht einmal im Kopf fluchen, sonst wird man von innen schwarz, hatte ihre Mutter manchmal gesagt.

Doch im Moment war es Hjördis egal, wie schwarz sie wurde. Sie sagte leise Flüche vor sich hin. Es fühlte sich nicht besser an, und es war ja auch keiner zu Hause. Sie stellte sich vor den Flurspiegel.

»Verdammte Scheiße«, sagte sie. »Verfluchte Signe – und hol dich der Teufel, Gunnar, wenn irgendwas davon wahr ist.«

Gunnar hämmerte eifrig am Geräteschuppen herum, der beinahe fertig war. Er hatte beschlossen, an dem Tag, an dem der Schuppen fertiggestellt war, ein paar Kuchenstücke zum Kaffee zu kaufen und Hjördis und Konrad einzuladen. Wie angenehm es für Berta sein würde, nicht jeden Tag die Erdkrümel vom Fußboden der Laube fegen zu müssen.

»Willst du ein Bier, Gunnar?«, rief Konrad über den Zaun. »Die Nacktschnecken gehen heute leider leer aus.«

»Nacktschnecken.« Gunnar schnaubte verächtlich. »Ich habe dieses Jahr überhaupt noch keine Nacktschnecke gesehen.« Er legte den Hammer aus der Hand und ging zu Konrad hinüber.

»Das sieht gut aus mit den Randsteinen, mit denen du die Beete umgeben hast«, lobte Gunnar.

»Die halten wenigstens die Erde an ihrem Platz.«

Konrad stellte zwei Bierflaschen auf den Tisch, und sie setzten sich. Gunnar hängte seine weiße Baumwollkappe über den Knauf der Stuhllehne.

»Oh, hier wird wohl gerade gefeiert!«, meinte Oskar lachend, ein Kleingärtner aus dem Pumpagången, der ein Stück entfernt lag.

»Eher Vorglühen, denn am Samstag geht's richtig los.« Konrad hob das Glas, als würde er Oskar zuprosten.

»Habt ihr gehört, dass sie die Rotzlöffel zu fassen gekriegt haben?«, meinte Oskar und wartete die Reaktion der anderen ab.

»Welche Rotzlöffel?«, wollte Konrad wissen.

»Na, die bei Hultmarks randaliert haben. Vier Jungs hier aus der Stadt. Nicht mal fünfzehn waren die.«

»Haben sie denn gestanden?« Gunnar stellte sein Glas ab.

»Es blieb ihnen nichts anderes übrig. Einer von ihren Kumpels, der nicht mitmachen wollte, hat sie verpfiffen.«

Na, so was, dachte Gunnar. Das war sicher Wasser auf die Mühlen von Berta.

Nach der Unterbrechung mit dem Bier arbeiteten sie weiter. Gunnar wurde ganz aufgekratzt, als er an den Zettel zu Hause in der Anzugjacke dachte. Aber er hatte beschlossen, noch ein paar Spielzüge von Holger abzuwarten, ehe er zuschlug. Er wollte ausreichend Gründe haben, um seinen grausamen Plan in die Tat umzusetzen.

Hjördis saß am Küchentisch und putzte Silber, als es an der Tür klingelte. Ihr war klar, dass es Berta sein musste, sonst klingelte kaum jemand bei ihnen.

»Komm rein, Berta. Wie nett.« Hjördis sah ihre Freundin forschend an.

»Störe ich?«

»Ganz im Gegenteil. Ich habe gerade an dich gedacht.«

»Wirklich?« Berta schien sich zu freuen.

»Ich wollte dich anrufen und fragen, ob du schon weißt, was du beim Frühlingsfest anziehen wirst.«

»Ehrlich gesagt habe ich nicht so einen Riesenkleiderschrank, in den man hineinradeln könnte. Walk in Klosett, oder wie die Dinger heißen, die man ab und zu im Fernsehen sieht. Und lange Hosen trage ich ja gar nicht. Aber irgendwas werde ich schon finden.«

Hjördis musterte Berta eingehend, aber sie fand, dass sie aussah wie immer.

»Wenn man tanzt, sieht ein Kleid natürlich hübscher aus. Vorausgesetzt, man hat Gelegenheit zum Tanzen«, meinte Berta seufzend.

»Natürlich hast du Gelegenheit zum Tanzen.«

Berta warf Hjördis einen nachdenklichen Blick zu.

»Du siehst nervös aus. Ist irgendwas Besonderes?«

»Nein, gar nicht«, log Hjördis wenig überzeugend. »Putzt du dein Silber häufig, Berta?«, fuhr sie fort, um das Gesprächsthema zu wechseln, und begann eifrig an einer Gabel herumzureiben.

»Eigentlich nur, wenn wir ein Fest feiern, und das kommt inzwischen nicht mehr so oft vor. Heißt diese Besteckserie nicht Vasa?« Berta hob einen Löffel hoch.

»Stimmt. Aber ich finde die Serie langweilig, alle haben die.«

»Hoffentlich machen die Kerle im Schrebergarten mehr, als nur Bier zu trinken«, meinte Berta lachend. »Ich sehne mich danach, dass der Schuppen endlich fertig ist.«

Hjördis ging ins Wohnzimmer und kam mit einer Schachtel Pralinen zurück, von denen sie Berta anbot.

»Schokoladenpralinen! Ach, vielen Dank! Da kann ich einfach nicht Nein sagen.« Berta dachte lange nach, ehe sie sich für eine Praline entschied. »Ist ganz sicher nichts passiert?« Berta sah Hjördis eingehend an.

Hjördis antwortete nicht, sondern putzte weiter.

»Gunnar hat sich neulich Nacht so seltsam benommen«, erzählte Berta und wurde ernst.

Hjördis sah sich um, als suchte sie einen Rückzugsweg.

»Inwiefern denn?«, fragte sie, ohne Berta in die Augen zu sehen.

»Als ich aufgewacht bin, hat er nicht in seinem Bett gelegen.«

Hjördis stieß versehentlich die Flasche mit dem Putzmittel an, sodass sie auf den Boden fiel.

»Ich bin aufgestanden, und dann saß er in der Küche«, fuhr Berta leise fort.

»Das ist doch nicht weiter seltsam.« Hjördis wirkte erleichtert.

»Er hat geschrieben!«

»Geschrieben? Mitten in der Nacht?« Hjördis sah erstaunt aus und griff sich die nächste Gabel.

»Als er gesehen hat, dass ich gekommen bin, hat er einen Schreck bekommen und den Zettel in die Tasche seines Schlafanzugs gesteckt.«

»Hast du ihn nicht gefragt, was er da schreibt?«

»Er hat so geheimnisvoll gewirkt und ist dann auch gleich ins Bett gegangen.«

»Ein bisschen komisch ist das schon, da muss ich dir recht geben, aber es gibt bestimmt eine einfache Erklärung. Die gibt es doch immer.«

»Lass uns mal einen Blick auf die Steine werfen, die wir neulich gesammelt haben«, sagte Hjördis und versuchte abzulenken. Sie begann das Besteck wegzuräumen. »Hol mal deine Steine und die Farbe, die wir gekauft haben.«

Eine halbe Stunde später saßen sie erneut am Küchentisch.

»Das sind ja unglaublich hübsche Steine, Hjördis.«

»Stell dir vor, dass das Meer sie so glatt und schön schleifen kann.«

»Es gibt vieles, was man nicht versteht. Die Natur ist ein Rätsel«, meinte Berta schwärmerisch.

Hjördis schob die Zeitungen zurecht, die sie auf dem Küchentisch ausgebreitet hatte. Vorsichtig nahm sie mit dem Pinsel Farbe auf und begann auf einen der Steine ein Blatt zu malen.

»So fein kann ich gar nicht malen«, lobte Berta sic und nahm auch mit ihrem Pinsel ein wenig Farbe.

»Hast du es eigentlich nie vermisst, zu arbeiten und Geld zu verdienen?«, fragte Hjördis plötzlich.

Berta legte den Pinsel aus der Hand. »Wir kriegen doch unsere Rente. Das ist der Lohn dafür, dass wir all die Jahre zu Hause gewesen sind und uns um die Kinder gekümmert haben.«

»Das meine ich nicht. Eine richtige Arbeit, zu der man jeden Tag geht«, versuchte Hjördis zu verdeutlichen.

»Das habe ich nie so gesehen. Für mich hat es sich richtig angefühlt, zu Hause zu sein. Wobei es natürlich nett wäre, wenn man sich ein bisschen mehr gönnen könnte. Aber wir haben ja alles, was wir brauchen.«

Als sich die Sonne herabsenkte und in einem roten Nebel verschwand, lagen mehrere bemalte Broschen auf dem Tisch.

»Wenn der Abendhimmel rot ist, wird es am nächsten Tag windig«, bemerkte Hjördis, während sie den schönen Sonnenuntergang bewunderte.

»Aber es stimmt schon, wenn man eigenes Geld verdienen würde, dann könnte man sich auch mal etwas Besonderes leisten.« Es war so, als hätte Berta noch mal über das nachgedacht, was Hjördis gesagt hatte.

»Dafür ist es doch wohl nie zu spät?« Hjördis betrachtete die Steine und dann ihre Freundin, ehe sie erneut nach draußen sah.

Nach einer kurzen Stille begegneten sich ihre Blicke. Es war so, als wäre in ihnen etwas zum Leben erweckt worden, eine Idee, die keine von beiden auszusprechen wagte.

»Es ist ein schöner Abend«, sagte Berta, als sie wenig später auf der Bank vor dem Haus saßen.

»Der Tag war auch schön. Es hat Spaß gemacht, die Steine zu bemalen, Berta.«

»Ich habe mir immer gewünscht, etwas mit den Händen zu machen. Etwas zu erschaffen. Allmählich habe ich genug davon, immer nur Topflappen zu häkeln«, meinte Berta und wedelte vielsagend mit den Händen.

Vom Simrisvägen war leise der Verkehr zu hören. Eine Hummel summte vor sich hin und versenkte sich in einer Blume, die sich an der Ziegelfassade des Hauses emporrankte. Die Flügel vibrierten, und ein intensives Surren war zu hören.

Sie saßen lange schweigend da, und die Gedanken, die sich am Küchentisch geformt hatten, kreisten in ihren Köpfen.

Sobald Berta in ihre Wohnung gegangen war, spürte Hjördis, wie die Tränen in ihr aufstiegen. Schrieb Gunnar wirklich mitten in der Nacht Liebesbriefe oder heimliche Botschaften, die er jemandem zustecken wollte? Sie verspürte eine Unruhe angesichts dessen, was Berta erzählt hatte, und beschloss, Konrad davon zu berichten, wenn er nach Hause kam.

Im Flur bei Gunnar und Berta hingen fünf Kleider an der Schranktür, und weitere lagen auf einem Stuhl.

»Es ist wirklich an der Zeit, dass du mal was zur Altkleidersammlung gibst. Da ist ja nicht mal Platz für einen neuen Schlips, wenn ich mir einen kaufen will«, meinte Gunnar mit Blick auf die Kleidung.

»Einen neuen Schlips!«, kommentierte Berta und lachte. »Du hast dir in all den Jahren seit unserer Hochzeit keinen Schlips gekauft. Aber ich habe schon mal deinen guten Anzug rausgehängt, falls du ihn vor dem Fest auslüften willst. Kein einziges Stück kommt zur

Altkleidersammlung. Ich wähle nur aus, was ich am Samstag anziehen will.«

»*Den guten Anzug?*« Gunnar stürzte auf den Schrank zu und riss den Anzug herunter.

»Was ist denn heute mit dir los? Du musst dir keine Sorgen machen. Ich werde ihn ganz bestimmt nicht weggeben.«

»Bei einem Frühlingsfest kann man doch keinen dunklen Anzug tragen«, sagte Gunnar empört und drückte den Zweiteiler an sich.

Berta schüttelte den Kopf und hielt sich ein Kleid an, während sie sich im Flurspiegel begutachtete.

Gunnar hatte den Anzug noch immer krampfhaft umklammert.

»Das sieht albern aus, wie du da stehst«, sagte Berta seufzend. Sie ging zu ihm und wollte ihm den Anzug abnehmen.

»Lass los! Den zieh ich ganz bestimmt nicht beim Frühlingsfest an. Ich bringe ihn selbst zurück.« Als Gunnar den Anzug in den Schrank hängte, fühlte er diskret nach, ob der Zettel noch an seinem Platz war. »Das steht dir gut, Berta«, fuhr er einschmeichelnd fort und nickte ihrem Spiegelbild zu.

Berta sah noch immer erstaunt aus. Irgendwas Komisches war mit ihm los, das stand fest.

»Bald ist der Schuppen fertig«, fuhr Gunnar im selben einschmeichelnden Ton fort. »Wenn es so weit ist, gebe ich eine Runde Kuchen aus ... Konrad und Hjördis sind auch eingeladen.«

»Ich war heute bei Hjördis. Irgendwie war sie anders als sonst. Sie hat fast ein bisschen ängstlich gewirkt.«

Gunnar räusperte sich. Sofort ließ Berta das Kleid auf den Boden fallen und klopfte ihm fest auf den Rücken.

»Hast du irgendwas im Mund, Gunnar?« Bertas braune Augen glühten.

Gunnar schob den Kleiderstapel auf den Boden und setzte sich auf den Stuhl, als würde er den Kleiderschrank bewachen. Berta legte eines der Kleider zur Seite und hängte die anderen in den Schrank zurück. Sie warf Gunnar einen erstaunten Blick zu, ehe sie in die Küche verschwand.

»Was ist denn jetzt passiert?« Verwundert betrachtete Konrad seine Frau, die weinend am Küchentisch saß, als er nach Hause kam.

»Es ist wegen Berta und Gunnar«, schluchzte sie.

»Berta und Gunnar? Was ist mit ihnen?« Konrad seufzte müde.

Hjördis erzählte, was Signe im Supermarkt gesagt hatte und dass Berta so traurig wirkte.

»Ach, aus Signes Mund kommt wirklich nichts als Unfug. Du solltest dich schämen, Hjördis.«

»Warum sollte ich mich schämen?«

»Weil du so einen Schwachsinn glaubst. Gunnar und eine andere? Das ist das Dümmste, was ich je gehört habe.« Konrad erhob sich heftig, schob den Stuhl energisch an den Tisch und wollte die Küche verlassen.

»Und außerdem hat er geschrieben.«

»Geschrieben? Was hat er geschrieben?«

»Das weiß ich nicht. Berta übrigens auch nicht.«

Und dann erzählte Hjördis von Gunnars nächtlichem Geschreibe.

Zwar hatte Berta fröhlich gewirkt, als sie die Steine bemalten, aber das, was sie gesagt hatte, beunruhigte Hjördis.

Konrad versprach, nach dem Fest mit Gunnar zu reden. Vielleicht würde er herausfinden, was los war, und ihm womöglich auch von Signes Anschuldigungen erzählen.

Hjördis sprang aus dem Sessel, als sie die Anzeige in der Zeitung sah, in der sie zerstreut blätterte. Sie blickte auf die Uhr. Es war zwar schon etwas spät, aber sie steckte dennoch die Zeitung in ihre Stofftasche und ging hinunter zu Berta.

Die machte große Augen, als sie Hjördis sah.

»Ist was passiert?«, fragte sie besorgt.

»Ich wollte dir nur etwas zeigen«, erklärte Hjördis.

Die beiden Frauen gingen in die Küche, während Gunnar an der Wohnzimmertür stehen blieb und sie beobachtete. Er stammelte ein paar Phrasen, als wartete er darauf zu erfahren, was Hjördis eigentlich bei ihnen wollte.

»Geh ins Wohnzimmer und sieh weiter fern. Wir kommen schon klar«, sagte Berta und versuchte, ihren Eifer nicht allzu deutlich zu zeigen. Auch Hjördis sah erwartungsvoll aus.

Gunnar schlurfte ins Wohnzimmer und setzte sich wieder vor den Fernseher.

»Bist du verrückt?«, sagte Berta kichernd, als Hjördis ihr die Zeitungsannonce gezeigt hatte. »So was können wir doch nicht machen. Was werden wohl Konrad und Gunnar dazu sagen? Wir dürfen nicht so laut sprechen. Gunnar hat Ohren wie Satellitenschüsseln, und er hat sie bestimmt auf Empfang gestellt«, fuhr sie flüsternd fort.

»Die Männer müssen ja gar nichts davon erfahren. Zumindest jetzt noch nicht. Die haben doch genug eigene Dinge zu tun«, meinte Hjördis lachend, warf aber einen unruhigen Blick in Richtung Wohnzimmer.

Als Hjördis und Konrad an diesem Abend ins Bett gegangen waren, lag die Wohnung im Dunkeln. Nur ein schwacher Schein von der Straßenlaterne fiel durchs Küchenfenster und beleuchtete die aufgeschlagene Tageszeitung an der Stelle, wo jemand eine Anzeige ausgeschnitten hatte.

12. *Kapitel*

Der Samstag brachte strahlendes Wetter. Auf den Balkonen der Ehepaare Kron und Andersson hingen Kleider zum Auslüften. Manchmal tranken die vier gemeinsam ihren Vormittagskaffee. Dabei versuchten die Frauen das Musikkreuzworträtsel im Radio zu lösen. Heute trafen sie sich in Bertas und Gunnars gemütlicher Küche mit den blaugeblümten Gardinen. Die Esszimmergarnitur bestand aus einem stabilen Kiefernholztisch mit vier Stühlen, die mit blaukariertem Stoff bezogen waren. An der Wand hing die Küchenuhr, die Gunnar am liebsten entsorgt hätte, weil sie seiner Meinung nach wie eine Bombe mit Zeitzünder tickte.

Auf dem gedeckten Tisch stand eine Vase mit Blumen aus ihrem Garten. Berta servierte selbstgebackene Brötchen, Käse, Marmelade und Salami. Hjördis hatte die Tageszeitung mitgebracht, und Berta hatte ihre eigene vor sich liegen. Sie hatten sie so gefaltet, dass nur noch der Teil mit dem Musikkreuzworträtsel zu sehen war. Die Regeln waren dieselben wie immer. Die Männer durften nicht reden, während die Fragen vorgelesen wurden. Wenn Musik gespielt wurde, hingegen schon.

»Wer hat die Schicksalssinfonie komponiert? Der Nachname mit neun Buchstaben gehört in Waagerecht neun«, verkündete Moderator Anders Eldeman.

»Wer könnte das sein?«, fragte Berta. »Den Namen des Stücks hat man ja mal gehört …«

»Calle Jularbo«, schlug Gunnar gut gelaunt vor. »Du weißt schon, der legendäre Akkordeonspieler.«

»Ruhe da! Man kann sich gar nicht konzentrieren.« Berta legte die Stirn in tiefe Falten.

»Ich frage mich, ob es nicht dieser Beethoven war«, meinte Hjördis. »Ich glaube, ich hab das mal irgendwo gelesen.«

Berta schrieb »Bethoven« auf einen Zettel, den sie neben die Zeitung gelegt hatte.

»Das sind aber nur acht Buchstaben«, stellte sie fest. »Sollten das nicht neun sein?«

»Ruhe, jetzt kommt die nächste Frage.«

»Nimm dir noch ein Brötchen, Hjördis.« Berta stupste die Brotplatte an.

»Jetzt suchen wir eine englische Rocklegende«, sagte der Moderator. »Einer der bekanntesten Songs heißt *Stripped.*«

»Stripgirls! Jetzt wird es ja richtig spannend«, meinte Konrad und lachte.

»Und wir dringen allmählich in euer Gebiet ein«, konterte Hjördis und stimmte ins Gelächter ein.

Berta warf den Stift auf den Tisch.

»Immer sind das solche Fragen mit Rock und Pop, die man gar nicht begreift. Dann lässt sich das ganze Kreuzworträtsel nicht mehr lösen. Ach, ich gebe auf.«

»Mich ärgert das auch«, tröstete Hjördis.

»Was nimmst du heute Abend an Hochprozentigem mit, Gunnar?«, erkundigte sich Konrad.

»Einen selbstgebrannten Wermutschnaps natürlich.

Und dann noch was, womit ich mir einen Drink mixen kann.«

»Ich finde, man wird heutzutage öfter zu Beerdigungen eingeladen als zu Festen«, sagte Berta unvermittelt und sah auf einmal ganz ernst aus.

»So ist das eben, wenn man in die Jahre kommt.«

»Aber es ist schon traurig«, meinte Berta und seufzte.

»Den Lauf des Lebens können wir nicht lenken, und das ist vielleicht auch richtig so«, bemerkte Hjördis.

»Ich habe mich immer schon gefragt, warum man da vorne am Sarg stehen und sich verbeugen oder einen Knicks machen soll. Das fühlt sich irgendwie albern an«, sagte Berta vorsichtig.

»Das ist wohl, um den Toten zu ehren.«

»Und warum tut man das dann nicht, solange der Mensch noch lebt? Als wir letztens auf Magnhild Isakssons Beerdigung waren, habe ich da vorne gestanden und einen Knicks gemacht wie ein Schulmädchen. Ich habe doch nie einen Knicks vor ihr gemacht, solange sie gelebt hat.« Berta biss energisch in ihr Brötchen.

»Darüber habe ich noch nie nachgedacht, aber das gehört wohl zu den Dingen, die man einfach so tut.« Hjördis grübelte intensiv über das nach, was Berta gesagt hatte, und hörte sogar auf zu kauen.

»Ziehst du heute Abend Schuhe mit hohen Absätzen an?«, fragte Berta, die fand, dass sie jetzt genug über Beerdigungen gesprochen hatten.

»Zumindest am Anfang. Aber ich nehme ein Paar bequeme Schuhe mit, falls ich müde Füße kriege. Kvist hat doch auf der Mitgliederversammlung was von Schwung in der Bude gesagt«, meinte Hjördis und kicherte.

»Er hat gesagt, falls Rolf-Görans Orchester aufspielt, bringt das *keinen* Schwung in die Bude«, korrigierte Berta.

»In jedem Fall nehme ich bequeme Schuhe mit. Wir müssen schließlich hin und wieder zurücklaufen.«

»Wir könnten doch ein Taxi nehmen«, schlug Konrad vor.

Hjördis sah erschrocken aus. »Auf keinen Fall. Solange wir gesunde Beine haben, laufen wir. Ich zumindest. Oder was meinst du, Berta?«

»Natürlich gehen wir zu Fuß«, antwortete sie, und Hjördis sah zufrieden aus.

»Möchtest du ein Glas von meinem Wermutschnaps probieren, Konrad?«, fragte Gunnar. Er wartete die Antwort nicht ab, sondern stellte die Flasche und zwei Schnapsgläser auf den Tisch.

»Schnaps am Vormittag. Das gehört sich doch nicht«, meinte Berta und schob die Zeitung und die Stifte beiseite.

»Gehört sich das nicht? Für mich schon!«, meinte Konrad und grinste.

»Ich habe die Wermutzweige noch nicht rausgenommen. Du musst das Getränk zwischen den Zähnen abseihen«, erklärte Gunnar, während er ihnen einschenkte.

»Was für ein Glück, dass ich noch alle Zähne im Mund habe.« Konrad zog ein paar Zweiglein aus dem Glas.

»Da können wir aber mithalten, Hjördis. Ein kleiner Likör gefällig? Es sind auch keine Zweige drin.«

»Bist du verrückt, Berta?« Hjördis kicherte verlegen.

Berta schenkte ihnen zwei Gläser vom Aprikosenlikör ein, den sie auf einer Fahrt nach Deutschland gekauft hatten. Als sie wieder saß, hoben sie die Gläser und prosteten sich zu. Dann lehnte sich Berta über den Tisch und strich Hjördis freundlich über die Hand.

»Likör am Vormittag. Das ist wirklich noch nie vorgekommen. Was für ein Glück, dass uns keiner sieht«, meinte Hjördis und lachte.

»Holger ist ja sonst überall, aber hier ist er zumindest nicht zu sehen«, sagte Gunnar, und ein Schatten fiel über seine Augen.

»Prost, Berta!« Hjördis hob erneut ihr Glas.

»Wie nett, dass man mit euch zusammen trinken kann«, stellte Konrad zufrieden fest. »Prost, Gunnar. Und Prost, die Damen!«

»Wo Verstand einkehrt, nimmt der Schnaps Abschied«, sagte Gunnar aufgeräumt, und alle lachten.

Gunnar zitierte gern Sprichwörter, doch wenn er sie allzu sehr durcheinanderbrachte, war Berta richtig genervt. Zum Beispiel, als Jespersson erzählt hatte, dass er für einen Kumpel gebürgt und am Ende zehntausend Kronen verloren hatte. »Der Rhabarber ist mir zu sauer, sagte der Fuchs«, lautete Gunnars Kommentar, und Berta konnte sich noch immer an den erstaunten und etwas wehmütigen Gesichtsausdruck von Jespersson erinnern. Es war, als hätte er nicht ganz begriffen, was Gunnar meinte, obwohl ihm der Spruch irgendwie bekannt vorgekommen war.

Das Frühlingsfest sollte um achtzehn Uhr beginnen, und schon um Viertel nach fünf standen sie alle vier abmarschbereit auf dem Parkplatz.

»Jetzt lauf nicht so schnell, Gunnar. Es ist doch nett, wenn wir Gesellschaft haben.«

Gunnar verlangsamte seine Schritte und ging nun neben Konrad her. In den Stoffbeuteln der Männer klirrten die Flaschen. Hjördis und Berta hatten ihre Tanzschuhe in Plastiktüten gesteckt, die sie wiederum in hübsche Häkeltaschen gelegt hatten. Auch Taschentücher waren darin, ein paar Zwanzigkronenscheine für Lose, und Hjördis hatte außerdem ein Schminktäschchen mit einem Lippenstift und einem Spiegel mitgenommen.

»Wir haben heute nicht zu Mittag gegessen«, erzählte Konrad.

»Wir auch nicht«, sagte Gunnar. »Wir müssen doch die zweihundertfünfundzwanzig Kronen ausnutzen, die das Fest kostet.«

Die Abendbrise ergriff Bertas dünnes Sommerkleid, das ihr um die Beine flatterte.

»Ein solches Kleid habe ich mir immer gewünscht«, sagte Hjördis träumerisch. »Es sieht richtig hübsch aus. Wenn ein Kleid so weit ist, flattert es so schön. Fast so wie damals, als man jung war und zur Schulabschlussfeier vor den Sommerferien ging. Ein Jahr hatte ich ein Kleid mit einem Glockenrock. Als ich mich im Kreis drehte, hat er beinahe waagerecht abgestanden.«

»Früher war es einem ja wahnsinnig peinlich, wenn der Rock hochflatterte, aber das ist jetzt anders. Zumindest mir ist das nicht mehr peinlich. Ich kümmere mich gar nicht drum.« Im selben Moment kam ein Windstoß und hob Bertas Kleid an. Die beiden kicherten.

»Dein Kleid ist aber auch schön, Hjördis. Es sitzt so

gut, und der große Kragen steht dir.« Sie sahen einander mit freundlichen Blicken an.

»Dann haben unsere Herren sich also doch für die dunklen Anzüge entschieden«, sagte Hjördis und versetzte Berta einen Stups.

»Elegant sind sie schon, die beiden«, stellte Berta fest. »Sie sehen aus wie Bestatter, wie sie da gehen. Wir können uns glücklich schätzen, Hjördis.« Berta hakte sich bei ihrer Freundin unter.

»Ich bin etwas nervös«, sagte Hjördis, als sie sich dem Pfadfinderheim näherten, wo das Fest stattfinden sollte.

»Es gibt doch keinen Grund, nervös zu sein«, tröstete Berta ihre Freundin. »Die meisten kennen wir doch. Es wird bestimmt sehr nett.«

»Das glaube ich ja auch«, beeilte sich Hjördis zu sagen.

»Sieh mal!«, rief Berta. »Die Motorradclique ist wieder da. Was die für ein Glück mit dem Wetter haben! Manchmal wünschte ich mir, wieder jung zu sein.«

Hjördis sah unruhig zur Stelle hinüber, wo die jungen Leute ihr Lager aufgeschlagen hatten. Konrad und Gunnar waren schon auf dem Gelände des Vereinsheims verschwunden, das Orchester hatte zu spielen begonnen, und die Musik drang durch die offenen Fenster nach draußen zu den Menschengrüppchen auf dem Vorplatz. Die Stimmung war bestens.

»Ich glaube, die Musiker bringen nicht nur Schwung in die Bude, sondern auch die Ohren zum Klingeln«, meinte Konrad und begrüßte mit Feuereifer alle, denen sie begegneten.

»Wollen wir schon mal reingehen und Plätze reservieren? Ich will nicht zu nah am Orchester sitzen«, sagte Berta und betrat zielstrebig den Raum, in dem das Fest stattfinden sollte.

Die Tische waren hübsch gedeckt. Konrad und Gunnar waren schon am Vorabend dort gewesen und hatten beim Aufbau der Bühne geholfen. Die Frauen hatten nur schnell vorbeigeschaut und die Blumendekoration für die Tische und die Preise für die Tombola mitgebracht. Berta zog zwei Tüten vom ICA-Supermarkt aus ihrer Tasche und hängte sie über ihren und Gunnars Stuhl. Hjördis hatte nur einen Plastikbeutel dabei, aber sie stellte zwei Stühle mit den Rückenlehnen aneinander und stülpte die Tüte über beide.

»Da ist jemand ja ganz flink mit der Platzreservierung, sehe ich«, sagte Holger ironisch, als er vorbeikam. Erna grüßte verlegen.

»Dieser Rüpel«, sagte Berta. »Was für ein Glück, dass Gunnar das nicht gehört hat. Sonst hätte er ihm bestimmt die ICA-Tüte über den Kopf gezogen.« Sie lachten beide.

Dann begutachteten die beiden Frauen die Tombolagewinne, die auf einem Tisch ganz vorn beim Orchester aufgereiht lagen. Berta war richtig zufrieden mit ihren Topflappen.

Sie gingen hinaus zu Gunnar und Konrad, die noch immer auf dem Vorplatz standen und sich unterhielten. Berta merkte, dass Gunnar verärgert war. Normalerweise hielt er die Arme ruhig beim Sprechen, doch wenn er sich aufregte, gestikulierte er wild.

»Und ich hatte mich so gefreut, dass die Motorradfahrer wieder weg sind«, sagte Rut und sah Gert ängstlich an.

»Ach, die haben doch niemandem was getan«, meinte Berta.

»*Noch* nicht!«, rief Gunnar.

»Kann die Polizei sie denn nicht vertreiben?«, erkundigte sich ein kleiner schüchterner Mann.

»Ich glaube, das hat was mit dem Jedermannsrecht zu tun«, sagte Gert. »Ich meine, man darf vierundzwanzig Stunden lang sein Zelt oder seinen Wohnwagen aufstellen, aber natürlich nicht zu nah bei der nächsten Bebauung.«

»Was ist denn das, wenn nicht Bebauung?«, brummte Gunnar und zeigte auf das Kleingartengelände.

»Mir haben sie jedenfalls nichts getan ... und von mir aus dürfen sie gern dort zelten«, sagte Berta und hängte sich den gehäkelten Beutel über den anderen Arm.

Erik Kvist kam herangepoltert, so laut wie immer und mit einem womöglich noch stärker geröteten Gesicht.

»Findet das Fest draußen statt, oder was?«, scherzte er. »Davon hat mir keiner was gesagt. Sonst hätte ich Skiunterwäsche angezogen.«

»Der hat bestimmt mehr als nur Aprikosenlikör getrunken«, sagte Berta zu Hjördis und lachte.

»Hauptsache, sie trinken nicht so viel, dass es unangenehm wird«, meinte Hjördis und betrachtete Kvist beunruhigt.

»Ach, du weißt doch, wie es letztes Jahr war. Da ist er nach dem Essen einfach eingeschlafen.«

Karl-Åke Asp trat auf die Treppe und schlug einen Gong.

»Er ruft zum Frühstück«, murmelte Kvist und ging mit großen Schritten zur Treppe. Er schwenkte zwei schwere Plastikbeutel, die so gut gefüllt waren, dass es nicht einmal klirrte.

Karl-Åke Asp warf wütende Blicke auf Kvists Tüten.

»Herzlich willkommen«, sagte er. »Über die Regeln und so sage ich drinnen noch was.«

»Was denn für Regeln?«, fragte Gunnar leise.

»Vielleicht darf man ja keinen Wermutschnaps trinken«, schlug Konrad grinsend vor. Gunnar sah erschrocken aus und drückte seine Tüte fester an sich.

»Hauptsache, sie veranstalten keine Spiele und so einen Mist.«

Jetzt war es an Konrad, erschrocken auszusehen.

Man ging zügig in den Festsaal. Die drei letzten drückten schnell ihre Zigaretten vor dem Eingang aus. Die schwedische Flagge flatterte im Wind. Eine Katze schlich an der Hauswand entlang und sprang zur Seite, als ein Fenster zugeknallt wurde. Eine Nacktschnecke saß auf einem Blatt und ließ es sich schmecken, ohne zu wissen, dass es dort drinnen genug Bier gegeben hätte, um eine ganze Schneckensippe auszurotten.

13. Kapitel

»Schau mal! Camilla hat wohl gedacht, wir feiern draußen. Sie hat nämlich eine lange Unterhose an.« Hjördis lachte und zeigte auf Camilla, die an der Bühne stand und sich mit dem Orchester unterhielt. Sie trug schwarze Leggings, die hauteng am Körper saßen, und dazu ein mintgrünes Oberteil. Zur Feier des Tages hatte sie sich eine rote Rose hinters Ohr gesteckt.

»An dieser Hose flattert aber gar nichts, wenn sie tanzt«, stellte Berta fest.

Hjördis und Berta hatten vereinbart, nebeneinanderzusitzen. Ihre Männer sollten die beiden Plätze gegenüber bekommen, damit sie sich trotz des hohen Geräuschpegels vom Orchester unterhalten konnten.

Konrad und Gunnar hatten schon damit begonnen, die mitgebrachten Flaschen auf den Tisch zu stellen. Die Frauen hatten eine Flasche Weißwein gekauft, die sie sich teilen wollten. Gert und Rut saßen am selben Tisch, genau wie bei der Mitgliederversammlung. Berta freute sich, weil die beiden ruhig und freundlich waren. Ein bisschen stolz war sie auch, dass sich Gert und Rut wieder für ihre Gesellschaft entschieden hatten.

Karl-Åke Asp sprang auf die Bühne und griff nach dem Mikrofon.

»Hallo, hallo«, sagte er, um den Klang zu testen. Es

gab eine Rückkopplung, es pfiff und raschelte in der Anlage. Die Leute hielten sich die Ohren zu.

Eines der Orchestermitglieder drehte am Verstärker, und Asp machte einen zweiten, vorsichtigeren Versuch.

»Herzlich willkommen zum diesjährigen Frühlingsfest. Was für ein herrliches Feierwetter wir heute haben! Der Festausschuss zeichnet für das leckere Büfett verantwortlich. Wir haben die Speisen so aufgebaut, dass man sich von beiden Seiten bedienen kann.«

Konrad lehnte sich zu Gunnar hinüber und flüsterte: »Das ist wie mit den Frauen. Die kann man auch von zwei Seiten bedienen.«

Gunnar lachte laut, und Gert sah zu ihnen hinüber, als hätte er etwas verpasst. Hjördis und Berta lächelten ihre Männer freundlich an, ohne zu wissen, worum es eben gegangen war. Asp starrte wütend in ihre Richtung, und die Männer wurden wieder ernst.

»Falls jemand vergessen haben sollte, sich etwas zu trinken mitzubringen: Es gibt Leichtbier und Mineralwasser zu kaufen, für zehn Kronen die Flasche«, fuhr Asp fort. »Als Nachtisch wird es Apfelkuchen mit Vanillesauce geben. Und dann, meine Freunde, ist es Zeit, das Tanzbein zu schwingen. Begrüßen wir also Rolf-Görans Orchester mit einem großen Applaus!«

Die Versammlung klatschte, und Erik Kvist pfiff.

»Damit es kein Chaos gibt, kommen die Leute vom Tisch ganz hinten als Erste zum Büfett, und dann gehen wir in der Reihenfolge der Tische vor. Falls ich etwas vergessen haben sollte, werde ich es später nachtragen. Noch Fragen?«

»Kann man das Fenster schließen? Es zieht wie

Hechtsuppe«, sagte Inga-Gun, eine der neuen Kleingärtnerinnen, und zeigte auf das Fenster hinter sich.

»Während wir essen, können wir es geschlossen halten, aber dann müssen wir ordentlich durchlüften. Du kannst dich vielleicht ein bisschen weiter in den Raum reinsetzen«, schlug Asp freundlich vor.

Gunnar steckte vorsichtig die Hand in die Hosentasche und vergewisserte sich, dass der Zettel noch da war.

Während sich die Gäste vom hintersten Tisch mit Leckereien vom Büfett versorgten, begannen die Leute an den anderen Tischen, den Inhalt ihrer Taschen, Körbe und Tüten auszupacken. Konrads und Gunnars Flaschen standen ja schon auf dem Tisch, und die Frauen stellten ihre Weinflaschen dazu. Der Festausschuss hatte Servietten, Gläser und Besteck aufgedeckt, während die Teller in großen Stapeln am Rand des Büfetts standen.

»Ich habe niemanden, mit dem ich meinen Wein teilen könnte. Wenn euer nicht ausreicht, nehmt euch gern von meinem«, bot Rut freundlich an.

»Puh, nein. Mehr als eine halbe Flasche schaffen wir nicht, Hjördis, oder?«, meinte Berta, und Hjördis nickte zustimmend. »Aber danke für das nette Angebot.«

Rut ist wirklich lieb, dachte Berta, während sie sich neugierig umsah, was die anderen für Getränke mitgebracht hatten.

»Ist ja nicht zu fassen, wie lang das dauert.« Gunnar rutschte unruhig auf seinem Stuhl herum, während er an der Schnapsflasche drehte.

»Wir können uns doch schon mal ein Schnäpschen

genehmigen, bevor wir den Magen mit Essen füllen«, scherzte Konrad und schenkte ihnen ein.

Hjördis stellte ihr Glas neben das von Berta und goss Wein ein. Dann beugte sie sich zur Seite, um zu prüfen, ob sie auch gleich viel in die Gläser gefüllt hatte.

Die Männer prosteten sich zu und kippten ihre Schnäpse. Im selben Moment legte Rolf Görans Orchester mit einem etwas zu flotten Stück in voller Lautstärke los.

»Da hab ich ja verdammtes Glück gehabt, dass ich den Kurzen noch rechtzeitig gekippt hab, sonst hätte ich ihn womöglich vor Schreck verschüttet. Was für einen Lärm die machen!« Gunnar wischte sich den Mund ab.

Eva und Berit vom Festausschuss trugen leere Platten hinaus und ersetzten sie durch volle.

»Die vom Orchester haben ja richtig dekorative Anzüge.« Berta lehnte sich näher zu Hjördis, um besser verstanden zu werden.

»Die sehen fast aus wie diese Ganzkörperoveralls, weißt du?«, meinte Hjördis. »Muss schwierig sein, die anzuziehen. Richtig schön rot sind sie jedenfalls.«

»Und obendrüber haben sie eine Art Fransenweste. Ist sicher fürchterlich heiß darin«, sagte Berta.

Als sie an der Reihe waren, zum Büfett zu gehen, schlich Berta zu Gunnar und versuchte die Hand in seine Hosentasche zu schieben.

»Kannst du mein Portemonnaie aufbewahren?«, fragte sie. »Ich will es nicht am Tisch liegen lassen.«

Gunnar versetzte ihrer Hand einen kleinen Klaps und drehte sich abrupt um.

»Ich stecke es lieber in die Brusttasche«, sagte er schnell und schnappte sich das Portemonnaie.

»Wie du willst, aber verlier es bitte nicht.« Berta war erstaunt über Gunnars heftige Reaktion.

»Das sieht alles so lecker aus, Hjördis«, sagte Berta, als sie am Büfett standen. »Glaubst du, das ist Putenbrust?« Sie zeigte auf eine Platte mit hellem Aufschnitt.

»Oh! Eine Quiche!« Hjördis klang begeistert. »Und sieh mal, da hat jemand Nudelsalat gemacht. Den macht Kerstin auch immer.«

»Das ist ja auch sättigend und schmeckt.« Berta häufte sich eifrig Leckereien auf den Teller. Gerade als sie zu Gunnar hinübersah, bemerkte sie, wie ihr Portemonnaie in die Schüssel mit dem Kartoffelsalat fiel.

»Hab ich es nicht gesagt?«, brummte sie.

Gunnar zog murrend die Geldbörse aus dem Salat. Eva kam zu Hilfe und wischte das Portemonnaie mit einer Serviette ab. Berta sah, wie Gunnar es verlegen in die Hosentasche steckte.

»Haben alle etwas zu essen?«, fragte Karl-Åke Asp von der Bühne. »Der Festausschuss hat ein Trinklied geschrieben, das wir zusammen singen wollen. Der Text liegt auf den Tischen. Wie ihr seht, haben wir die Zettel zugeklebt, damit ihr nicht schon vorher Probe singt.« Er lachte laut. »Und denkt daran, dass man sich sehr gut auch mit Mineralwasser zuprosten kann«, schloss Asp, der ein eifriger Alkoholgegner war. »Die Melodie ist die von ›Los, Weihnachtswichtel, lasst die Gläser klingen‹, auch wenn das von der Jahreszeit her nicht ganz passt.« Er wandte sich an das Orchester, als wollte er den richtigen Anfangston bekommen.

Los, Gärtner, lasst die Gläser klingen,
Und pfeift auf Blattlaus und Unkraut.
Los, Gärtner, lasst die Gläser klingen,
Und singt mit uns froh und laut!
Die Sorgen wollen wir beim Schnaps vergessen
Und heute Abend lieber lecker essen.

Prost!

»Das war ein nettes Lied!« Hjördis kicherte und tupfte sich den Mund mit der Serviette ab.

»Wir singen es gleich noch mal«, schlug Asp vor.

»Kann man nicht mal beim Essen seine Ruhe haben?«, murmelte Gunnar und steckte sich ein Stück Quiche in den Mund.

Sie aßen und prosteten sich schweigend zu.

»Lieber den Magen verrenken, als dem Wirt was schenken«, meinte Gunnar und kratzte den letzten Rest vom Teller, dass die Gabel auf dem Porzellan quietschte.

Alle am Tisch lachten, und Berta warf ihm einen aufmunternden Blick zu. Er ist nicht nur lieb, dachte sie, sondern auch gesellig. Diesmal hatte der Spruch sogar gestimmt. Gunnar seufzte schwer vom vielen Essen und von der Wertschätzung, die ihm entgegengebracht worden war.

»Magst du die schwarzen Oliven?«, fragte Berta und schob sie an den Tellerrand.

»Nein, bewahre! Wir waren mal bei Freunden eingeladen, als Thomas noch klein war, und da gab es schwarze Oliven zur Käseplatte. Thomas hat gesagt: ›Mutti, ich find die schwarzen Weintrauben ekelig.‹«

Die Tischgesellschaft lachte, nur Gunnar stieß einen Seufzer aus.

»Ich stimme ihm zu. Heutzutage muss immer alles so kompliziert sein. Bald weiß man gar nicht, was da alles auf dem Teller liegt.« Er machte sich an seinem Essen zu schaffen und fuhr fort: »Was sind das eigentlich für Würfel? Ist das in Stücke geschnittener Kabeljau?«

»Unsinn!«, rief Hjördis und lachte. »Das ist Fetakäse. Aus Griechenland.«

»Was spricht denn bitte schön gegen unseren schwedischen Käse? Nein, Salzkartoffeln, Bratensoße und ein ordentliches Fleischstück – das ist richtiges Essen.« Gunnar schob den Teller von sich.

»Aber die Quiche war doch lecker?«, fragte Berta.

»Stimmt …« Gunnar hob sein Glas, prostete Konrad zu und nickte auch freundlich in Gerts Richtung.

»Dann prosten wir uns mit dem Wein zu, meine Damen.« Rut erhob ihr Glas und nickte Hjördis und Berta zu.

»Muss der schon wieder quatschen?«, sagte Konrad mit Blick auf Asp, der gerade die Bühne betrat.

»Könnt ihr alle dabei helfen, die Teller zusammenzustellen?«, bat Asp. Im nächsten Moment ertönte ein munteres Klirren, als das Geschirr gestapelt wurde. Ein paar Helfer vom Festausschuss kamen mit Edelstahlwagen herein und sammelten die Teller ein.

»Meint ihr, wir sollen auch abwaschen?«, fragte Gert scherzhaft.

»Ach«, sagte Rut. »Wenn du zu Hause schon nicht abspülst, brauchst du das auch nicht zu tun, wenn wir auf einem Fest sind.«

»Die Gläser könnt ihr noch behalten«, fuhr Asp fort und wischte sich den Schweiß von der Stirn.

Gunnar gab ein paar Teller weiter.

»Wir helfen besser mit, sonst gibt es keinen Nachtisch.«

Nach dem leckeren Dessert gingen die meisten nach draußen, um sich die Beine zu vertreten. Holger versetzte Gunnar einen Knuff, als er an ihm vorbeiging.

»Und? Schon die Schuhe fürs Tanzen gewachst?«, bemerkte er höhnisch, und Gunnar schloss seine Hand um den Zettel in der Hosentasche. »Allerdings solltest du Wachs für Tauwetter nehmen, die Temperatur liegt nämlich über dem Gefrierpunkt«, fuhr Holger fort und trocknete seine Stirn.

Rut hatte sich zu den Frauen gesellt, die über Blumen, Gemüsegärten und Schädlinge diskutierten. Drüben bei den Motorradfahrern wurde es allmählich laut, und Gunnar biss die Zähne zusammen, denn er hatte Berta versprochen, den Mund zu halten.

Signe stand mit ein paar anderen Frauen drüben an der Hecke. Ihr Mund bewegte sich schnell wie eine Nähmaschinennadel, und die anderen hörten ihr neugierig zu. Zwischendurch warfen sie erstaunte Blicke in Gunnars Richtung. Hjordis musste sich zusammenreißen, um nicht hinzugehen und sich einzumischen. Wenn sie Berta ansah, kamen ihr fast die Tränen. Da stand ihre Freundin so glücklich in ihrem schönen Sommerkleid. Wenn sie nur wüsste, worüber die Frauen an der Hecke redeten.

Erik Kvist kam herausgetorkelt. Er machte ein paar

unbeholfene Schritte und musste sich an der Fahnenstange abstützen.

Eine schwache Meeresbrise zog heran und führte den Duft nach Tang mit sich. Vom Parkplatz aus gingen einige lederbekleidete Motorradfahrer in Richtung Pfadfinderheim. Sie sprachen leise und lachten, während sie sich interessiert auf dem Gelände umschauten.

Kvist schwankte zur Gartenpforte, gerade als die Motorradclique vorbeikam.

»Verdammte Saufköppe!«, polterte er los und starrte sie an, während er sich krampfhaft am Zaunpfahl festhielt, um nicht umzukippen.

»Von wegen Saufköppe!«, meinte der größte der Männer, der einen Ring im Ohr trug, und lachte. »Das sagt der Richtige. Hier scheint ja ordentlich gefeiert zu werden. Ist das die Jahresversammlung der Anonymen Alkoholiker?« Er betrachtete die Leute vor dem Pfadfinderheim, die ziemlich laut geworden waren. »Schaffst du den Nüchternheitstest?« Der Mann drehte eine Pirouette und blieb dann eine ganze Weile, ohne zu wackeln, auf einem Bein stehen. »Mach das nach, wenn du kannst.«

Kvist rümpfte verächtlich die Nase, nahm Anlauf und machte etwas, was eine Pirouette werden sollte. Dabei plumpste er in einen Busch, und die Umstehenden lachten, während er versuchte sich wieder hochzurappeln.

»Mach dir noch einen schönen Abend – morgen wird es dir nämlich nicht mehr so gut gehen«, sagte der Mann spöttisch zu Kvist.

Die jungen Leute gingen ruhig davon.

»Da seht ihr mal«, sagte Berta zu Hjördis und Rut. »Richtig nett sind die mit ihren Lederjacken.« Sie hielt Ausschau nach Gunnar und freute sich, als sie sah, dass er sich mit ein paar Leuten unterhielt und sie nicht sehen konnte.

Richtig nett sind die mit ihren Lederjacken?, dachte Hjördis. Manchmal konnte sie Berta wirklich nicht verstehen.

Gunnar gesellte sich zu ihnen.

»Die hat ja schon längst das Mindesthaltbarkeitsdatum überschritten«, sagte Konrad und zeigte auf eine Frau, die ein Stück entfernt stand. Sie war trotz ihres Alters herausfordernd gekleidet, und ihre Haare waren grau mit einem Stich ins Violette.

»Die Menschen haben eben unterschiedliche Geschmäcker. Es ist nicht nett, so über andere zu reden.« Hjördis warf Konrad einen empörten Blick zu.

»Ich habe doch nichts Böses gesagt. Ich habe nur gemeint, dass ihr Mindesthaltbarkeitsdatum abgelaufen ist.«

»Das hast du aber freundlich ausgedrückt«, meinte Gunnar und schlug sich vor Lachen auf die Schenkel.

14. Kapitel

Bald war es Zeit für den Kaffee. Man nahm sich von den selbstgebackenen Kuchen und Torten, und die Stimmung war gut.

Vom Orchester erklang ein Trommelwirbel, dann wurde ein Walzer angestimmt. Die meisten Herren erhoben sich und forderten ihre Damen auf. Berta sah Gunnar aufmunternd an, da sie ihm eingetrichtert hatte, immer den ersten Tanz mit seiner Tischdame zu tanzen. Selbst wenn sie sich gegenübergesessen hatten, war sie der Ansicht, dass sie seine Tischdame war und dass er sie auffordern müsse. Anders als die meisten anderen Gäste ging er jedoch nicht höflich zu seiner Dame und bat sie um einen Tanz. Nein, Gunnar war wie immer schon auf der Tanzfläche und signalisierte ihr mit einem Kopfnicken, dass sie nachkommen solle. Er ist, wie er ist, dachte Berta gutmütig.

»Ist das ein netter Abend. Auch das Essen war richtig lecker«, meinte sie zu ihrem Mann.

»Was hast du gesagt?«, fragte Gunnar.

»Es ist nett hier«, wiederholte sie mit lauterer Stimme.

»Das ist Rolf-Görans Orchester«, antwortete Gunnar.

Berta kicherte. Er hatte wohl gedacht, sie habe ihn nach dem Namen des Orchesters gefragt. Sie kuschelte sich in seine Arme und schloss die Augen. Bei Gunnar hatte sie ein Gefühl der Geborgenheit trotz seiner vielen seltsamen Eigenheiten. Doch diesmal nahm er sie nicht wie sonst beim Tanzen in den Arm, sondern schob sie vorsichtig ein Stück von sich weg. Er befürchtete, der Zettel in der Tasche könnte rascheln und Berta würde ihn bemerken.

»Bist du auf deine alten Tage menschenscheu geworden?«, scherzte Berta und umfasste ihn etwas stärker.

Gunnar vergaß den Zettel und nahm Berta in seine Arme. Sie schloss wieder die Augen und spürte, wie das Kleid flatterte, während sie sich drehten. Ein bisschen merkte sie auch den Wein, ein entspannendes und angenehmes Gefühl. Gunnars Hand war so vertrauenerweckend und warm, und sie wünschte, der Tanz möge niemals enden.

Als Hjördis und Konrad vorbeitanzten, winkten sich die Frauen zu. Leichtfüßig wie eine Elfe ist meine Berta, genau wie früher, stellte Gunnar fest und schloss ebenfalls die Augen.

»Wie geht es deinem Knie?«, erkundigte sich Berta bei ihrer Freundin, als sie wieder am Tisch saßen.

»Ach, ein bisschen spüre ich es schon beim Tanzen, aber es ist nicht so schlimm. Mir ist nur etwas schwindelig.«

»Es ist warm hier drinnen, und wir haben Wein getrunken. Sieh mal, da drüben sitzt das Beuteltier«, fuhr Berta fort und zeigte auf eine auffällig gekleidete Frau.

»Man zeigt nicht mit nacktem Finger auf angezogene Leute«, bemerkte Hjördis und versetzte dem Zeigefinger ihrer Freundin einen Klaps. »Aber warum nennst du Louise denn Beuteltier? Meines Wissens gehören Beuteltiere in den Zoo.«

Berta lachte. »Sie wird Beuteltier genannt, weil sie sich jede Menge Kleidung kauft und ständig mit Tüten und Beuteln bepackt ist. Louise kann kein Bekleidungsgeschäft ohne Tüten und Taschen verlassen.«

»Beuteltier«, wiederholte Hjördis, als wollte sie das Wortspiel besser verstehen. Ihre Wangen leuchteten so rot wie die Blumen auf der Serviette. Zum Glück habe ich kein solches Problem, dachte sie und seufzte. Mir reicht es, die ICA-Tüten nach Hause zu schleppen.

Als das Orchester später eine Pause einlegte, versammelten sich die meisten Gäste auf dem Vorplatz. Der Abend war frisch, aber es war windstill.

»Das ist wirklich ein Sakrileg«, sagte Konrad und zeigte auf die Flagge. »Die muss um neun Uhr eingeholt werden, und jetzt ist es schon zehn nach.«

»Hätte das nicht dieser Holger übernehmen können? Der ist doch sonst immer so schmeichlerisch und hilfsbereit«, sagte Gunnar, und das Lächeln erstarb auf seinen Lippen.

»Die Schlange an den Toiletten ist so lang. Kommst du mit zum Parkplatz?«, fragte Konrad.

Gunnar antwortete nicht, steuerte aber auf den Parkplatz zu. Ihr Gang war leicht schwankend, und sie unterhielten sich eifrig miteinander. Als sie unten am Gebüsch angekommen waren, stellten sie sich nebeneinander und erleichterten sich.

»Einmal, als Berta nicht im Garten war, hab ich

durch den Zaun auf Olofssons Grundstück gepinkelt«, erzählte Gunnar lachend.

»Du bist ja einer!« Konrad gluckste. »Bloß gut, dass Berta das nicht gesehen hat.«

»Oder Camilla«, meinte Gunnar, während er sich den Hosenstall zuknöpfte.

»Camilla?«

»Die hat mal im Garten vorbeigeschaut, als Berta nicht da war. Wirklich eine flotte Biene.«

Konrad wurde ernst. Sollte doch was dran sein an Signes Andeutungen gegenüber Hjördis? Sollte er Gunnar einfach ganz direkt fragen? Er hatte es Hjördis zwar versprochen, hatte jedoch nicht vorgehabt, das ausgerechnet heute Abend zu tun. Aber das Fest war ja bald vorbei, und Gunnar hatte selbst eine entsprechende Andeutung gemacht. Der Alkohol machte es ihm auch leichter, die Frage zu stellen.

»Du treibst dich aber nicht mit anderen Frauen rum, oder?«, murmelte Konrad, ohne Gunnar anzusehen.

»Besuch von hübschen Frauen lehnt man doch nicht ab.«

»Offenbar hat Holger behauptet, du würdest auf Freiersfüßen wandeln oder so ähnlich.«

Gunnar wurde fast schwarz vor Augen, und sein Atem beschleunigte sich.

»Aha, das hat er also gesagt?«, zischte er.

»Stimmt denn das?« Konrad fürchtete sich, die Wahrheit zu hören.

Gunnar antwortete nicht, sondern ging wortlos in Richtung Kleingartengelände davon. Beinahe wäre er in der Dunkelheit gestolpert. Er blieb stehen und atmete ein paarmal ein und aus, ehe er in den Solrosgången abbog. Erna tat ihm leid, aber er sah sich gezwungen, seinen Plan in die Tat umzusetzen. Er musste sich rächen, so einfach war das. Als er an Holgers und Ernas Schrebergarten angekommen war, blieb er stehen und sah sich um. Dann zog er blitzschnell den Zettel aus der Hosentasche und steckte ihn in den Briefkasten. Ganz kurz erwog er, ihn wieder herauszuziehen, doch dann ging er schnell zum Pfadfinderheim zurück.

Einige Gäste machten sich schon auf den Heimweg, obwohl das Orchester noch spielte.

»Wo hast du denn gesteckt, Gunnar?«, fragte Berta besorgt. »Konrad hat erzählt, dass er dich unten am Parkplatz verloren hat.«

»Ich habe nur eine kleine Runde zwischen den Gärten gedreht. Mir war es hier drinnen zu stickig.«

Konrad musterte seinen Freund eingehend. Gunnar sah erregt aus. Vielleicht ärgerte er sich über das, was Holger gesagt hatte, weil alles erstunken und erlogen war?

»Hier draußen ist ja der Hund begraben. Los, gehen wir rein und genehmigen uns noch einen Drink«, meinte Gunnar betont fröhlich. Doch niemand lachte.

Die Dunkelheit war immer dichter geworden, und der Wind frischte auf, als die Paare schließlich nach Hause spazierten. Als sie am Friedhof vorbeigingen, blieb Gunnar stehen.

»Kennt ihr den Witz von den beiden Alten auf dem

Friedhof, die auf einer Bank sitzen und sich unterhalten? Als es spät wird, sagt der eine Mann: ›Ob es sich noch lohnt, dass wir nach Hause gehen?‹«

Die Frauen kicherten, aber Konrad hatte den Kopf voller Gedanken, die er zu entwirren versuchte.

»Nur gut, dass ich meine bequemen Schuhe mitgenommen habe«, sagte Hjördis. »Ich spüre es richtig in den Füßen. So viel habe ich schon lange nicht mehr getanzt.«

»Ich auch nicht«, meinte Berta. »Sogar der Vorsitzende hat mich aufgefordert.«

»Ulla-Britt hat bei der Tombola deine Topflappen gewonnen und sich richtig gefreut. Du kannst wirklich gut häkeln.«

»Ich will ja nicht angeben, aber meine waren immerhin besser als die Exemplare, die ich gewonnen habe«, erwiderte Berta und hielt ein Paar schiefe Topflappen in die Höhe. »Habt ihr beiden euer Wortkontingent für heute Abend verbraucht? Ihr seid so ruhig«, wandte sich Berta an die Männer. »Und müde Beine scheinst du auch zu haben, Gunnar. Sonst bist du mir ja immer schon ein paar Straßenecken voraus.«

In Simrishamn ist es angenehm ruhig, stellte Hjördis fest, als sie zu Hause angekommen waren, ohne einem einzigen Menschen begegnet zu sein.

»Willst du die leere Weinflasche haben, Hjördis?«, fragte Berta. »Ich weiß natürlich nicht, ob man Pfand dafür bekommt.«

»Unsinn«, meinte Hjördis und lachte. »Es ist doch schon Jahre her, dass das Pfand für Weinflaschen abgeschafft wurde.«

»Tatsächlich? Na gut, dann werfe ich sie in den Glascontainer.«

Im Treppenhaus in der Landstingsgatan umarmten sich die beiden Freundinnen zum Abschied.

Konrad wollte gerade zu Gunnar sagen, dass sie besser ein andermal weiter über diese Sache redeten, aber er konnte sich im letzten Moment beherrschen und wünschte einfach gute Nacht. Konrad und Hjördis gingen möglichst leise die Treppenstufen hinauf, und Gunnar fummelte eine ganze Weile am Schloss der Wohnungstür herum, bevor sie eintreten konnten.

»War das nicht ein fantastischer Abend?«, meinte Berta strahlend.

»Das Essen war wirklich gut – und die Torte hinterher auch.«

Berta verschwand im Badezimmer. Als sie wieder herauskam und in Richtung Schlafzimmer ging, sagte sie scherzhaft:

»Vielleicht sollten wir die Küchenlampe anlassen, falls du heute Nacht wieder aufstehen und schreiben willst.«

Der Wind hatte ordentlich aufgefrischt, und die Blumenampel mit den Stiefmütterchen schlug gegen das Balkongeländer.

Im Flur hing Bertas dünnes Sommerkleid auf einem Kleiderbügel, den sie an der Schranktür befestigt hatte, und daneben Gunnars dunkler Anzug. Die Taschen waren leer – bis auf zwei Nieten von der Tombola.

15. Kapitel

Am nächsten Morgen goss es in Strömen, und aus den Fallrohren der Häuser spritzten wahre Wasserkaskaden. Auf dem asphaltierten Parkplatz prallte der Regen auf den Belag und bildete einen grauen Sockel. Der starke Wind ließ die Lüftungsklappe neben dem Fenster immer wieder auf- und zuschlagen, bis Berta aufstand und sie kurzerhand schloss.

»Was für ein Unwetter! Zumindest besteht keine Gefahr, dass das Grundwasser zur Neige geht«, sagte sie mit einem Lächeln.

»Jedenfalls ist heute kein Gartenwetter. Dabei war ich mit dem Schuppen fast fertig.« Gunnar seufzte. »War eigentlich gestern Knoblauch im Essen?«

»Bestimmt. Scheint so, als hätte man das heutzutage in jedem Essen.«

»Immerhin kriegt man was für sein Geld. Es fühlt sich so an, als würde man alles mehrmals essen. Im einen Moment merkt man gar nichts, und im nächsten ist es so, als hätte man den Mund wieder voll.«

»Du drückst dich vielleicht aus. Und jetzt los, aufste hen, damit ich das Bett machen kann!«

»Es gibt doch gar keinen Grund, heute aufzustehen.« Gunnar sah traurig aus. An solchen verregneten Tagen vermisste er das Haus in Smedstorp. Es war geräumiger gewesen, und sie hatten einen Holzschuppen und andere Wirtschaftsgebäude, in denen er herumpusseln konnte. Da es in der Wohnung nichts zu tun gab, fühlte er sich besonders bei schlechtem Wetter rastlos. Es blieb ihm nichts anderes übrig, als am Küchentisch zu sitzen, in alten Zeitungen zu blättern, die Blumen auf der Tapete zu zählen oder fernzusehen. Im Sommer wurden hauptsächlich Wiederholungen gezeigt, einige sogar in Schwarz-Weiß, was ihm das Gefühl gab, im falschen Jahrhundert gelandet zu sein. Aber die alten Heimatfilme mit Åsa-Nisse mochte er ganz gern.

»Was grinst du so?«, fragte Berta neugierig.

»Ich habe an Åsa-Nisse gedacht.«

»Kulturell interessiert bist du ja, Gunnar. Raus aus den Federn!« Berta zog ihm die Decke weg.

»Willst du etwa, dass ich eine Lungenentzündung kriege?« Seufzend zog er die Beine seiner Schlafanzughose herunter, die bis zu den Kniekehlen hochgerutscht waren.

»Ich setze Kaffee auf. Wenn du noch immer nicht aufgestanden bist, wenn ich zurückkomme, musst du das Bett selbst machen.« Berta hatte kaum ausgeredet, da stand Gunnar schon auf dem hellgrünen Flokati. Berta sah ihn amüsiert an und ging in die Küche.

»Die sind ja wirklich schief und krumm, diese Topflappen«, meinte sie kichernd und hielt sie hoch. Die Topflappen wurden mit einem rosa Seidenband zusammengehalten, das Berta löste und in den Mülleimer warf.

»Hast du was gesagt?«, war Gunnars morgenmüde Stimme aus dem Flur zu vernehmen.

»Heute ist die Stimmung wohl nicht so gut wie gestern«, bemerkte Berta, als sie Gunnars blasses Gesicht und seine zerzausten Haare sah.

»Es gibt doch wohl keine Regel, die besagt, dass es jeden Tag gleich fröhlich zugehen muss.« Gunnar ließ sich schwer auf den Stuhl fallen.

»Nimm die Ellbogen vom Tisch, Gunnar. Wenn du es nicht schaffst, aufrecht zu sitzen, kannst du dich gleich wieder hinlegen und hinterher das Bett machen.«

Sofort nahm Gunnar die Ellbogen vom Tisch und sah lustlos vor sich hin.

»Wartest du darauf, dass das Frühstück auf den Tisch springt?«, fragte Berta, während sie Tassen aufdeckte. Gunnar stand auf, ging zum Kühlschrank und holte Käse und Aufschnitt heraus.

»Wenn du im Restaurant arbeiten würdest, bekämest du bei der Geschwindigkeit kaum Trinkgeld. Du lässt es heute weiter ruhig angehen, scheint mir.«

»Gut Ding will Weile haben. Außerdem erwarte ich kein Trinkgeld, sondern höchstens ein bisschen Kaffee. Ist der bald fertig?«

»Da du dich in Küchendingen nicht so gut auskennst, möchte ich dich darüber aufklären, dass das Wasser, das ich in den Behälter gefüllt habe, erst durch das Rohr aufsteigen und durch diesen Filter in die Kanne laufen muss.« Mit dem Zeigefinger demonstrierte Berta den Vorgang. »Wie du siehst, ist noch Wasser im Behälter, aber wenn alles in die Kanne gelaufen ist, dann ist der Kaffee fertig, Gunnar Andersson.«

»Als wenn ich noch nie Kaffee gekocht hätte«, meinte Gunnar beleidigt.

»Natürlich hast du schon Kaffee gekocht. Das eine

Mal sogar ganz ohne Kaffeepulver, und ein anderes Mal hast du den Kaffee direkt in den Filtereinsatz getan, ganz ohne Papiertüte.« Als Berta den unglücklichen Blick ihres Mannes sah, tat er ihr leid. »Ich habe doch nur einen Spaß gemacht. Natürlich hast du schon Kaffee gekocht, nur eben nicht so oft. So, jetzt ist er durchgelaufen«, sagte sie fröhlich und goss Kaffee in die Tassen.

»Heute wollen die Engel wohl den ganzen Tag weinen«, meinte Gunnar, während er nach draußen in den Regen starrte.

»Bald kommt die Sonntagszeitung«, versuchte Berta ihn aufzumuntern.

Die Zeitung war für Gunnar ein Höhepunkt des Wochenendes. »Die reinste Therapie«, pflegte er zu sagen. Wenn er sich mies fühlte oder Sorgen hatte, musste er nur die Zeitung aufschlagen und von dem ganzen Elend in der Welt lesen, und schon war ihm wieder bewusst, wie gut es ihm eigentlich ging.

Auf einmal hatte Gunnar das Gefühl, als hätte jemand ihn mit eiskaltem Wasser übergossen. Ihm war klar, dass er durch den Regen noch mal eine Art Aufschub bekommen hatte, denn Holger und Erna würden bei diesem Wetter bestimmt nicht in ihren Schrebergarten fahren. Er könnte noch einmal über alles nachdenken und später vielleicht zum Garten fahren, um den Zettel wieder aus dem Briefkasten zu fischen.

Doch als Berta die Sonntagszeitung erwähnte, befiel ihn plötzlich Unruhe. Angenommen, Holger war auf dem Rückweg vom Frühlingsfest noch an seinem Garten vorbeigegangen und hatte den Zettel gesehen? Vielleicht stand ja etwas darüber in der Zeitung. Seine linke Augenbraue begann zu zucken. Dabei gab es ja eigentlich nicht viel zu berichten, und die Sonntagszeitung erschien schon am Morgen, versuchte er sich zu beruhigen – da wäre ohnehin nicht genug Zeit gewesen, um irgendwas darüber zu publizieren.

»Ich glaube, ich nutze heute die Gelegenheit, um Zimtschnecken zu backen«, sagte Berta.

»Ihr Frauen habt es gut.«

»Gut?«

»Ihr habt auch bei Regen was zu tun.«

»Du darfst sehr gern backen, wenn du willst, dann kann ich mir so lange einen Heimatfilm mit Åsa-Nisse ansehen oder irgendwas anderes kulturell Wertvolles.«

»Du bist heute aber zickig. Liegt das an dem Wein, den du gestern getrunken hast?«

Berta kehrte mit ihren Gedanken zum Vorabend zurück. Am Tag nach so einer Feier pflegte sie noch einmal alles Revue passieren zu lassen. Diesmal war es ganz gut, dass sie sich nicht an alle Details erinnerte.

»Ist der Steinbruch von Simrislund in unsere Wohnung gezogen?«, erkundigte sich Gunnar scherzhaft, als er die bemalten Steine sah, die Berta auf dem Wohnzimmertisch ausgebreitet hatte.

»Der Steinbruch ist doch stillgelegt, du Dummkopf.«

»Sieht aber so aus, als wäre er in der Landstingsgatan wiederauferstanden.«

Warte nur ab, dachte Berta aufgekratzt.

Gunnar schlich um den Tisch. »Wo kommen die eigentlich her?«, fragte er und zeigte auf einen der Steine.

»Vom Strand natürlich. Hjördis und ich haben sie gesammelt und bemalt.«

»Donnerwetter! Die sind ja richtig hübsch, Berta. Ich habe gar nicht gewusst, dass du so geschickt im Malen bist. Wobei ich nicht so ganz verstehe, was ihr mit den Steinen wollt.«

»Die kommen vielleicht nach und nach zum Einsatz«, antwortete sie geheimnisvoll und freute sich über das Lob, das sie eben eingeheimst hatte. »Du bist aber auch geschickt, Gunnar. Der Geräteschuppen wird richtig gut.«

Und auf einmal standen sie beide auf dem rotgeblümten Plüschteppich und umarmten sich.

Oben bei Konrad und Hjördis wurde gerade ein ernsthaftes Gespräch geführt. Konrad hatte erzählt, was Gunnar am Vorabend gesagt hatte, nämlich dass Camilla ihn im Garten besucht hatte, als Berta nicht da war.

»Warum hast du denn nicht einfach nachgefragt, als ihr allein wart und du die Möglichkeit dazu hattest?«, fragte Hjördis anklagend.

»Das habe ich doch getan, aber es hat nichts genützt. Er ist einfach in der Laubenkolonie verschwunden.«

»Du hättest ihm nachgehen können.«

»Ist doch nicht so wichtig.« Konrad kaute den letzten Bissen von seinem Käsebrot.

»Ich muss Klarheit haben wegen Berta und natürlich auch wegen Gunnar. Hoffentlich ist kein Fünkchen Wahrheit an den Behauptungen, die im Umlauf sind. Das Schlimmste wäre, wenn wir den Kontakt zu den beiden verlieren würden.«

»Du musst aber auch immer so dramatisieren. Warum sollten wir den Kontakt zu ihnen verlieren?«

Hjördis antwortete nicht, sondern zuckte nur mit den Schultern. Sie waren fertig mit dem Frühstück, aber die Sachen standen noch auf dem Tisch. Lustlos sahen sie in den Regen hinaus, der mit unverminderter Intensität vom Himmel fiel.

Die Tüte mit Hjördis' Tanzschuhen baumelte noch über der Stuhllehne, und ihr geblümtes Sommerkleid hing an einem Kleiderbügel am Schrank in der Diele. Hjördis hatte es sich angewöhnt, die Kleider zu lüften, wenn sie bei einer Einladung oder auf einem Fest gewesen war. Nun musste das Kleid im Flur auf besseres Wetter warten.

Am Nachmittag beschloss Berta, Mikael anzurufen und ihn mit seiner Familie zum Nachmittagskaffee mit frisch gebackenen Zimtschnecken einzuladen. Aber sie erwischte nur ihre Schwiegertochter Mona, die erzählte, dass Mikael gerade mit Louise beim Fußballtraining sei, und wenn er nach Hause komme, brauche sie selbst das Auto.

»Wir haben Mikael doch nicht so durch die Gegend kutschiert, als er klein war, oder?«, meinte Gunnar, als sie sich abends vor den Fernseher setzten. »Sie haben das Mädel seit frühester Kindheit zum Fußballtraining, zum Chor und zum Turnen gefahren. Außerdem schleppen sie sie mit, wenn sie selbst irgendwo eingeladen sind, und das kommt ständig vor, habe ich den Eindruck.«

»Früher war es ruhiger, da stimme ich dir zu«, sagte

Berta und zappte zwischen den Sendern hin und her. »Still, jetzt kommt das Wetter.«

»Ich lege mich hin.« Gunnar stand auf.

»Schon? Sieh mal, morgen soll es wieder schön und sonnig werden.«

Im Schlafzimmer zog Gunnar die Jalousie herunter. Dann ging er ins Bad und wusch sich sorgfältig. Morgen platzt die Bombe, dachte er und betrachtete sich im Badezimmerspiegel. Sein Blick war auf einmal ängstlich. Vorsichtig putzte er ein bisschen an seinen Schneidezähnen herum und ließ dann das Wasser eine Weile laufen, damit Berta glaubte, er sei noch immer beim Zähneputzen. »Mindestens drei Minuten«, sagte sie immer. Gunnar fand es übertrieben, so lange zu putzen. Einmal mit der Bürste über die Zähne fahren und dann ordentlich ausspülen – das reichte für seinen Geschmack. Schließlich wollte er den Zahnschmelz nicht unnötig verschleißen. Er biss die Zähne zusammen und entblößte die ganze Zahnreihe im Spiegel. Weiß und gleichmäßig sind sie, stellte er zufrieden fest. Ganz hinten gab es ein paar Goldkronen, aber die anderen Zähne waren noch im Originalzustand.

Die Luft fühlte sich nach dem Regen warm und feucht an, und er schob die Decke ein bisschen tiefer. Eine Sache hatte Gunnar im Lauf des Tages beschlossen: Was auch passieren mochte, er würde niemals gestehen, dass er es gewesen war, nie im Leben ... Falls ihn jemand fragen sollte, ob er irgendwas darüber wisse, würde er ganz einfach schwindeln. Schließlich wollte er sich für das Unrecht rächen, das Holger ihm seiner Meinung nach durch seine Lügen und seinen Spott zugefügt hatte. Vor allem um Berta machte er sich Sorgen. Der bloße Gedanke an Holgers Worte und den Schaden, der ihr dadurch entstehen könnte, machte ihn unglücklich.

»Du warst gestern so hübsch in deinem Sommerkleid, Berta. Und du bist mir beim Tanzen so leichtfüßig gefolgt«, rief er ins Wohnzimmer.

»Wie lieb von dir.« Berta kam zur Schlafzimmertür. »Morgen wird es sonnig und warm, da fahren wir früh zum Garten.«

»Ich glaube nicht, dass ich morgen Lust darauf habe«, sagte Gunnar und zog die Decke höher.

»Warum denn nicht? Natürlich fahren wir morgen zum Garten. Du wolltest doch den Schuppen fertigbauen, hast du gesagt.« Sie sah ihn erstaunt an.

»Ich weiß nicht, ob ich gestern zu viel getanzt habe. In den Knien fühlt es sich jedenfalls so an«, log Gunnar.

Jetzt sah Berta traurig aus. Verdammt, dachte Gunnar. Was hatte er sich nun wieder eingebrockt? Er dachte nach und kam zum Entschluss, dass es vielleicht doch besser war, sich im entscheidenden Moment im Zentrum der Ereignisse aufzuhalten. Schließlich wollte er wissen und vor allem sehen, was geschah.

»Ich habe es mir anders überlegt, Berta. Ich komme doch mit. Im Garten gibt es immer genug zu tun. Ich muss mich ja nicht überanstrengen.«

Bertas Lächeln war die beste Einschlafhilfe. Wenn sie froh und zufrieden war, kam ihm alles andere unwesentlich vor, und er wurde von innerer Ruhe erfüllt.

16. Kapitel

Als Berta den Briefschlitz klappern hörte, stürmte sie in den Flur.

»Erwartest du einen Liebesbrief? Du wirkst ja völlig aufgescheucht.« Gunnar legte die Zeitung zusammen.

Berta raffte die Werbeblätter und die Post an sich. Einen der Briefumschläge steckte sie gleich in die Tasche ihrer Küchenschürze. Sie versuchte möglichst ruhig auszusehen, als sie wieder in die Küche kam.

»Nein, heute waren wieder keine Liebesbriefe dabei. Aber du könntest mir vielleicht einen schreiben? Wo du so gut im Dichten bist.«

»Wir sind doch verheiratet. Da muss man keine Liebesbriefe schreiben.«

»Da hast du recht. Im Übrigen hast du nicht mal Liebesbriefe geschrieben, *bevor* wir geheiratet haben.«

Berta saß ganz außen auf der Stuhlkante und befühlte vorsichtig den Brief in der Schürzentasche. Dann ging sie mit raschen Schritten ins Wohnzimmer und schloss die Tür hinter sich.

Gunnar stand auf und sah ihr verwundert nach. Als er merkte, dass sie telefonierte, zeigte sich eine besorgte Falte auf seiner Stirn. Hatte Berta etwa Geheimnisse vor ihm? Sie war in den letzten Tagen ein wenig seltsam gewesen, und noch nie hatte sie die Wohnzimmertür hinter sich zugemacht. Aber er wollte nicht neugierig wirken. Daher riss er sich zusammen und setzte sich wieder.

Berta suchte seinen Blick, als sie in die Küche zurückkam, als wartete sie nur auf seine Frage, wen sie wohl angerufen habe. Als er sich gar nicht danach erkundigte, wirkte sie beinahe enttäuscht.

»Ich gehe runter und setze mich eine Weile auf die Bank«, sagte sie, zog sich die Strickjacke über und ging hinaus. Gunnar schlich in der Wohnung auf und ab. Nach einer Weile schob er die Blumentöpfe beiseite, öffnete das Fenster und hängte sich über den Fensterrahmen, um die Bank unten besser im Blick zu haben. Dort saß Hjördis neben seiner Frau. Hatte Berta vorhin etwa mit ihr telefoniert? Er war etwas ruhiger. Im selben Moment sah er, wie Berta einen Brief aus der Tasche zog und eifrig mit Hjördis diskutierte. Sie schienen fröhlich zu sein, aber dennoch begann etwas an ihm zu nagen, und er knallte das Küchenfenster so fest zu, dass die kleine Lampe auf der Fensterbank wackelte.

Bertas Baumwollkleid flatterte, als sie später durch die Stadt radelten. Nach dem Regen war die Luft frisch, und am Hafen sahen sie einige Bootsbesitzer, die ihre Boote startklar machten.

Die Motorradclique war wieder weg. Die jungen Leute hatten ihren provisorischen Zeltplatz ordentlich aufgeräumt. Es konnte wirklich niemand behaupten, dass sie Müll hinterlassen hätten, dachte Berta.

Gunnar schloss die Gartenpforte auf, und sie stellten ihre Räder hinter der Laube ab. Berta trug den Fahrradkorb mit der Thermoskanne und den Zimtschnecken ins Haus. Gunnar sah sich unruhig um.

»Sieh mal«, sagte Berta traurig. »Ein Zweig von der Hortensie ist beim Unwetter abgebrochen. Und das gerade jetzt, wo sie anfangen zu blühen.«

»Es gibt Schlimmeres«, meinte Gunnar, aber in diesem Moment wollte Berta nichts einfallen, was schlimmer gewesen wäre als die Zerstörung ihrer geliebten Hortensie.

Gunnar hob die Plane an und schüttelte das Regenwasser ab, das sich in kleinen Pfützen darauf gesammelt hatte.

»Pass auf deine Knie auf«, frotzelte Berta.

Konrad und Hjördis hatten gesagt, dass sie ein bisschen später kommen würden, weil sie noch ein paar Besorgungen zu erledigen hatten. Zufrieden stellte Berta fest, dass abgesehen von der Hortensie nichts in ihrem Garten durch das Unwetter in Mitleidenschaft gezogen worden war.

Das Vereinsheim stand einsam und verlassen da. Auf dem Vorplatz lagen Bierdosen und leere Zigarettenschachteln. Ein Plastikbecher und eine Serviette hatten sich in einem Gebüsch verfangen.

»Ich glaube, ich drehe eine kleine Runde durch die Schrebergärten«, sagte Gunnar, der noch nicht mit seiner Arbeit angefangen hatte.

»Ich komme mit«, meinte Berta fröhlich.

»Es ist besser, du bleibst hier. Sonst muss ich alles wieder abschließen.«

»Wenn dir das zu viel Mühe macht, kann ich ja absperren.«

Plötzlich wurde die Stille durch eine Motorsäge zerrissen. Gunnar zuckte erschrocken zusammen. Das Geräusch kam aus dem Garten von Holger und Erna, der ein Stück entfernt lag.

»Was machen die denn da, Gunnar? Sieh mal, Holger sägt seinen schönen Apfelbaum um!« Berta zupfte ihn am Hemdsärmel und wollte zu Holgers Parzelle gehen, doch Gunnar zog sie in die andere Richtung.

»Lass sie doch in Ruhe arbeiten. Das wirkt sonst so neugierig.« Dabei reckte er möglichst unauffällig seinen Hals und sah Holger tatsächlich an seinem Apfelbaum sägen, während Erna mit einem Taschentuch in der Hand neben ihm stand und weinte.

»Ich verstehe das nicht mit dem Apfelbaum«, sagte Berta und seufzte, als sie wieder in ihrem Garten standen.

»Es gibt vieles auf der Welt, was man nicht versteht. Ich verstehe zum Beispiel nicht, wie ich dieses Brettstück über der Tür einbauen soll.«

»Ich habe dir schon gesagt, dass du aufpassen sollst, wenn du auf der Leiter stehst, Gunnar. Es ist so schnell was passiert, vor allem wenn man sich aufregt ... Und du mit deinen schwachen Gelenken.«

Gunnar stieg trotzig von der Leiter und ließ sich auf den Gartenstuhl fallen.

»Ich fahre mal zum Campingplatz. Es macht mir Spaß, mir die Camper anzuschauen.« Berta hievte ihr Rad auf den Kiesweg.

»Wenn dir das Spaß macht, dann bitte schön«, meinte Gunnar und blieb am Gartentisch sitzen.

»Wenn ich wieder da bin, sind Konrad und Hjördis

vielleicht schon gekommen. Dann laden wir sie zu Kaffee und Zimtschnecken ein.«

Gerade als Berta sich auf den Weg machte, verstummte die Motorsäge bei Holger. So, dachte Gunnar, ab jetzt gilt es, die Klappe zu halten und sich nicht zu verplappern. Er kehrte zur Arbeit zurück, aber er hatte keine besondere Freude daran.

Berta schob das Fahrrad über die Brücke, auf der ein paar kleine Jungen standen und angelten. Dann fuhr sie ein Stück am Strand entlang. Am Campingplatz stieg sie vom Rad. Was für Wohnwagen, dachte sie. Mit Vorzelt und bunten Blumen in Töpfen und Hängeampeln. Sie wollte nicht neugierig wirken, konnte es sich aber nicht verkneifen, einen Blick auf die Wohnwagen und die Familien zu werfen, die davor saßen und Kaffee tranken. Dann fiel ihr Blick auf einige große, glänzende Motorräder, und sie blieb stehen. Wirklich flott, dachte sie, und dann dieses Geräusch, wenn sie angefahren kommen … Vorsichtig strich sie mit der Hand über den Heckfender des einen Motorrads.

»Wollen Sie eine Runde mitfahren, meine Dame?«, fragte eine freundliche Stimme. Als sie sich umdrehte, erkannte sie einen Mann von der Motorradclique, die vorher in der Nähe der Laubenkolonie gezeltet und nun offenbar hier ihr Lager aufgeschlagen hatte.

»Danke für das Angebot«, meinte Berta lachend, »aber dann würden die Leute denken, ich wäre völlig verrückt geworden. Aber nett wäre es schon.«

Ein paar andere aus der Gruppe kamen näher und begannen sich mit ihr zu unterhalten.

»Ich vermisse Sie unten bei den Schrebergärten«, sagte Berta wahrheitsgemäß.

»Da dürften Sie die Einzige sein«, meinte Göran, der kräftige Mann mit dem Ohrring, der während des Festes am Grundstück des Pfadfinderheims vorbeigekommen war.

»Wie kommen Sie denn darauf?«, fragte Berta.

»Die ganze Zeit sind Leute gekommen, um uns zu vertreiben. Da fanden wir es besser hierherzuziehen.«

Plötzlich starrte Berta einen der Männer an.

»Bist du nicht der Junge von Julia Nilsson aus Hammenhög?«, fragte sie zweifelnd.

»Doch, wieso?«, meinte der junge Mann lachend.

»Du heißt Jörgen, oder?«

»Woher wissen Sie das?«

»Wir haben immer bei deinen Eltern Gemüse eingekauft. Du warst damals noch klein, aber du hast dich nicht so sehr verändert.«

Wenig später saß Berta mit einer Tasse Kaffee auf einem Campingstuhl und unterhielt sich mit den jungen Leuten. Bald war sie mit allen per Du. Sie erfuhr, dass sie Urlaub genommen hatten und den ganzen Winter an ihren Motorrädern herumgeschraubt hatten, um im Sommer damit »ausreiten« zu können, wie sie es ausdrückten.

Eine der jungen Frauen war gerade damit beschäftigt, ein Quiz für den Abend vorzubereiten, und Berta half ihr mit ein paar Fragen.

»Du bist wirklich cool«, meinte einer der Männer zu ihr. »Und Angst hast du auch keine.«

»Warum sollte ich denn Angst haben?«

»Viele Leute machen einen großen Bogen um uns.« Er schenkte Berta Kaffee nach.

In diesem Moment fiel Bertas Blick auf Signe, die Nachrichtenzentrale, die Arm in Arm mit ihrem Mann vorbeigeschlendert kam und große Augen machte, als sie Berta entdeckte.

Komische Leute sind das, dachte Signe. Erst Gunnar mit seinen Weibergeschichten und jetzt Berta mit diesen Halbstarken …

»Schönes Spazierwetter«, meinte Berta freundlich.

»Die Luft ist bloß noch ein bisschen feucht«, erwiderte Signe und umklammerte die Handtasche mit beiden Händen, während sie an ihnen vorbeiging.

»Da siehst du«, sagte Jörgen leise. »Sie denkt, wir würden ihr die Handtasche klauen.«

»Ach, das glaube ich nicht«, versuchte Berta zu vermitteln. »Wenn ihr morgen noch hier seid, komme ich vielleicht mit ein paar selbstgebackenen Zimtschnecken vorbei«, sagte sie, während sie versuchte, sich aus dem Campingstuhl zu erheben.

Einer der Männer nahm ihren Arm, als er merkte, dass ihr das Aufstehen schwerfiel. Berta sah, dass Signe und ihr Mann ein Stück entfernt standen und sie anstarrten. Sie winkte erst Signe und dann den jungen Leuten zu, ehe sie mit dem Fahrrad zurück in die Laubenkolonie fuhr.

»Sie sind noch immer nicht da«, sagte Gunnar, als sie zurückkam.

»Eilt ja auch nicht. Ich habe schon Kaffee getrunken«, erzählte Berta fröhlich.

»Du?«

»Die jungen Leute mit den Motorrädern haben mich eingeladen. Sie zelten draußen bei Tobisvik.«

Gunnar legte den Hammer aus der Hand und sah sie erschrocken an.

»Bist du von allen guten Geistern verlassen? Und ausgerechnet du machst dir ständig Sorgen, dass ich von der Leiter falle. Du machst uns ja zum Gespött der Leute.« Er klang richtig wütend, aber das war oft so, wenn er sich um sie sorgte.

»Sie haben mich gefragt, ob ich eine Runde auf dem Motorrad mitfahren will«, erzählte Berta und genoss Gunnars entsetzten Blick.

»Das hast du doch hoffentlich nicht getan?« Gunnar kniff die Augen zusammen, als wollte er die Antwort lieber gar nicht hören.

»Vielleicht ein andermal, wenn ich eine lange Hose trage.« Berta kostete jedes Wort aus.

»Kein Wort davon zu Konrad und Hjördis, hörst du?« Gunnars Stimme klang entschlossen.

»Das kann ich dir leider nicht versprechen. Hjördis und ich haben keine Geheimnisse voreinander. Das ist doch nichts anderes, als wenn du manchmal zu Herman runtergehst und dich mit ihm unterhältst. Dann darf ich auch keinem erzählen, dass du bei ihm gewesen bist, oder?«

»Herman ist doch unser Hausmeister!« Gunnars linke Augenbraue hob und senkte sich.

»Richtig, Herman ist Hausmeister. Und Jörgen ist Elektriker. Wo ist da der Unterschied?«

»Herman fährt nicht Motorrad.« Es war nicht zu

übersehen, dass Gunnar glaubte, wieder Oberwasser zu haben.

»Das stimmt, er fährt nicht Motorrad, sondern einen rostigen Fiat. Wenn die Polizei ihn mal kontrolliert, dann wird sie ihm sofort die Fahrerlaubnis für diese alte Kiste entziehen.«

Ehe Gunnar das kommentieren konnte, war Hjördis' fröhliche Stimme am Gartenzaun zu hören.

»Aha, hier sitzt ihr also und faulenzt!«

Gunnar fuhr vom Stuhl auf wie von der Tarantel gestochen und machte sich am Blumenspalier zu schaffen, um nicht untätig zu wirken.

»Hallihallo!« Konrad bremste so scharf ab, dass der Kies spritzte. Er stellte das Rad in den Fahrradständer, den er auf sein Grundstück gebaut hatte. Dort war genug Platz für zwei Drahtesel. Der Fahrradständer war mit einem Dach aus gelbem Wellplastik versehen, damit die Räder bei Regen nicht nass wurden.

Berta ging gleich zu Hjördis hinüber, und sie unterhielten sich leise und hinter vorgehaltener Hand. Die beiden Frauen wirkten gleichermaßen fröhlich und unruhig, fand Gunnar und versuchte zu hören, wovon sie sprachen.

Karl-Åke Asp kam mit entschlossenen Schritten und ernster Miene vorbei und stellte sich an den Gartenzaun.

»Es wäre gut, wenn ihr auch Briefkästen anbringen könntet«, sagte er. »Ich mag es nicht, wenn ich die Mitteilungen vom Vorstand an die Gartenpforte klemmen muss.«

»Es reicht doch, wenn man zu Hause Rechnungen

bekommt«, witzelte Gunnar, stellte aber bald fest, dass Asp nicht in Scherzlaune war.

»Es ist mir ernst«, fuhr Asp fort. »Sehr ernst sogar. Ich lade alle auf dem Gelände zu einer außerordentlichen Mitgliederversammlung. Eine Krisensitzung. Im Übrigen ist das keine Einladung, sondern eine Anordnung. Es ist von höchster Bedeutung, dass alle zur Versammlung kommen.«

»Worum geht es denn?«, wollte Konrad wissen.

»Ich werde in der gegenwärtigen Situation nicht mehr sagen, als was in der Einladung steht. Auf der Versammlung werdet ihr weitere Informationen erhalten. Wir wollen nicht, dass schon im Vorfeld herumspekuliert wird.«

»Das klingt aber ernst.« Hjördis sah ängstlich aus.

»Sehr ernst«, unterstrich Asp, ehe er mit seinen Zetteln weiter die Runde machte.

Gunnar stand kurz vor einer Ohnmacht. Aber er würde sich nichts anmerken lassen, das hatte er beschlossen. Er riss Berta den Zettel aus der Hand.

»Was steht denn da?« Gunnars Atemfrequenz stieg, während er die Zeilen las.

»Die kündigen uns doch wohl nicht etwa den Pachtvertrag?« Ohne sich dessen bewusst zu sein, begann Berta die Knospen von den Margeriten zu knipsen. Mit großen Augen betrachtete Hjördis das wachsende Häufchen zu Bertas Füßen.

»Lies doch mal vor! Sonst hole ich unseren Zettel«, meinte Konrad.

Gunnar begann laut und unsicher vorzulesen:

»›Einladung zur Krisensitzung am Dienstag, dem

31. Mai um 18 Uhr im Vereinsheim der Pfadfinder. Im Kleingartengelände ist es zu einem ernsthaften Zwischenfall gekommen. Ehe wir bei der Polizei Anzeige erstatten, sollten wir mit allen Vereinsmitgliedern klären, ob bei anderen Mitgliedern weitere rätselhafte Mitteilungen aufgetaucht sind. Der Vorstand.‹«

»Zwischenfall? Was meinen die denn damit?« Hjördis sah entsetzt aus.

»Rätselhafte Mitteilungen? So was haben wir nicht bekommen, Gunnar, oder? Stell dir vor, vielleicht ist eine bei dem Unwetter davongeflattert? Wir müssen uns wohl doch Briefkästen anschaffen.«

Gunnar knüllte den Zettel zusammen und warf ihn in den Eimer mit den Gartenabfällen, der an der Hausecke stand.

»Was machst du da, Gunnar?« Berta nahm den Zettel wieder heraus und versuchte ihn am Stoff ihres Kleides zu glätten. Sie las weiter vor:

»›Schiebt den kriminellen Handlungen einen Riegel vor, ehe noch mehr Vegetation völlig grundlos verwüstet wird.‹«

»Ach, da geht es bestimmt wieder um die Nacktschnecken, die sie vertreiben wollen«, murmelte Gunnar.

»Hier gibt es keine Nacktschnecken. Es geht um etwas anderes, Ernsteres.« Hjördis rang die Hände.

»Heute früh hat Holger seinen Apfelbaum abgesägt«, sagte Berta plötzlich.

»Dabei war der so schön!« Hjördis schlug sich vor die Brust.

»Ich fand ja, er sah ein bisschen schwächlich aus.

Vermutlich hatte er irgendwelche Schädlinge.« Gunnar knöpfte sein Hemd zu. Ihn fröstelte.

Nach einer Weile standen die meisten Kleingärtner an ihren Zäunen und tauschten sich mit ihren Nachbarn aus. Nur Signe begnügte sich nicht mit den Nachbarn. Hjördis sah, wie sie von Parzelle zu Parzelle lief, dabei in einem fort redete und wild herumgestikulierte. Sie hätte dabei gleich die Zettel verteilen können, dachte Hjördis, dann wäre das schneller erledigt gewesen.

Sehr viel mehr passierte an diesem Nachmittag nicht. Schon früh machten sich Gunnar und Berta auf den Rückweg. Kaffee hatten sie gar nicht mehr getrunken, und Berta vergaß die Thermoskanne und die Zimtschnecken in der Laube.

Während sie sich die Steigung an der Storgatan hochkämpfte, kam die Motorradclique vorbei. Als die jungen Leute sie entdeckten, hupten und winkten sie. Berta winkte fröhlich zurück und war erleichtert, dass Gunnar wie üblich ein paar Straßenecken Vorsprung hatte. Auf einmal kam ihr die Steigung nicht mehr so anstrengend vor, und sie genoss den Wind, der ihr Haar zerzauste.

17. Kapitel

»Ich finde, Gunnar wirkt nervös«, meinte Hjördis zu Konrad, als sie allein in ihrem Garten waren. »Und Berta verhält sich auch ziemlich merkwürdig.«

Traurig blickte sie zu den abgeknipsten Margeritenknospen hinüber, die noch immer in einem kleinen Häufchen auf dem Nachbargrundstück herumlagen. Das sah Berta überhaupt nicht ähnlich. Sie verließ nie ihren Garten, ohne das Gelände rund um die Laube aufgeräumt zu haben. Und die Margeriten liebte sie besonders …

»Ich werde mit Gunnar über die komischen Gerüchte reden, versprochen. Aber heute war einfach nicht der richtige Zeitpunkt«, sagte Konrad müde.

Hjördis fand es nur halb so nett im Garten, wenn Berta und Gunnar nicht da waren. Zwar kletteten sie nicht aneinander, aber schon ein paar nette Worte über den Zaun oder ein kleines Winken wärmten ihr Herz. Sie machte sich wirklich Sorgen um ihre Freundschaft. Auf gar keinen Fall durfte sich etwas zwischen sie stellen.

Gunnar und Berta waren an diesem Nachmittag ungewöhnlich still. Berta saß eine Weile auf dem Balkon und häkelte, während Gunnar sich eine Wiederholung im Fernsehen ansah.

»Was läuft denn gerade?«, fragte Berta, als sie hereinkam.

»Keine Ahnung.«

»Keine Ahnung? Ich glaube, das ist die Sendung über den finnischen Winterkrieg.«

»Ist etwa schon wieder Krieg in Finnland?«, sagte Gunnar erschrocken und richtete sich kerzengerade auf.

»Schon wieder? Also Gunnar! Allmählich mache ich mir Sorgen um dich. Wobei es ja erfreulich ist, dass du mal eine seriöse Sendung schaust.«

Gunnar sah noch immer beunruhigt aus. Auf den finnischen Winterkrieg konnte er sich noch immer keinen Reim machen. Es war doch gerade Sommer.

»Was ziehst du morgen zur Mitgliederversammlung an?«, fragte Berta und öffnete den Kleiderschrank.

»Ich gehe da nicht hin.«

Heftig schloss Berta die Schranktür.

»Natürlich gehen wir zu dieser Sitzung. Das war eine Anordnung. Hast du das nicht gehört?«

»Das ist mir egal. Ich gehe da nicht hin.«

Berta setzte sich in den anderen Sessel und fixierte ihren Mann.

»Jetzt bist du mir aber eine Erklärung schuldig.«

»Es gibt nichts zu erklären. Ich habe keine Lust. Ende der Diskussion.«

Forschend sah sie Gunnar an. Seine linke Augenbraue zuckte, und er bohrte intensiv in der Nase.

»Hör auf damit. Bohrst du nach Öl, oder was?«

Gunnar schaltete den Fernseher aus und ging ins Schlafzimmer, wo er sich aufs Bett legte.

Berta war besorgt. Das sah Gunnar ganz und gar

nicht ähnlich. Normalerweise war er gern unter Menschen. Plötzlich erstarrte sie. Hatte Asp nicht erwähnt, dass jemand in der Laubenkolonie einen Zettel erhalten hatte? Oder hatte das auf der Einladung zur Mitgliederversammlung gestanden? Plötzlich war sie völlig verwirrt. Sie musste an die Nacht denken, als Gunnar so geheimnisvoll in der Küche gesessen und geschrieben hatte, und stellte sich an die offene Schlafzimmertür.

»Vielleicht weißt du ja schon, was morgen auf der Mitgliederversammlung diskutiert werden soll, und findest es deshalb überflüssig, dort hinzugehen?«

»Natürlich weiß ich das.« Im nächsten Moment fuhr Gunnar zusammen. Er war eingenickt und hatte im ersten Moment nicht darüber nachgedacht, was er sagte.

»Dann kannst du mich ja davon in Kenntnis setzen. Vielleicht muss ich dann auch nicht hingehen.«

Gunnar strahlte.

»Prima, Berta. Wir haben dort wirklich nichts zu suchen.«

»Was weißt du denn? Raus damit!«

»Ich habe gehört, dass die Obstbäume in der Laubenkolonie von Schädlingen befallen sind.«

»Wer hat das gesagt?«

»Ich weiß nicht mehr so genau, wer das war. Egal, wir bleiben einfach zu Hause und sehen fern.«

»Schädlinge an den Obstbäumen.« Berta rümpfte die Nase. »Hat Asp nicht etwas von einer Anzeige bei der Polizei gesagt? Ob gegen die Schädlinge Anzeige erstattet werden soll? Nein, nein, mein Lieber, wir gehen hin – und zwar alle beide. Es ist wichtig, korrekte Informationen zu bekommen und nicht nur jede Menge Klatsch und Tratsch.« Rasch verließ Berta ihren Posten an der Tür.

Auf einmal fühlte sich Gunnar, als wollte er am liebsten für immer einschlafen. *Nicht das Sterben ist das Schlimmste, viel schlimmer ist es, sterben zu wollen und es nicht zu können.* Eine der Aufzeichnungen seiner Mutter flimmerte an seinem inneren Auge vorbei. Normalerweise halfen sie ihm, aber jetzt kam es ihm so vor, als wäre die Situation völlig aussichtslos. Ich ziehe den schwarzen Beerdigungsanzug an, dachte er gerade noch, ehe er in einen unruhigen Schlaf fiel.

Die Stimmung war am Nachmittag gedrückt gewesen. Berta hatte für heute eine Zeit im Waschkeller gebucht, und Gunnar hatte versprochen, sie zu begleiten. Während er schweigend auf einem Stuhl an der Tür saß, füllte Berta die Wäsche in die Maschine.

»Ich verstehe nicht, warum die Maschinen so groß sein müssen«, sagte sie. »Ich habe nur noch einen halben Korb Wäsche, und trotzdem muss ich eine ganze Maschine laufen lassen.«

»Warum das denn?«, fragte Gunnar. »Hätten die paar Sachen nicht noch in die andere Maschine gepasst?« Er zeigte auf den Wäschekorb.

»Du Witzbold. Man kann doch nicht Buntwäsche und Kochwäsche mischen. Willst du etwa, dass dein weißes Hemd für morgen Abend hellblau wird?«

Nun, von Wäsche verstand er wirklich nichts, aber er konnte sich voll und ganz auf seine Frau verlassen. Bei der Mitgliederversammlung wollte er auf gar keinen Fall ein hellblaues Hemd tragen. Es würde auch so schon peinlich genug werden.

Ausnahmsweise war das abendliche Fernsehprogramm richtig gut, dennoch fiel es Gunnar schwer, sich zu konzentrieren. Berta hatte Kaffee und Zimtschnecken serviert, doch er konnte es nicht recht genießen. Verstohlen sah er zu Berta hinüber, die mit gutem Appetit von dem Gebäck aß. Er errötete. Nicht im Traum wäre ihm eingefallen, mit anderen Frauen herumzuturteln, solange er seine Berta hatte. Er konnte sich gar nicht vorstellen, ohne sie zu sein.

Als hätte Berta seine Gedanken gelesen, drehte sie sich um und sah ihn an. Er lächelte und seufzte. Verlegen strich Berta ihren Rock glatt. Sie wusste, dass dieser Blick Zärtlichkeit bedeutete.

»Nimm dir noch eine Zimtschnecke, Gunnar«, sagte sie freundlich.

»Du kannst wirklich gut backen, Berta. Ach, du kannst eigentlich fast alles.«

»Nicht mit vollem Mund sprechen. Du verschluckst dich sonst noch.«

»Du bist gut«, meinte Gunnar amüsiert. »Das sagst du schon seit Jahren, dabei habe ich mich noch nie verschluckt.«

Berta sah zufrieden aus. Sie faltete das Papierförmchen zusammen, in dem die Zimtschnecke gelegen hatte.

»Jetzt haben wir keinen Grund, noch lange sitzen zu bleiben, oder?«, sagte Gunnar, als sie den Fernseher ausgeschaltet hatten.

»Kommt darauf an, was man daraus macht. Wir

könnten Mensch-ärgere-dich-nicht spielen, das haben wir schon ewig nicht mehr getan.«

»Nie im Leben. Ich gehe ins Bett und lese.«

»Du liest?«, fragte Berta lächelnd. »Bist du in der Bücherei gewesen?«

»Sei nicht so spöttisch. Man muss doch wohl nicht in die Bücherei gehen, wenn man die Wohnung voller Bücher hat.«

»Die Wohnung voller Bücher.« Berta zeigte aufs Bücherregal. »Zehn Bände von der Kleinen Enzyklopädie und dazu diese Jubiläumsausgabe, die der Verkäufer vom Buchclub dir damals aufgeschwatzt hat.«

»Ich habe in einer deiner Zeitschriften eine Reportage gesehen, wie man ein Gewächshaus baut. Das sah interessant aus.«

»So eines hätte ich gern«, meinte Berta begeistert.

»Jetzt lese ich erst mal was darüber.«

Ich verstehe gar nicht, wie Berta lesen kann, wenn sie im Bett liegt, dachte Gunnar, während er in der Zeitschrift blätterte, um den Artikel zu finden. Er schob seine Brille hoch. Gerade bei diesen aggressiven Gläsern oder wie die heißen, überlegte er, da kann man unmöglich die richtige Position finden.

Nach einer Weile kam Berta ins Schlafzimmer.

»Darf ich mal sehen?« Sie nahm Gunnar die Zeitschrift aus der Hand. »Sieht das hübsch aus. Stell dir vor, dann können wir das Gemüse vielleicht schon früher säen.«

»Immer mit der Ruhe. Ich muss erst mal den Schuppen fertigbauen.« Er nahm die Zeitschrift wieder an sich.

»Ich mache mir Sorgen wegen der Versammlung morgen«, sagte Berta bedrückt. »Glaubst du wirklich, es geht nur um diese Schädlinge? Ich fürchte, dass es irgendwas mit dem Pachtvertrag zu tun hat oder mit erhöhten Gebühren.«

Sie hatte noch ein bisschen über die Sache mit dem Zettel nachgedacht, war aber dann zum Ergebnis gekommen, dass Gunnar ganz bestimmt nicht auf solche seltsamen Gedanken gekommen wäre.

»Das klärt sich schon, mein Schatz. Schlaf jetzt.« Gunnar strich ihr über die Wange.

Als er mit der Zeitschrift auf dem Gesicht eingeschlafen war, hob Berta sie vorsichtig herunter. Sie strich ihm über die Wange und schaltete die Lampe aus. Gunnar schmatzte ein paarmal zufrieden im Schlaf. Berta beugte sich über ihn und zupfte die Bettdecke zurecht.

Als der Wecker 1:50 Uhr zeigte, wurde die Dunkelheit von einem gellenden Schrei zerrissen.

»LASS MICH LOS! FASS MICH NICHT AN!«

Im nächsten Moment saß Gunnar aufrecht im Bett und sah sich erschrocken um.

»Was ist los, Gunnar? Geht es dir nicht gut?« Berta machte die Bettlampe an und musterte ihn beunruhigt.

»Ich habe geträumt.«

»Du bist ja ganz verschwitzt. Alles in Ordnung?« Bertas Blick war panisch.

»Ich habe geträumt. Mir geht es gut. Ich habe nur ein bisschen Druck auf der Brust.«

»Steh auf und trink einen Schluck kalte Milch, dann fühlst du dich besser. Oder soll ich dir ein Glas holen?«

Gunnar antwortete nicht, sondern stand auf und

schob die Füße in die Hausschuhe. Er setzte sich an den Küchentisch, während er die Milch trank. Es war ein unangenehmer Traum gewesen. Er hatte geträumt, dass die Polizei ihn abgeholt hatte. Berta war hinterhergelaufen und hatte ihn am Hemdsärmel gezogen. Er wusch das Glas sorgfältig aus und stellte es in die Spüle.

»Und, geht es dir jetzt besser?«, fragte Berta. »Du hast mir vielleicht einen Schrecken eingejagt.«

»Dazu braucht es ja nicht viel«, versuchte Gunnar zu scherzen, während er wieder ins Bett kroch.

Er lag hellwach da und hörte, wie Berta wieder einschlief. Ihm kam es so vor, als würde sein Schrei noch immer im Zimmer schweben. Er konnte förmlich die feste Hand des Polizisten um seinen Arm spüren. Ach, wenn doch in Gottes Namen bald alles vorbei wäre, damit sie wieder ihre Ruhe hätten.

Auch um drei Uhr war Gunnar noch nicht wieder eingeschlafen. Er hatte Angst vor dem Einschlafen. Angenommen, er hätte wieder einen Albtraum und würde etwas Komisches sagen, und Berta würde verstehen, was eigentlich los war? Was für ein Schlamassel aus dem Ganzen geworden war – und das alles für drei armselige Nelken!

18. Kapitel

»Bist du fertig, Gunnar?«

Berta stand angezogen im Flur, die Handtasche unterm Arm. Gunnar war noch im Bad und rasierte sich. Sie waren am Vormittag im Garten gewesen. Dort hatte eine Art Ruhe vor dem Sturm geherrscht. Alle waren auf ihren Parzellen geblieben, und Gunnar hatte sich seine Unruhe beim Bau des Geräteschuppens von der Seele gehämmert. Hjördis und Konrad hatten ihren Zaun gestrichen, und Konrad hatte sich gleich einen Briefkasten gebaut und ihn an die Gartenpforte gehängt.

Sie hatten vereinbart, zusammen zur Mitgliederversammlung zu gehen. Als Berta die Wohnungstür öffnete, kamen Hjördis und Konrad gerade die Treppe herunter.

»Ich bin mal gespannt, was da los ist«, sagte Konrad und klang beinahe erwartungsvoll.

»Was für eine hübsche Frisur du hast, Berta«, meinte Hjördis aufmunternd.

»Ach, ich habe die Haare an den Seiten einfach nur auf Lockenwickler gedreht.«

Die Männer gingen vor, während die Frauen stehen blieben und die Auslagen in den Schaufenstern an der Storgatan begutachteten.

»Diese Sandalen sehen bequem aus«, sagte Hjördis, als sie an einem Schuhgeschäft vorbeigingen.

»Stimmt, aber ich gehe so selten ohne Strümpfe, und ich finde, Socken zu Sandalen sehen nicht gut aus.«

»Wirklich?« Hjördis sah erstaunt aus.

Ein Strom von Kleingärtnern war unterwegs zum Pfadfinderheim. Dort drinnen war es ein bisschen stickig, weil die Sonne den ganzen Tag durch die geschlossenen Fenster geschienen hatte. Asp öffnete einige Fensterflügel und setzte sich dann an den Tisch, der ganz vorne aufgebaut war.

Die Stimmung war längst nicht so ausgelassen wie am Samstag. Die Mitglieder des Festausschusses saßen an einem Tisch ziemlich weit vorne und kamen sich überflüssig vor. Bei anderen Versammlungen waren sie mit den Vorbereitungen betraut und kümmerten sich um den Kaffee, doch diesmal sollte es ja eine Krisensitzung sein.

Erik Kvists Gesichtsfarbe hatte sich seit Samstag wieder etwas beruhigt. Gerade als die Veranstaltung beginnen sollte, rauschte Camilla zur Tür herein. Berta versetzte Hjördis einen kleinen Stups.

»Sie ist auch heute wie zu einer Party angezogen.« Berta kicherte. »Das gehört sich doch nicht, dass man sich zu einer Mitgliederversammlung so ausstaffiert. Kurzer Minirock und tief ausgeschnittenes Oberteil.« Hjördis nickte zustimmend.

Gunnar starrte zu Holgers und Ernas Tisch hinüber. Ernas Gesicht war geschwollen, und ihre Augen waren stark gerötet. Sie saß da und spielte an ihrem Taschentuch herum.

»Willkommen zur Krisensitzung«, sagte Karl-Åke

Asp. »Ich hatte gehofft, wir würden in unserem Verein kein solches Treffen brauchen, aber ich freue mich, dass so viele von euch gekommen sind.«

»Komm zur Sache!«, rief Erik, dessen Gesichtsfarbe schon wieder dunkler wurde.

»Holger und Erna aus dem Solrosgången haben ein Schreiben in ihrem Briefkasten vorgefunden, oder besser gesagt einen Zettel. Er ist mit ›Der Vorstand‹ unterschrieben, aber niemand im Vorstand weiß etwas davon. Könntest du mal vorlesen, was auf dem Zettel steht, Holger?«

Holger erhob sich und räusperte sich nervös.

»Komm bitte nach vorn«, sagte Asp.

Zögernd ging Holger nach vorn. Er faltete den Zettel auseinander und begann vorzulesen:

»›Wir im Vorstand haben erfahren, dass ein sehr gefährlicher Schädling in die Laubenkollonie eingedrungen ist. Das Tier kommt aus Russland und greift nur Apfelbäume an. Alle im Gelände, die Apfelbäume in ihren Gärten haben, sollen diese unverzüglich absägen. Der Vorstand.‹«

Die Anwesenden wechselten erstaunte Blicke. Gunnar bekam schweißnasse Hände, und sein Blick war unstet. Berta sah ihn misstrauisch an.

Inzwischen weinte Erna wieder laut, und Holger ging zurück zum Tisch und legte den Arm um sie.

»Holger ist der Aufforderung auf dem Zettel gefolgt und hat den schönen alten Apfelbaum in seinem Garten umgesägt«, sagte Karl-Åke Asp ernst.

Ein Raunen ging durch die Versammlung. An den Tischen wurde eifrig diskutiert.

»Meine Frage lautet«, fuhr Asp mit gebieterischer Stimme fort, »gibt es unter den Anwesenden noch jemanden, der so ein Schreiben erhalten hat?«

»Ich habe einen verdammten Zettel zum Thema Trampoline und Satellitenschüsseln im Briefkasten gehabt!«, rief Erik Kvist. »War das auch ein Witz, oder ...«

»Ruhe im Saal!«, schrie Asp, da er sein Hämmerchen vergessen hatte, das sonst ein effektives Hilfsmittel war, um die Leute zur Ruhe zu rufen.

»Ruhe im Saal«, flüsterte Gunnar Konrad zu. »Das klingt so, als wären wir eine Schulklasse.«

Berta versetzte Gunnar einen Tritt ans Schienbein.

»Jetzt bleiben wir beim Thema«, fuhr Asp fort.

»Thema? Ich dachte, du hättest uns gefragt, ob noch jemand ein Schreiben bekommen hat?«

Die Anwesenden lachten vorsichtig.

»Natürlich meine ich ein ähnliches Schreiben wie das, was Holger im Briefkasten hatte«, sagte Asp mit sich überschlagender Stimme. »Nun?«, fragte er auffordernd.

»Warum hast du dich nicht vorher mit dem Vorstand in Verbindung gesetzt, Holger? Die meisten Schädlinge lassen sich ja bekämpfen«, meinte Assar Pålsson, der an einem Tisch ganz hinten saß. »Und war der Zettel eigentlich handgeschrieben?«

»Im Nachhinein ist mir schon klar, dass ich ein bisschen voreilig war. Aber ich wollte niemandem Unannehmlichkeiten bereiten«, sagte Holger und legte den Kopf schief.

Gunnar rümpfte die Nase. Jetzt schleimt er wieder so herum, dachte er. Fehlt nur noch der Heiligenschein.

»Der Brief, den Holger bekommen hat, war handgeschrieben. Wir drucken unsere Mitteilungen immer am Computer aus. Ich finde es schon ein bisschen seltsam, dass dir das nicht aufgefallen ist, Holger.«

»Werde ich jetzt zum Sündenbock gemacht, nur weil ich befolgt habe, was auf dem Zettel stand?«, meinte Holger aufbrausend und stand auf. Erna versuchte ihn zu beruhigen.

»Wir klagen dich nicht an, Holger, aber du hättest vielleicht erst jemanden vom Vorstand kontaktieren sollen.«

Gunnar lächelte. Als Konrad das sah, war er irritiert. Hjördis wirkte unruhig, und Berta tätschelte ihr vorsichtig den Arm.

»War das alles?«, fragte Erik und erhob sich.

»Immer mit der Ruhe«, meinte Asp. »Wie euch klar sein dürfte, ist diese Tat strafbar. Ich weiß nicht, ob das als Sachbeschädigung gilt oder als Urkundenfälschung wegen der angeblichen Unterschrift des Vorstands, aber dazu müssen sich Polizei und Staatsanwaltschaft äußern.«

Johan Olsson, ein kleiner untersetzter Mann, der als Nörgler galt und sich auf jeder Mitgliederversammlung zu Wort meldete, erhob sich.

»Sachbeschädigung? Er hat den Baum doch selbst abgesägt, verdammt!«

»Es geht ja gar nicht darum, dass Holger der Sachbeschädigung angeklagt werden soll. Ich finde nicht, dass wir uns mit der Frage beschäftigen sollten, welches Vergehen das nun genau ist. Aber wenn sonst niemand einen solchen Zettel erhalten hat, muss man sich natürlich fragen, ob du, Holger, Feinde hier im Verein hast oder jemanden kennst, der dir etwas Böses will. Es ist ja merkwürdig, dass nur du betroffen bist«, meinte Asp und sah Holger so lange unverwandt an, bis dieser nervös auf seinem Stuhl herumrutschte.

»Soweit ich weiß, habe ich keine Feinde.«

Signe stand jetzt neben Erna und versuchte sie zu trösten.

»Wenn alle denselben Satz auf ein Stück Papier schreiben, können wir die Handschrift mit der auf dem Zettel vergleichen. Vielleicht finden wir dann heraus, wer ihn geschrieben hat«, schlug Signe vor und warf den Kopf in den Nacken.

Gunnar hielt die Luft an. Alte Hexe, dachte er.

»Du meinst also allen Ernstes, Signe, dass einer von uns hinter der Sache steckt?« Elof Björk, der sonst ein friedliebender Mensch war, schlug sich empört auf die Brust, während er sprach.

»Das habe ich nicht gemeint«, versuchte Signe zu erklären.

»Und wenn tatsächlich jemand aus unserem Kreis dahinterstecken sollte – glaubst du wirklich, dass derjenige nicht seine Handschrift verstellen würde? Das ist doch völlig absurd!«, schloss Björk.

»Ich finde, es wird langsam unangenehm«, flüsterte Hjördis ihrer Freundin zu.

»Ach, lass sie doch reden«, wisperte Berta.

Asp versuchte, die Aufmerksamkeit wieder auf sich zu lenken, aber niemand nahm Notiz von ihm.

»Wenn wir ohnehin schon hier versammelt sind, darf man vielleicht noch eine Frage stellen?« meinte

Kvist, dessen Gesicht inzwischen die Farbe vom vergangenen Samstag hatte. »Wer von den Anwesenden schmeißt eigentlich seinen Müll vor die Mülltonnen? Da ist es ja kein Wunder, wenn Schädlinge kommen. Und auf Mäuse und Ratten können wir gut verzichten, oder?«

»Jetzt geht es erst mal um das *aktuelle* Anliegen«, sagte Asp. »Dein Vorschlag, Signe, ist ungeeignet und kränkend. Außerdem sind nicht alle Vereinsmitglieder anwesend.«

Signe kniff die dunklen Augen zusammen und verzog ihren Mund zu einem schmalen Strich.

»Kauft den beiden einen neuen Baum, dann haben wir das Problem gelöst. Wir können jeder einen Zwanziger spenden«, sagte Hulda Blixt und begann nach ihrem Portemonnaie zu suchen.

»Das können wir schon machen, aber dann würden wir das natürlich aus der Vereinskasse zahlen«, sagte Asp.

Hjördis sah empört aus.

»Das Wichtigste aber ist, dass wir den Täter zu fassen kriegen«, fuhr Asp fort. »Diejenigen, die für eine Anzeige bei der Polizei sind, heben bitte ihre Hand.«

Nur ein paar Hände gingen nach oben.

»Die Polizei hat genug damit zu tun, die Radfahrer zu erwischen, die ohne Licht fahren«, sagte Signe, die Revanche wollte. »Im Übrigen gibt es keine Zeugen.«

»Scheint so, als würden wir heute Abend nicht weiterkommen«, meinte Asp und wischte sich den Schweiß von der Stirn. »Ich schlage Folgendes vor: Jeder, der weiß – oder zu wissen meint –, wer der Täter ist, oder irgendwelche Ideen und Vorschläge für das weitere Vorgehen hat, steckt einen Zettel in unseren Kummerkasten bei den Sanitärräumen. Wir vom Vorstand bleiben noch ein bisschen länger hier.«

Gunnar war zufrieden mit der Mitgliederversammlung, abgesehen von Signes Vorschlag, dass alle Anwesenden ein paar Sätze auf ein Blatt schreiben sollten. Aber sie war ja schnell überstimmt worden. Er beobachtete Holger und lächelte ihm höhnisch zu.

Holger fühlte sich unwohl. Diesen Gunnar Andersson hatte er noch nie leiden können. Warum, wusste er nicht, aber seine ganze Erscheinung hatte etwas Irritierendes. Nun ja, es war vielleicht nicht nötig gewesen, ihm die mangelnde Sympathie so offen zu zeigen. Mehrmals hatte er Gunnar gegenüber spöttische Bemerkungen fallen lassen, das musste er zugeben. Er drehte sich um und betrachtete Gunnar, der auf dem Weg nach draußen war. Ob er es womöglich gewesen war, der ...?

Holgers Gedanken wurden unterbrochen, als mehrere Kleingärtner zu ihm kamen und die Ereignisse bedauerten. Signe nahm seine Hand und verbeugte sich, als wollte sie ihm kondolieren. Die meisten Anwesenden standen auf, nur wenige blieben sitzen und diskutierten. Als Erik Kvist am Vereinsvorsitzenden vorbeikam, meinte er höhnisch: »Danke für die ergiebige Sitzung.«

Während die Vereinsmitglieder den Raum verließen, stellte Asp ein paar Stühle um den Tisch, an dem gleich der Vorstand tagen würde.

19. Kapitel

»Ich habe mir gedacht, wenn wir ohnehin versammelt sind, können wir vom Vorstand die Gelegenheit zu einer internen Diskussion nutzen«, sagte Asp und setzte sich. »Nun? Was sagt ihr zu dem Ganzen?«

»Ich finde die Geschichte richtig unangenehm«, meinte Lisette Olsson, die Kassenwartin des Vereins. »Aber es wird sicher schwierig werden, Klarheit in die Sache zu bringen.«

»Könntest du ein paar Notizen zu unserer Sitzung vorhin machen, Laila? Kein Protokoll, sondern nur ein paar Stichworte. Und schreib bitte auf, dass die Mitglieder Zettel mit Vorschlägen für das weitere Vorgehen in den Kummerkasten stecken können.«

»Kein Problem«, sagte Laila, die Schriftführerin. »Ich kann auch einen Notizblock neben den Kummerkasten legen, falls jemand kein Papier zur Hand haben sollte.«

»Es gibt noch etwas Unangenehmes zu besprechen«, sagte Lisette und rutschte unruhig auf dem Stuhl herum.

»Bist du etwa auch Opfer einer solchen Aktion geworden?« Asp schob seine Brille zurecht und betrachtete die Finanzbeauftragte des Vereins.

»Es fehlt Geld in der Kasse.«

»Es fehlt Geld? Du bist es doch, die die Kasse verwaltet. Wie soll das denn passiert sein, bitte schön?« Jetzt sah Asp sie anklagend an.

»Nicht in der normalen Vereinskasse, sondern in der Kasse von der Tombola beim Fest neulich.«

»Ach so«, sagte Asp erleichtert. »Dann habt ihr beim Losverkauf wohl falsch rausgegeben.«

»Soll ich das auch festhalten?«, erkundigte sich Laila.

Ein leichtes Klopfen war zu hören, und die Tür wurde vorsichtig geöffnet. Signe steckte den Kopf herein.

»Ich dachte ...«, setzte sie an.

»Raus!«, schrie Asp. »Raus! Siehst du nicht, dass wir eine Vorstandssitzung haben?«

Signe zog den Rückzug an und schloss die Tür.

»Du hast doch wohl das Geld nicht unbeaufsichtigt stehen lassen, Lisette?« Karl-Åke Asp pochte nervös mit dem Stift auf den Tisch.

»Während ich beim Abräumen geholfen habe, stand die Kasse eine Weile in der Küche. Eva und Lisbeth vom Festausschuss waren ja auch noch da.«

»Du bezichtigst sie also, Geld gestohlen zu haben?«, meinte Ingrid, die ebenfalls Vorstandsmitglied war.

»Ich habe niemanden bezichtigt«, fauchte Lisette. »Ich habe nur gesagt, dass sie sich in der Küche aufgehalten haben.«

Asp seufzte. Nur Frauen im Vorstand zu haben war nicht gut, das hatte er schon oft gedacht. Immer dieses Gegacker. Sie beobachteten sich ständig und hackten zu, sobald sich eine Gelegenheit ergab.

Die lauten Stimmen des Vorstands waren bis auf den Vorplatz zu hören, wo noch einige Vereinsmitglieder herumstanden und sich unterhielten.

»Ich gehe mal rüber und gieße die Pfingstrose, die sah ein bisschen trocken und traurig aus«, sagte Berta und wandte sich in Richtung Kleingärten.

»Dann nutze ich mal die Gelegenheit, die Schweine reinzulassen«, sagte Gunnar wie immer, wenn er auf die Toilette gehen wollte. Er nahm den Schlüssel und ging den Kiesweg entlang zu den Sanitärräumen. »Erste Hilfe« stand auf dem Schild über der einen Toilette, denn dort gab es einen Erste-Hilfe-Kasten. Und auch die Toilette an sich bot ja eine Art Erste Hilfe für Notfälle, dachte Gunnar, während er nervös in der Zeitschrift »Wir Hausbesitzer« blätterte, die auf dem kleinen runden Tisch auslag.

Öffentliche Toiletten hatte Gunnar noch nie leiden können. Er wollte allein sein, wenn er seine Notdurft verrichtete. Dabei fand er das selbst ein bisschen komisch. Es war doch eine vollkommen natürliche Angelegenheit: Was man zu sich nahm, musste auch wieder raus. Aber da war die Angst, dass jemand ihn bei seinen Verrichtungen hören könnte. Es war ihm auch peinlich, wenn jemand auf dieselbe Toilette ging, in der er zuvor gewesen war. Schließlich könnte es stinken. Deshalb blieb er auf dem Stuhl im Vorraum sitzen und blätterte fieberhaft in der Zeitschrift, ohne etwas vom Inhalt mitzubekommen, während er wartete, bis beide Toiletten frei waren. Allmählich wurde es etwas dringend, und er änderte seine Sitzposition. Die eine Toilette war ja frei, aber die andere …

Endlich wurde gespült, und die Toilettentür öffnete sich.

»Aha, du schleichst also heute Abend hier herum?«, sagte Britten, eine ihrer Nachbarinnen.

Gunnar rutschte auf dem Stuhl nach vorn.

»Schöne Gartenfiguren gibt es heutzutage«, sagte er rasch und zeigte auf einen Artikel in der Zeitschrift.

»Wie läuft es mit dem Schuppen? Der sieht ja richtig gut aus. Vielleicht können wir dich als Bauleiter engagieren. Wir planen nämlich ein Plumpsklo in unserem Garten. Manchmal übernachten wir hier, und ich finde es unheimlich, im Dunkeln allein zu den Gemeinschaftstoiletten zu gehen. Besonders nach all dem, was jetzt passiert ist …«

»Danke für die Anfrage«, sagte Gunnar steif. »Aber wenn der Schuppen fertig ist, mache ich erst mal Urlaub.«

»Dann mach's gut – und sag Bescheid, wenn du es dir anders überlegst. Das Angebot steht.«

Sobald Britten das Gebäude verlassen hatte, ging Gunnar auf die Toilette. Was mochte sie gemeint haben, als sie gesagt hatte: Aha, du schleichst also heute Abend hier herum? Im selben Moment ließ der Druck im Bauch nach, und Gunnars angespannter Gesichtsausdruck glättete sich. Na ja, dachte er, das war vielleicht nur einer dieser Sätze, die man sagt, ohne weiter darüber nachzudenken.

Ehe er das Gebäude verließ, strich er rasch mit der Hand über den Hosenstall, um sich zu vergewissern, dass er geschlossen war.

Dann ging er leichten Schrittes zu ihrer Parzelle. Er

war so dankbar für den Kleingarten und die Freundschaft mit Hjördis und Konrad. Was hätten sie sonst den lieben langen Tag anfangen sollen? In der Wohnung sitzen und die Wände anstarren, Woche um Woche? Ja, es gab vieles in seinem Leben, wofür er dankbar sein konnte, das wusste er. Gunnar pfiff leise vor sich hin und nickte im Vorübergehen den Bekannten in ihren Gärten zu.

Die anderen waren schon bei der Gartenarbeit, als er zurückkam.

»Ihr Männer könntet doch jetzt nach Hause gehen. Setz schon mal Kaffee auf, Konrad. Berta und ich gießen noch und kommen dann nach«, sagte Hjördis und zwinkerte Konrad zu. Sie hoffte, er würde begreifen, dass dies eine passende Gelegenheit war, mit Gunnar über das zu sprechen, was Signe im Supermarkt angedeutet hatte.

»Traut ihr euch denn, allein nach Hause zu gehen?«, fragte Gunnar und sah ein bisschen unschlüssig aus.

»Nur wer sich fürchtet, sieht Gespenster«, meinte Berta lachend.

»Konrad ist ein wenig langsam, wenn es um Küchenarbeit geht«, meinte Hjördis, als Gunnar und Konrad sich auf den Weg gemacht hatten. »Wir haben sicher noch Zeit, uns in aller Ruhe über die Mitgliederversammlung zu unterhalten. Ansonsten weiß er auch, wo die Thermoskanne steht.«

Berta schloss ihre Laube auf und holte zwei Stuhlkissen heraus.

»Dieser Kvist hat ja mal wieder große Töne gespuckt.

Wobei er recht hat, was den Müll vor den Tonnen angeht.« Berta lächelte, als sie daran zurückdachte, was Kvist gesagt hatte.

»Signe war anscheinend ein bisschen beleidigt, weil niemand bei ihrem Vorschlag angebissen hat. Ihre Idee war wohl nicht richtig durchdacht«, meinte Hjördis.

»Du frierst doch nicht etwa? Wenn du willst, hole ich dir eine Decke, die du dir um die Schultern legen kannst.«

»Nicht nötig, Berta.«

»Da drüben würde ich gern Studentenblumen anpflanzen«, sagte Berta und zeigte auf ein Beet. »Es ist mir egal, was andere dazu sagen.«

»Was sollten denn andere dazu sagen? Das machst du so, wie du es willst.« Hjördis zog ihren Mantel enger um sich.

»Manche nennen die ja auch Totenblumen. Ein bisschen gruselig, finde ich.«

»Wirklich? Das habe ich noch nie gehört«, meinte Hjördis und lachte.

»Es stimmt aber, dabei sind sie so schön und samtig.«

Sie saßen eine Weile schweigend da und genossen den Abend, obwohl die Feuchtigkeit spürbar wurde. Die meisten Lauben auf dem Gelände waren rot gestrichen, und einige sahen aus wie kleine Spielhäuser. Die Gärten waren voller Blumen und Gemüse, überall gab es hübsche Hecken und Büsche.

Einige Leute hatten ihre Gärten ein bisschen »übermöbliert«, wie Gunnar es nannte. In der Parzelle des Ehepaars Hjelm zum Beispiel gab es Laternen, Wetterfahnen, eine Vogeltränke, bemalte Steine und Gartenzwerge. Asp hatte bei der letzten Jahresversammlung eine Andeutung gemacht, dass die Mitglieder es doch bitte nicht übertreiben sollten mit der Dekoration ihrer Grundstücke. Siv und Orvar Hjelm hatten Berta ein bisschen leidgetan, weil sich alle zu ihnen umgedreht hatten. Die einzelnen Dinge für sich genommen waren ja ganz hübsch, nur war es einfach zu viel des Guten, das fand sogar Berta. Aber sie war der Meinung, dass jeder seinen Garten so gestalten sollte, wie er wollte, solange man sich an die Grundstücksgrenzen hielt und niemandem schadete.

»Sieh mal, ein Igel«, sagte Berta. »Sind sie nicht niedlich, wie sie da angeschlichen kommen? Schade, dass ich keine Milch für ihn habe.«

»Und Bier hast du auch nicht?«, bemerkte Hjördis lächelnd.

»Die Sache mit den Nacktschnecken war schon ein bisschen verrückt von mir – dabei habe ich hier noch gar keine gesichtet.« Berta sah den Kiesweg entlang, als wollte sie sich vergewissern, dass es dort wirklich keine Schnecken gab.

»Ich glaube, wir machen uns jetzt auf den Weg, bevor Konrad den Kaffee anbrennen lässt.« Hjördis zog den Mantelärmel hoch und sah auf die Uhr. Es begann zu dämmern, und auch die anderen Gartenbesitzer gingen nach Hause.

»Du hast doch Konrad nichts erzählt, oder?« Plötzlich sah Berta nervös aus. »Glaubst du, wir kriegen das alles hin …?«

»Natürlich!«, beruhigte Hjördis sie. »Die Informationen, die sie uns geschickt haben, waren doch hilfreich.« Sie sagte es mit einer solchen Überzeugung, dass Berta zufrieden war.

»Ich bin heute Abend so aufgekratzt und hätte Lust, was richtig Verrücktes zu machen«, sagte Berta und kicherte. »Schade, dass wir kein Trampolin haben, das würde mir Spaß machen.«

»Du verrücktes Huhn. Bring mal die Kissen rein, damit wir irgendwann nach Hause kommen.«

Berta legte die Kissen in die Laube und lehnte die Stühle schräg an den Tisch, falls es regnen sollte. An der Gartenpforte stießen die beiden Frauen zusammen, und als Berta die Nähe ihrer Freundin spürte, umarmte sie sie fest.

»Ich mag dich wirklich, Hjördis«, sagte sie.

»Das beruht auf Gegenseitigkeit«, sagte Hjördis und versuchte lustig zu klingen, während sie sich mit dem Mantelärmel heimlich eine Träne aus dem Augenwinkel wischte. Sie fragte sich, ob Konrad mit Gunnar gesprochen hatte und wie es wohl werden würde, wenn sie nach Hause kamen.

Nachdem Berta die Gartenpforte zugeschlossen hatte, hakten sie sich unter und verließen das Gelände. Als sie am Pfadfinderheim vorbeikamen, traten gerade die Vorstandsmitglieder auf den Vorplatz, und Asp schloss hinter ihnen ab.

»Wenn es so ist, kann ich die fünfhundert Kronen in die Kasse zurücklegen«, sagte Lisette.

»Zumindest solltest du nicht andere verdächtigen«, sagte Asp, und alle verschwanden in Richtung Parkplatz.

»Was glaubst du, wovon sie gerade gesprochen haben?« Berta blieb stehen und sah ihnen nach.

»Klingt so, als hätte jemand Geld aus der Kasse genommen, oder?« Hjördis' Augen blitzten in der Dunkelheit.

Die Stimmen verklangen, und auch die Umrisse der beiden Freundinnen, die dicht nebeneinander gingen, wurden bald von der Dunkelheit verschluckt.

20. Kapitel

»Was wollen die eigentlich so spät noch im Garten?« Gunnar ging unruhig in der Küche auf und ab.

»Du machst mich nervös, wenn du so rumrennst. Setz dich hin!« Konrad wollte Gunnar beim Gespräch in die Augen sehen. Ein Gefühl des Unbehagens stieg in ihm auf, aber er hatte es Hjördis versprochen, und er selbst wollte auch Klarheit in die Sache bringen.

Gunnar setzte sich und begann eine Ecke des Tischläufers zwischen Daumen und Zeigefinger zu zwirbeln.

»Weißt du noch, wie wir beim Fest in die Büsche gepinkelt haben?«, fragte Konrad.

»Nicht, dass es besonders erinnerungswürdig wäre, aber ja, das weiß ich noch.« Gunnar hörte auf, am Läufer herumzuzupfen und sah Konrad an, als wartete er auf eine Fortsetzung.

»Ich habe dir doch erzählt, dass Holger behauptet hat, du würdest auf Freiersfüßen wandeln. Dann hast du erzählt, dass Camilla dich eines Tages im Garten besucht hat, als Berta nicht da war.«

Gunnars Blick verdunkelte sich, und sein Atem wurde heftiger.

»Holger redet so viel Mist«, meinte er.

»Stimmt das denn nicht mit den Freiersfüßen?« In Konrads Augen leuchtete ein Hoffnungsschimmer auf.

»Holger hat nämlich auch Signe davon erzählt«, fuhr er fort.

»Signe? Jetzt schlägt's aber dreizehn!« Gunnar wollte aufstehen, aber Konrad bedeutete ihm mit einer Geste, dass er sitzen bleiben solle.

»Signe«, stöhnte Gunnar. »Diese Frau muss geklont sein – sie ist doch überall unterwegs.«

»Hjördis und ich wollen wissen, was los ist, denn es tut uns für Berta leid, dass so herumgetratscht wird. Signe ist Hjördis nämlich im Supermarkt begegnet und hat ihr von deinen Freiersfüßen erzählt und dass du Blumen gekauft hast.«

Jetzt sah Gunnar unglücklich aus. »Ich habe die Blumen doch für Berta gekauft.« Gunnar atmete tief durch. »Da kam Holger und hat gefragt, ob ich etwa auf Freiersfüßen wandele. Und ich habe aus Spaß gesagt: ›Erzähl Berta nichts davon, ja?‹ Das weiß ich noch genau.«

»Dann hast du also selbst ein bisschen Schuld an der Geschichte. Und was war mit Camilla?«

»Meine Güte, was für ein Theater um nichts und wieder nichts. Camilla ist zufällig vorbeigekommen und hat sich eine Blume angeschaut, von der sie gern einen Wurzelschnittling haben wollte.«

»Dann liegt also kein Fünkchen Wahrheit in den Gerüchten?« Konrads Lächeln erhellte sein rundes Gesicht.

»Dieser verdammte Holger hat bekommen, was er verdient hat. Mit mir treibt man nicht ungestraft seinen Spott.«

»Bekommen, was er verdient hat?« Jetzt sah Konrad wieder verunsichert aus.

»Es geschieht ihm doch nur recht, was ich getan habe.«

»Was hast du denn getan, Gunnar?« Konrad erinnerte sich plötzlich, dass Hjördis erzählt hatte, Gunnar habe eines Nachts am Küchentisch gesessen und irgendwas geschrieben.

»Was ich getan habe?« Gunnar wurde bewusst, dass er sich verplappert und beinahe selbst verraten hätte. »Ich habe Holger nur klargemacht, dass ich nicht noch mehr solche Angriffe dulden werde«, schwindelte er, um die Situation zu retten. Das wäre fast ins Auge gegangen, sagte der Mann, der sich die Nase wegschoss, dachte Gunnar, der Blut und Wasser schwitzte. Er zuckte zusammen, als die Haustür unten zuschlug. Wenig später waren Schritte im Treppenhaus zu hören.

Konrad und Gunnar saßen mit ernster Miene am Küchentisch, als die beiden Frauen hereinkamen.

»Hier steppt ja der Bär«, sagte Berta fröhlich.

Hjördis versuchte den Blick ihres Mannes aufzufangen, um einen Hinweis zu bekommen, ob er mit Gunnar gesprochen hatte, aber Konrad wich ihr aus wie ein Kind, das Angst vor Schelte hat.

Gunnar spürte, wie seine linke Augenbraue zuckte, und er lehnte den Kopf in die Hand, um es zu verbergen. Er hatte Berta mal gebeten, ihm Bescheid zu geben, wenn er diese Zuckungen hatte, aber sie hatte behauptet, man sehe nichts davon. Er war sich allerdings nicht ganz sicher.

»Zu diesem Blümchenkaffee braucht man wirklich keine Milch«, stellte Hjördis nach dem ersten Schluck fest.

»Gerade als wir am Pfadfinderheim vorbeikamen, war der Vorstand mit seiner Sitzung fertig. Sie scheinen sich gestritten zu haben. Es ging um irgendwelches Geld, das aus der Kasse verschwunden ist. Offenbar hat Lisette den Verdacht geäußert, dass jemand das Geld gestohlen haben könnte«, erzählte Hjördis nervös.

»Man kann sich einfach nicht mehr auf die Menschen verlassen«, meinte Gunnar, stippte ein paar Kuchenkrümel mit dem Zeigefinger auf und steckte sie in den Mund. Konrad sah ihn misstrauisch an, und Gunnar senkte den Blick.

»Ich finde, es passiert so viel Komisches in der Laubenkolonie.« Hjördis seufzte.

»Das mit dem verschwundenen Geld kann die Polizei ja gleich mit aufklären.« Gunnar klang entschlossen. Seit der Mitgliederversammlung fühlte er sich irgendwie sicherer. Es gab keine Zeugen, hatte jemand gesagt, und er selbst würde sein Geheimnis mit ins Grab nehmen.

Jetzt sah Berta ihn wieder so seltsam an. Manchmal war er fast sicher, dass sie seine Gedanken lesen konnte. Oder hatte Hjördis ihr etwas erzählt? Gunnar zupfte an seinem Hemdkragen herum, hörte aber schnell wieder damit auf, weil er wusste, dass Berta das für eine »nervöse Übersprunghandlung« hielt, wie sie es ausdrückte.

»Ich fand Signes Vorschlag unangenehm, dass alle ein paar Zeilen schreiben sollen, damit man die Handschrift vergleichen kann«, sagte Hjördis.

»Gibt es kein netteres Gesprächsthema als die Mitgliederversammlung?«, brummte Konrad.

»Es ist schon spät«, meinte Gunnar und rutschte unruhig auf dem Stuhl herum.

»Habt ihr gesehen, dass Ann-Louise schwanger ist?«, fragte Berta und wirkte plötzlich aufgekratzt.

»Sie sieht doch schon immer so aus, als wäre sie schwanger.« Konrad warf Gunnar einen Blick zu und erntete ein zustimmendes Nicken.

»Davon versteht ihr nichts«, sagte Berta lachend. »Aber wir Frauen erkennen das schon zu einem Zeitpunkt, an dem die Schwangeren selbst kaum davon wissen. Stimmt's, Hjördis?«

»Ann-Louise weiß es ganz bestimmt schon, so kräftig, wie sie ist«, meinte Hjördis und schenkte Kaffee nach.

»Ich finde, ihr Mann sah auch so aus, als würde er ein Kind erwarten.« Gunnar grinste.

»Das tut er doch auch«, meinte Berta und lächelte Hjördis zu.

»So habe ich das nicht gemeint«, erklärte Gunnar beleidigt. »Ich habe gemeint, er sieht aus, als wäre er selbst schwanger.«

»Haltet euch am besten mit dem Bier zurück, sonst werdet ihr vielleicht auch schwanger.« Berta warf Gunnar und Konrad mahnende Blicke zu.

»Erinnerst du dich an Edit in Smedstorp? Die drüben am Bahnhof gewohnt hat?«, fragte Hjördis und hielt kurz inne, weil sie so lachen musste.

»Natürlich weiß ich, wen du meinst. Was ist denn mit ihr?«, fragte Berta und wartete neugierig auf die Fortsetzung.

»Ihr Sohn Inge war fünf, als sie wieder schwanger wurde. Edit hatte ihn gefragt, ob er lieber einen kleinen Bruder oder eine kleine Schwester wolle. Da hat er geantwortet: ›Wenn es nicht zu doll wehtut, hätte ich lieber einen Roller.‹«

»Einen Roller! Was für ein Rotzlöffel.« Gunnar lachte laut und schlug mit der Faust auf den Tisch, dass die Kaffeetassen klapperten.

»Pass auf, Gunnar. Die Tassen hat Hjördis von ihrer Tante geerbt.« Berta nahm eine Serviette und wischte sich die Tränen aus den Augenwinkeln. »Es tut gut, nach dem ganzen Elend auch mal zu lachen.«

»Ein Lachen am Tag erspart den Doktor … oder war es ein Apfel?« Konrad grinste breit.

Der Schein der Küchenlampe brachte ein paar Schweißtropfen auf Konrads Glatze zum Glitzern. Berta musste sich richtig zusammenreißen, um ihm nicht mit der Serviette den Schweiß abzutupfen.

»Danke für den Kaffee«, sagte Berta lächelnd, »aber jetzt müssen wir gehen, bevor Gunnar die Tassen zerdeppert.«

Die Frauen umarmten sich, und Konrad klopfte Gunnar auf den Rücken. Gunnar war ganz zufrieden. Ihm kam es so vor, als hätte Konrad schon vergessen, was er vorhin über Holger zusammengestottert hatte.

Konrad und Hjördis begleiteten ihre Nachbarn zur Wohnungstür. Als sie hinter ihnen zugesperrt hatten, hörte Berta, wie sie sich an der Tür zu schaffen machten, um zu prüfen, ob sie auch wirklich abgeschlossen war. Rasselnd wurde die Sicherheitskette vorgelegt.

Wie immer war Gunnar schneller als sie und hatte schon die Tür geöffnet, als Berta nach unten kam. Sie schob vorsichtig die Tür zu und legte ebenfalls die Sicherheitskette vor. Aus der Wohnung gegenüber waren leise Stimmen zu hören, und nach zwei Minuten schaltete sich die Treppenhausbeleuchtung mit einem dumpfen Klicken automatisch aus. Ein paar Mopeds tuckerten draußen auf dem Gehweg vorbei, doch schon bald senkte sich die Stille beruhigend über die Landstingsgatan.

21. Kapitel

Hjördis steckte den Kopf aus dem Badezimmer. Sie hatte Zahnpasta um den Mund herum und putzte eifrig.

»Bloß gut, dass Gunnar keine andere hat.« Hjördis nahm die Zahnbürste aus dem Mund und wischte sich die Tränen ab, die reichlich flossen. »Ich habe mir solche Sorgen gemacht … Berta hat mir so leidgetan … Und dann waren die Nelken, die er gekauft hat, für sie und nicht für eine andere.« Jetzt verfiel Hjördis in ein erlösendes Lachen.

»Ja, vor Holger und Signe sollte man sich in Acht nehmen. Sobald sie ihr Maul öffnen, kommen Gemeinheiten und Lügen heraus. Aber Gunnar hat gesagt, dass Holger bekommen hat, was er …« Konrad verstummte. Beinahe hätte er sich verplappert. Wobei Gunnar selbst ja auch nur eine Andeutung gemacht hatte und Konrad nicht mehr wusste, als dass die ganze Geschichte ein bisschen seltsam wirkte.

»Wasch haschtu geschagt?«, fragte Hjördis, während sie sich weiter die Zähne putzte.

»Ich habe nur gesagt, dass es schön ist …«

»Was ist schön?« Hjördis sah Konrad fragend an.

»Dass Gunnar keine andere hat.«

»Das habe ich auch nicht ernsthaft geglaubt«, sagte Hjördis und wischte sich den Mund an dem gestreiften Frotteehandtuch ab.

»Geglaubt«, meinte Konrad lachend. »Nein, du hast es nicht geglaubt, du hast es *gewusst*. Und eine ganze Küchenrolle hast du verbraucht, während du heulend am Küchentisch gesessen hast. Völlig sinnlos.«

»Ich hatte solche Angst.«

»Wovor denn?« Konrad faltete die Zeitung zusammen.

»Na ja, dass die Sache unsere Freundschaft mit Berta und Gunnar belasten könnte.« Hjördis' Augen wurden wieder feucht.

»Ja, ja, aber so ist es doch nicht. Wolltest du dir die Haare waschen, oder ist das Zahnpasta dort am Haaransatz?«, scherzte Konrad, woraufhin Hjördis rasch wieder im Bad verschwand.

Als sie zu Bett gegangen waren, lag Konrad noch lange wach und starrte in die Dunkelheit. Gunnar konnte doch wohl nicht in die Sache mit dem abgesägten Apfelbaum verwickelt sein? Es kam ihm unwahrscheinlich vor, aber trotzdem war die Unruhe da. Gunnar war manchmal so unbedacht.

Einmal hatte er Konrad von einem Mann erzählt, der mit dem Fahrrad am Hafen entlanggefahren war und einen Anhänger mit einem Sack Kartoffeln an seinem Rad befestigt hatte. Plötzlich hatte er das Gleichgewicht verloren und war gegen einen Zementblock gestoßen, sodass der Anhänger sich gelöst hatte und mitsamt den Kartoffeln ins Hafenbecken gerollt war.

Einige Tage später hatten Konrad und Gunnar auf einer Bank am Hafen gesessen und sich unterhalten. Der Mann war vorbeigeradelt, und Gunnar hatte ihm nachgerufen: »Und? Haben die Kartoffeln im Hafenbecken schon gekeimt?« Der Mann war wütend geworden und hatte ihm mit der Faust gedroht. Gunnar war wirklich etwas unberechenbar, aber er meinte es nie böse, dachte Konrad.

»Es ist lange her, dass ich Nelken bekommen habe«, sagte Hjördis weich.

»Gott bewahre«, meinte Konrad seufzend. »Du siehst ja, wie es Gunnar ergangen ist.«

»Ach.« Hjördis stupste Konrad freundlich gegen die Schulter.

»Hast du die Tafel Keksschokolade vergessen, die du letztens gekriegt hast? Und zwar einfach so, ohne irgendeinen besonderen Anlass?«

»Du und deine Keksschokolade«, meinte Hjördis lachend, drehte sich zu Konrad und schob einen Fuß unter seine Bettdecke.

Konrad grunzte zufrieden und wackelte mit den Zehen.

»Ich habe etwas von meinem gesparten Geburtstagsgeld genommen«, sagte Berta.

»Konrad merkt sowieso nichts, also habe ich die Summe von unserem gemeinsamen Konto abgehoben.«

»Wir sind ganz schön verrückt, Hjördis.«

Die Freundin antwortete nicht, sondern hakte sich bei Berta unter. Dann spazierten sie die Storgatan entlang bis zur Post. Berta kam sich mutig vor. Doch ohne Hjördis wäre nichts aus der Sache geworden. Auch wenn sie in bestimmten Situationen konfliktscheu war, so war sie zugleich tatkräftig, das musste Berta zugeben.

Als sie in der Postbank das Geld eingezahlt hatten, gingen sie in Thulins Konditorei. Sie wollten ihren Plan in aller Ruhe durchsprechen, ohne befürchten zu müssen, dass Gunnar und Konrad etwas erfuhren.

»Du räumst und räumst die ganze Zeit«, sagte Gunnar, als er Berta sah, die auf allen vieren herumkroch und im Kleiderschrank wühlte. Rasch schloss Berta den Schuhkarton mit den Informationsblättern, die sie sich besorgt hatten.

»Ich räume nicht auf. Ich suche meine Sandalen«, schwindelte Berta.

Wenig elegant kletterte sie aus dem Schrank.

»Hier.« Gunnar bückte sich zum Schuhregal und reichte Berta die Sandalen, während er sie mit einem durchdringenden Blick bedachte.

Drei Vorstandsmitglieder des Kleingartenvereins saßen in dem Zimmer neben den Sanitärräumen. Es war Vormittag, und der Geruch von Ajax lag nach dem morgendlichen Putzeinsatz schwer in der Luft.

»Danke, dass ihr so kurzfristig kommen konntet«, sagte Asp. »Leider sind wir nicht vollzählig, obwohl der gesamte Vorstand einberufen wurde, auch die Nachrücker.«

»Ist etwas Neues passiert?«, erkundigte sich Lisette und bekam einen angespannten Zug um den Mund.

»Die bisherigen Ereignisse reichen doch wohl.« Asp seufzte. »Der Apfelbaum und das verschwundene Geld aus der Tombolakasse.«

»Und warum treffen wir uns dann?«, fragte Laila.

»Soll ich Protokoll führen?« Sie begann in ihrer großen Tasche nach einem Stift zu suchen.

»Das ist nicht nötig, ich will nur eine interessante Sache mit euch besprechen, auf die ich gestoßen bin.« Asp verstummte abrupt, als sich die Tür öffnete.

»Findet hier das Vormittagsgebet statt?«, fragte Camilla fröhlich. »Oder plant ihr irgendwelche Feste?« Verführerisch schob sie die Zunge in einen Mundwinkel und warf Asp einen lüsternen Blick zu, während sie am Ausschnitt ihres hautengen Oberteils zupfte.

»In dieser Saison gibt es keine Feste mehr«, sagte Asp lächelnd und sog den Anblick mit seinen stahlgrauen Augen auf.

Camilla trippelte in Richtung Toiletten. Laila und Lisette wechselten vielsagende Blicke und rollten mit den Augen.

»Ich habe mir ein paar Zettel und Protokolle angesehen«, flüsterte Asp und sah zur geschlossenen Toilettentür hinüber. »Ich habe auch alle Vorschläge durchgeschaut, die im Lauf der Jahre in den Kummerkasten gesteckt worden sind.« Die Toilettentür öffnete sich wieder, und Asp verstummte.

»Einen schönen Tag noch – und vergesst nicht, die Sonne zu genießen!«, zwitscherte Camilla, betrachtete sich im Spiegel und schob eine Haarsträhne zurück, ehe sie das Gebäude verließ.

Asp saß eine Weile schweigend da, als befürchtete er, Camilla käme noch mal herein.

»Wohin das Geld verschwunden sein könnte, begreife ich nicht«, sagte Lisette entschuldigend, um das Schweigen zu brechen.

»Heute diskutieren wir nicht über Geld.« Asp blätterte in einem Papierstapel. »Dieser Zettel wurde letzten Sommer in den Kummerkasten gesteckt«, fuhr er fort. »Ich lese euch vor, was auf dem Zettel steht:

An den Vereinsvorstand. Ich wünsche mir, dass der Verein eine weitere Mülltonne in die Laubenkollonie stellt, in die man seinen Abfall werfen kann.
Gunnar Andersson.«

»Ja und? Hast du uns heute Vormittag einbestellt, um uns einen alten Zettel vom letzten Jahr vorzulesen?« Lailas Stimme klang gereizt, und Asp wirkte verlegen.

»Es geht nicht um den Inhalt des Zettels, sondern um die Rechtschreibung.«

»Die Rechtschreibung?« Laila seufzte schwer. »Muss man sich jetzt auch noch Gedanken um die Rechtschreibung machen, bevor man einen Zettel in den Kummerkasten steckt?«

»Nein«, meinte Asp beruhigend. »Aber Gunnar hat Laubenkolonie mit zwei L geschrieben.«

»Ja und?« Lisette rutschte ungeduldig auf ihrem Stuhl herum.

»Auf dem Zettel, der in Holgers Briefkasten lag, ist das Wort Laubenkolonie auch mit zwei L geschrieben. Und es gibt Ähnlichkeiten, was die Handschrift betrifft.«

»Es gibt bestimmt jede Menge Leute, die Laubenkolonie mit zwei L schreiben. Sollen wir etwa einen Handschriftenforscher engagieren oder wie die heißen?« Laila hantierte genervt an dem Topf mit Seidenblumen herum, der auf dem Tisch stand.

»Gunnar Andersson.« Lisette schnaubte verächtlich. »Dieser ruhige, freundliche Mann. Du glaubst doch nicht allen Ernstes, dass er hinter der ganzen Sache stecken könnte? Warum auch? Ihm wird Holgers Apfelbaum genauso schnuppe sein wie mir.«

»Ich kann ihn mit den Zetteln konfrontieren und sehen, wie er reagiert.« Plötzlich wirkte Asp verunsichert.

»Weißt du nicht, dass es strafbar ist, jemanden fälschlicherweise zu beschuldigen?« Laila erhob sich abrupt.

»Wir müssen herausfinden, wer es war. Sonst laufen die Vereinsmitglieder herum und verdächtigen sich gegenseitig, und die Stimmung in unserer Laubenkolonie wird richtig mies.«

»Dann kannst du ja auch gleich fragen, ob Gunnar das Geld aus der Kasse genommen hat.« Laila warf Asp einen wütenden Blick zu.

»Jetzt seid ihr zumindest informiert. Ich werde die Sache jedenfalls weiterverfolgen. Auf die eine oder andere Art.« Irritiert raffte Asp die Papiere zusammen und schob sie in seine alte schweinslederne Aktentasche.

»Verfolge die Sache meinetwegen weiter, wenn du einen Sinn darin siehst, aber halt mich da raus. Ich will mit solchem Kinderkram nichts zu tun haben«, fauchte Lisette und starrte Asp wütend an.

»Als Vorstandsmitglieder habt ihr eine gewisse Verantwortung.« Asp sah beleidigt aus und leckte sich über die Lippen, die vor Aufregung ganz trocken geworden waren.

»Ihr? Ich habe doch gar nichts gesagt«, zischte Laila.

»Natürlich werde ich dazu beitragen, diese Dinge aufzuklären.«

Lisette warf ihr einen dunklen Blick zu.

»Dann klärt ihr mal schön auf, wenn ihr wollt ... und könnt. Mir reicht es.« Laila ging zur Tür. »Du kannst dem Wahlausschuss mitteilen, dass ich den Vorstand verlasse.«

»Jetzt beruhige dich doch, Laila.« Asp sah erschrocken aus.

»Ich schlage vor, ihr wählt Signe in den Vorstand. Sie weiß alles und kann alles ... Solche Orakel sind sehr nützlich im Vorstand.«

Laila knallte die Tür so heftig zu, dass der Putzplan, der in einer Plastikhülle an der Tür hing, auf den Boden fiel.

Wenig später verließen auch Asp und Lisette das Gebäude mit verdrießlichen Gesichtern.

22. Kapitel

In der folgenden Woche hatte Gunnar das Gefühl, als wäre alles überstanden. Die Unruhe hatte sich gelegt, und man hatte auch nichts Neues von Holgers Apfelbaum gehört. Der Geräteschuppen sah richtig gut aus, es fehlten nur noch der Anstrich und die Tür. Dann würden sie die Fertigstellung mit Kaffee und Gebäck feiern.

Wobei man den Tag nicht vor dem Abend loben sollte, dachte er, und eine nachdenkliche Falte trat zwischen seine Augen.

»Sollen wir einen Strandspaziergang nach Tobisborg machen?«, schlug Hjördis vor und lehnte sich über den Zaun.

»Gern. Ich fühle mich hier gerade ziemlich überflüssig«, sagte Berta mit Blick auf Gunnar.

Es war strahlender Sonnenschein, und auf dem Weg parallel zum Strand waren viele Radfahrer und Spaziergänger unterwegs.

»In einem Monat ist der Strand vermutlich schon voller Badegäste«, stellte Berta fest und machte eine ausladende Geste zum menschenleeren Strand.

»Ich weiß nicht, warum, aber manchmal fühle ich mich so tollpatschig«, sagte Hjördis plötzlich. »Fällt es dir auch so schwer, deine Schuhe zu binden oder den Reißverschluss am Rücken eines Kleides zu öffnen und zu schließen?«

»Na ja, ich bin schon hier und da ein bisschen steif, aber ich trage keine Kleider mit Reißverschluss am Rücken, daher weiß ich es gar nicht.«

»Konrads Schwester Majsan hat mal erzählt, dass sie in Stockholm auf einer Konferenz war. Sie durfte in der Zeit bei einer Freundin wohnen, die verreist war. Am Samstag war der Abschluss der Konferenz mit einem festlichen Abendessen. Wie sehr Majsan sich auch bemühte, es wollte ihr nicht gelingen, den Reißverschluss am Rücken ihres Kleides zuzuziehen. Am Ende sah sie sich gezwungen, ihren Mantel überzuwerfen und so loszufahren. Als sie im Restaurant eingetroffen war, wo das Essen stattfinden sollte, bat sie ganz diskret eine Arbeitskollegin um Hilfe.«

»Was für ein Glück, dass sich das Problem gelöst hat«, meinte Berta lächelnd.

»Warte, du hast das Ende der Geschichte noch nicht gehört. Im Lauf des Abends wurde offenbar das eine oder andere Glas Wein getrunken. Spätnachts nahm sich Majsan ein Taxi ins Hotel. Als sie sich ausziehen wollte, fiel ihr das Elend mit dem Reißverschluss wieder ein. Vergeblich mühte sie sich, das dumme Kleid auszuziehen.«

»Und was hat sie dann gemacht?« Berta lachte.

»Sie hat sich ein Taxi gerufen.«

»Ein Taxi?« Berta sah sie verständnislos an.

»Als das Taxi da war, ist Majsan runtergelaufen und hat den Fahrer gebeten, ihr mit dem Reißverschluss behilflich zu sein.«

»Und was hat er gesagt?«

»Er hat gelacht, und Majsan musste nur die Anfahrtspauschale bezahlen.«

Das strahlende Lächeln der beiden Damen wetteiferte mit der Sonne. Plötzlich machte Berta einen großen Schritt zur Seite.

»Pass auf, Hjördis! Da kommt ein Kampfhund. Ich finde, solche Hunde sollten verboten werden.«

Hjördis wich nicht aus, sondern ging geradeaus weiter.

»Warum denn das?«

»Weil die gefährlich sind!«

»Ach, ich glaube nicht, dass sie so gefährlich sind, wie oft behauptet wird. Ich fürchte mich eher vor diesen giftigen kleinen Kötern. Die sind so unberechenbar.«

»Ich habe trotzdem Angst vor Kampfhunden.« Berta stand neben dem Fußweg, bis das Frauchen mit dem Hund vorbeigegangen war.

»Hast du mal darüber nachgedacht, dass wir vor ganz verschiedenen Dingen Angst haben, Hjördis? Ich habe Angst vor Hunden und du vor diesen Leuten mit ihren Lederjacken und den Aufnähern am Rücken«, meinte Berta.

»Das ist doch wohl ein Unterschied.«

»Die in den Lederjacken beißen zumindest nicht«, sagte Berta lachend. »Ich habe neulich bei denen Kaffee getrunken.«

»Wirklich? Davon hast du ja noch gar nichts erzählt.«

Berta schämte sich, dass sie ihren Besuch bei den Motorradfahrern nicht längst erwähnt hatte.

»Ich war eines Abends am Campingplatz, nachdem die Motorradclique ihr Lager an der Laubenkolonie abgebrochen hatte.«

Hjördis antwortete nicht – ganz so, als hätte es ihr plötzlich die Sprache verschlagen.

Berta erzählte, dass sie zum Kaffee eingeladen worden war und dass sie die Eltern des einen jungen Mannes kannte. Sie erwähnte auch, dass Signe und ihr Mann sie gesehen hatten, wie sie vor dem Zelt der jungen Leute gesessen und Kaffee getrunken hatte.

»Ausgerechnet Signe?« Jetzt hatte Hjördis ihre Sprache wiedergefunden. »Hast du Gunnar davon erzählt?«

»Natürlich.« Jetzt fühlte sich Berta richtig stark.

»Du bist mutig, Berta.« Hjördis betrachtete ihre Freundin voller Bewunderung.

»Ach, dafür habe ich Angst vor Hunden. Hast du eigentlich schon mal etwas richtig Dummes getan, was du inzwischen bereust?«

»Dumme Sachen macht man doch ständig«, meinte Hjördis. »Vor allem wenn man Kinder hat, macht man Dinge, die man im Nachhinein bereut.«

»Da hast du recht«, stimmte Berta zu. »Ich meine vielleicht eher etwas Verrücktes.«

»Hast du denn mal was richtig Verrücktes gemacht?«

»Gestern Abend ist mir wieder etwas eingefallen«, sagte Berta und lachte laut. »Gunnar und ich haben früher mal mit guten Freunden eine Campinghütte gemietet. Berit und Kalle aus Brösarp. Am Abend haben Berit und ich einen Spaziergang gemacht. Dabei habe ich gemerkt, dass ich versehentlich die Fernbedienung vom Fernseher in meine Jackentasche gesteckt hatte. Es gab jede Menge Campinghütten in dieser Gegend, und wir haben uns einen Spaß daraus gemacht, von außen durch die Fenster hineinzuschauen.«

»Aber Berta!« Hjördis sah sie beunruhigt an.

»Viele haben gerade ferngesehen. Ich bin zu einem der Fenster gegangen und habe meine Fernbedienung gedrückt, und schon hat sich der Sender am Fernseher in der Campinghütte umgeschaltet.«

Jetzt begann auch Hjördis zu lachen.

»Haben sie das denn nicht gemerkt?«

»Nein. Natürlich haben sie ihre Fernbedienung gedrückt, um wieder den richtigen Sender einzustellen, aber ich habe einfach noch mal gedrückt – und schon hat der Sender wieder gewechselt. Wir sind den ganzen Abend in der Siedlung herumgelaufen und haben ein richtiges Durcheinander erzeugt.«

»Dabei wart ihr erwachsene Menschen! So was Verrücktes habe ich noch nie getan, zumindest nicht im Erwachsenenalter!«, rief Hjördis zwischen ihren Lachanfällen. Dann wurde sie wieder ernst. »Konrad hat gehört, dass jemand aus dem Vorstand die Nachricht aus Holgers Briefkasten mit einem anderen Zettel verglichen hat, der früher mal in den Kummerkasten gesteckt wurde. Die Handschrift stimmt offenbar überein, und es gab auch noch eine andere Gemeinsamkeit … Asp wollte die betreffende Person jedenfalls informieren.«

Plötzlich bekam Berta Angst. Sie nahm Hjördis' Hand.

»Was auch immer passiert, Hjördis, versprichst du mir, dass wir Freundinnen bleiben?«

»Natürlich, Berta. Warum sollten wir denn nicht Freundinnen bleiben?« Hjördis drückte Bertas Hand.

Sie liefen eine Weile schweigend nebeneinander her,

bevor sie zu alltäglichen Gesprächsthemen wie dem Fernsehprogramm, den Fleischpreisen und dem bevorstehenden Sommer übergingen.

Als sie wieder in der Laubenkolonie waren, saßen die Männer vor dem Haus und tranken Rhabarbersaft. Hjördis setzte sich zu ihnen, während Berta anfing zusammenzupacken.

»Ich würde gern nach Hause fahren und mir diese Natursendung ansehen, Gunnar«, sagte sie.

»Fahr doch schon mal vor. Ich bleibe noch und streiche die letzten Bretter. Dann haben Erde und Dreck in der Laube endlich ein Ende«, sagte er freundlich und strich Berta über die Schulter.

»Ach, wie schön. Ich hatte ja fast schon die Hoffnung aufgegeben, aber jetzt sehe sogar ich, dass der Schuppen bald fertig ist. Du hast doch den Pullover mitgenommen, oder? Komm nicht so spät. Du weißt doch, dass ich mir Sorgen mache …«

Gunnar seufzte und rollte die Augen.

»Dann begleiten wir dich, Berta«, sagte Konrad. »Es sei denn, du brauchst noch Hilfe, Gunnar?«

»Fahrt in Frieden«, sagte Gunnar und machte ein Segenszeichen mit der Hand.

»Ich glaube, Gunnar hat Verdacht geschöpft«, meinte Berta seufzend, während sie einen Stein bemalte. »Sonst bleibe ich doch immer im Schrebergarten. Ich habe auch gesehen, wie Gunnar mit Konrad getuschelt hat und dass sie uns komisch angeschaut haben.«

»Wir verraten aber noch nichts.«

Konrad hatte ein bisschen erstaunt ausgesehen, als

Hjördis zu Berta gegangen war, kaum dass sie zu Hause waren.

Was die immer miteinander herumglucken, dachte er. Und warum schleppt Hjördis neuerdings eine Tasche mit, wenn sie zu Berta geht?

»Die Broschennadeln sind richtig gut. Und der Sekundenkleber scheint auch zu halten«, sagte Hjördis zufrieden, während sie einen Stein mit einer Sicherheitsnadel versah.

»Die Informationen, die sie uns geschickt haben, sind auch ganz brauchbar. Trotzdem fühle ich mich unsicher. Stell dir vor, es kommt jemand, den wir kennen.«

»Darüber können wir uns Sorgen machen, wenn es so weit ist«, meinte Hjördis fröhlich.

Berta dachte, dass ihre Freundin neuerdings so selbstsicher wirkte und so entschlossen handelte. Sie hatte gar nichts dagegen, es sah Hjördis nur gar nicht ähnlich.

»Ich verstehe nicht, warum es so viel kosten muss. Was für ein Glück, dass Gunnar nichts davon weiß«, sagte Berta, ohne Hjördis dabei anzusehen, und strich Klebstoff auf eine Broschennadel.

»Jetzt sind wir dran, Berta. Es ist an der Zeit.«

Berta verstand nicht so recht, was Hjördis meinte, aber sie sah entschlossen aus, und Berta deutete ihre Aussage als etwas Positives.

Auf der Küchenbank lag eine Packung Hackfleisch, die Berta morgens aus der Tiefkühltruhe geholt hatte. Es war schon seit geraumer Zeit aufgetaut, und die Fleischbällchen hätten längst gebraten sein sollen, aber die Damen klebten und lachten, während die Lösungsmitteldämpfe wie unsichtbare Wolken durch die Wohnung flatterten.

Als die Abenddämmerung kam, ließ sich Gunnar schwer auf den Gartenstuhl fallen. Nach einer Weile verschwand er in dem neuen Schuppen und kam mit einem Bier zurück. Er öffnete es andächtig und trank dann direkt aus der Flasche. Ein paar Geheimnisse durfte man ruhig haben – vor Berta und vor den Schnecken.

Es wurde allmählich einsam auf dem Gelände, und Gunnar genoss die Stille. Er stellte seinen Stuhl links neben die Laube, wo die Wand die Sonnenwärme gespeichert hatte. Hin und wieder kam noch ein Spaziergänger vorbei und warf neugierige Blicke in die Schrebergärten. Plötzlich kam Holger auf dem Kiesweg entlanggeschlichen. Dabei sah er sich immer wieder unruhig um. Er blieb an ihrer Gartenpforte stehen und starrte zum neugebauten Schuppen. Gunnar bemerkte, dass Holger seine aufladbare Motorsäge in der Hand hielt, und stand abrupt auf. Als sich ihre Blicke begegneten, kam ein wimmernder Laut aus Holgers Kehle. Er sagte kein Wort. Auch Gunnar schwieg. Holger verschwand sofort.

Gunnars Freude an der Arbeit war schlagartig vergangen. Er raffte schnell das Werkzeug zusammen und trug es hinein. Das restliche Bier trank er im Stehen, ohne es zu genießen. Er versteckte die Flasche im Schuppen und blieb eine ganze Weile stehen, als wagte er nicht, nach Hause zu gehen. Hatte Holger etwas in ihrem Schrebergarten zerstören wollen? Aber er wusste doch gar nicht, dass Gunnar den Zettel geschrieben hatte. Oder etwa doch …?

Viele Gedanken kreisten in seinem Kopf, während er nach Hause radelte. Er vergaß, in die Stenbocksgatan abzubiegen, und fuhr weiter geradeaus in Richtung Brantevik. Erst als er den Ehrnbergsvägen querte, bemerkte er es und machte kehrt.

Er war außer Atem und trat mit ungleichmäßigen Bewegungen in die Pedale. Kein Wort davon würde er zu Berta sagen. Es reichte, dass es einen in der Familie gab, der nicht schlafen konnte – dabei hatte er geglaubt, alles sei vorbei.

»Irgendwas riecht hier stark«, sagte Gunnar, als er die Wohnung betrat, noch ehe er seine Schirmmütze abgenommen hatte.

»Das ist Klebstoff«, sagte Berta ohne nähere Erklärungen.

Er setzte sich schweigend in den Sessel neben Berta. Jetzt hatte sie schon wieder die leeren Papierförmchen von den Zimtschnecken so zwanghaft zusammengefaltet. Manchmal ärgerte er sich über ihre Gewohnheiten.

»Was guckst du so?« Berta nahm einen großen Bissen von ihrer Zimtschnecke. »Es gibt mehr Kaffee in der Küche.«

»Ich will keinen. Ich kann sowieso nicht schlafen.«

»Warum denn nicht?«

Gunnar antwortete nicht. Jetzt wirkt er wieder so seltsam, dachte Berta und seufzte. Es kam ihr so vor, als hätte es etwas mit dem Schrebergarten zu tun. Wobei er auch sonst durchaus reizbar sein konnte. Wenn er rückwärts aus der Parklücke fahren sollte oder wenn die

Nachbarn mit ihren Holzpantoffeln im Treppenhaus herumliefen.

Gunnar ging ins Schlafzimmer und legte sich aufs Bett.

»Sieh mal, was für ein großes Krokodil!«, rief Berta aus dem Wohnzimmer.

Gunnar drückte sich das Kissen aufs Gesicht. Er wollte heute Abend nichts mehr hören oder sehen, das war die bittere Wahrheit. Schlechte Menschen kommen nicht in die Hölle – sie sind schon in der Hölle, deshalb handeln sie so schlecht, dachte er.

»Hast du was gesagt, Gunnar?«

Normalerweise beruhigten ihn die Weisheiten und Aphorismen seiner Mutter, doch heute Abend schien gar nichts zu helfen. Gunnar drückte sich das Kissen noch fester aufs Gesicht.

23. *Kapitel*

»Soll ich den dunklen Anzug anziehen, Berta?«

»Sei nicht so albern. Hilf mir lieber beim Packen, damit wir loskönnen.«

»Mein Gott, Berta, willst du unsere gesamte Einrichtung mitnehmen?« Gunnar sah seiner Frau erstaunt zu, während sie die Kaffeetassen einpackte, die sie sonst nur bei festlichen Anlässen benutzten.

»Holst du bitte noch die Tischflagge aus dem Wäscheschrank?«

»Flagge? Hat jemand Geburtstag?«

»Es ist ein Richtfest, Gunnar. Da muss man eine Flagge auf den Tisch stellen.«

»Sollen wir vielleicht auch den Küchentisch mitnehmen? Der ist groß und stabil – und alles passt drauf.«

»Eine großartige Idee! Lädst du den Tisch auf dein Fahrrad?«, konterte Berta leicht genervt.

Mürrisch schlich Gunnar ins Wohnzimmer. Um Viertel vor zwei standen sie mit Sack und Pack im Flur. Sie hatten beschlossen, mit dem Auto zu fahren, da es zu viel Gepäck für zwei Fahrräder war.

Gunnar sah unruhig aus dem Fenster auf den Parkplatz hinunter.

»Wenn du dich ein bisschen beeilt hättest, dann hätte ich es geschafft, das Auto auszuparken, während die Parklücke daneben noch frei war. Jetzt ist mein Auto richtig umzingelt.« Es zuckte in seiner linken Braue. Er hob die Hand und legte sie vorsichtig an die Stelle über dem Auge.

»Fahren wir los, ehe das Gebäck schimmlig wird?«, fragte Berta und rasselte mit den Schlüsseln.

Gunnar war verschwitzt und außer Atem, als er endlich das Auto ausgeparkt hatte. Sie hatten Konrad und Hjördis für drei Uhr eingeladen.

»Wartet mal – ich kann die Sachen halten, während ihr die Gartenpforte aufschließt«, sagte Konrad, als er sie mit ihrem ganzen Gepäck ankommen sah. Hjördis stand am geöffneten Fenster und winkte.

Um fünf vor drei war alles gedeckt. Berta hatte eine gebügelte Baumwolldecke auf den Tisch gelegt und die kleine Flagge aufgestellt. Obwohl sie immer so um ihre Pfingstrose besorgt war, hatte sie eine Blüte abgeschnitten und in eine kleine Vase gesteckt.

»Sieh mal, Konrad hat den Wimpel abgenommen und die richtige Flagge gehisst. Glaubst du, das hat er wegen des Geräteschuppens getan?«

Gunnar antwortete nicht, sah aber zufrieden aus.

Als die Nachbarn durch die Gartenpforte kamen, stellte Berta fest, dass Hjördis ihr festliches Kleid angezogen hatte. Sie war richtig zufrieden, als sie sich setzten, und bekam Lob für den schön gedeckten Tisch.

»So iss doch vernünftig, Gunnar!«, rief Berta und erklärte ihren Freunden: »Das macht er immer so. Er rollt das Marzipan vom Gebäck und hebt es sich bis zuletzt auf.«

»Wir haben alle unsere kleinen Macken«, tröstete

Hjördis. »Konrad zum Beispiel isst immer um das belegte Brot herum.«

»Wie herum?«, fragte Berta.

»Na ja, er nagt vorher den Rand ab.«

»Dann machst du das genau wie ich, Konrad«, meinte Gunnar gut gelaunt. »Du hebst dir das Beste bis zum Schluss auf ... also ich meine den Brotbelag. Apropos das Beste ...«

Gunnar ging in die Laube und kam mit vier Likörgläsern zurück.

»Alle Achtung!« Konrad rieb sich den Bauch. »Ein richtiges Richtfest.« Er begutachtete den Schuppen. »Das hast du gut hingekriegt, Gunnar. Was wird denn das nächste Projekt?«

»Ein Plumpsklo. Damit man nicht da oben Schlange stehen muss.« Gunnar nickte in Richtung Sanitärräume.

Dann schenkte er den anderen Likör ein. Als er die Flasche auf sein eigenes Glas zubewegte, rief Berta:

»Stopp! Wer von uns soll denn später Auto fahren?«

Gunnar zog die Flasche so schnell wieder weg, als hätte jemand versucht, sie ihm zu entreißen.

»Lasst doch das Auto stehen und macht einen kleinen Spaziergang nach Hause«, schlug Konrad vor.

»Nie im Leben«, sagte Gunnar erschrocken. Mit leicht wehmütigem Blick schraubte er die Likörflasche wieder zu.

»Prost!« Berta erhob ihr Glas und lächelte ihren Freunden zu.

Gunnar kaute das letzte Stück Marzipan und stellte zufrieden fest, dass sich die fliegenden Mäuse fernhielten.

»Jetzt müssen wir den Geräteschuppen offiziell einweihen«, sagte Berta fröhlich. Sie ging in die Laube und kam mit einer Schere zurück. »Kommt mal mit, jetzt ist es so weit!« Die anderen folgten ihr zögernd in Richtung Schuppen.

»Was hast du dir denn jetzt schon wieder ausgedacht?«, fragte Gunnar. Da sah er, dass Berta quer über die Schuppentür ein Seidenband gespannt hatte. Sie reichte Gunnar die Schere, und die anderen fragten sich, was nun wohl passieren würde.

»Jetzt schneid schon das Band durch«, sagte Berta ungeduldig.

Gunnar griff zur Schere und schnitt das Band durch. Berta klatschte Beifall, und die anderen fielen ein. Dann öffnete Berta die Tür und betrat den Schuppen. Drinnen stand eine Pralinenschachtel, die sie Gunnar überreichte.

»Danke. Du bist so fleißig gewesen.« Sie umarmte ihren Mann, der stocksteif dagestanden hatte. Doch als er die Pralinenschachtel sah, umarmte er seinerseits seine Frau ganz fest. Vor lauter Aufregung nahm auch Hjördis ihren Konrad in die Arme.

»Was finden hier denn für Orgien statt? Habt ihr nicht die Satzung des Kleingartenvereins gelesen? Keine Orgien nach drei Uhr!«, rief Camilla lachend. Gunnar ließ Berta sofort wieder los.

»In umzäunten Gebieten ist es aber erlaubt«, konterte Konrad.

»Na, dann darf man ja vielleicht sogar mitmachen?« Camilla kicherte und bewegte ihren Busen in Richtung Gartenpforte.

Im selben Moment kam ein junger Mann vorbei,

der ein Fahrrad schob. Er war athletisch und braun gebrannt, und Camilla warf ihm lüsterne Blicke zu.

»Darf ich mitfahren?«

Sie bekam keine Antwort, trippelte dem Mann aber trotzdem hinterher. Schon bald waren sie hinter der nächsten Ecke verschwunden.

»Da seht ihr eine Frau, die weiß, wie es geht«, meinte Konrad, und die beiden Frauen wechselten vielsagende Blicke.

Erst als es dämmerte, deckte Berta den Tisch ab. Die oberste Schicht in der Pralinenschachtel war aufgegessen, und Konrad hatte die Flagge eingeholt.

»Vielleicht sollten wir die Tischflagge hierlassen. Nächste Woche ist doch Mittsommer.«

»Tu, was du für richtig hältst. Das tust du immer, Berta. Und so wird es eigentlich immer am besten.«

Ein angenehmer Schauer durchfuhr sie. Gunnar war nicht so für schöne Worte – aber wenn er etwas sagte, dann meinte er es auch so.

»Nimm die mit dem Kirschlikör«, sagte Berta, ehe sie die Pralinenschachtel zumachte. »Die schmecken dir doch immer so gut.«

»Du magst sie ja auch so gern. Deshalb habe ich sie dir übriggelassen.«

Berta nahm die Praline und steckte sie Gunnar in den Mund, und er schloss genießerisch die Augen.

Als alles eingepackt war, stellte Gunnar die Harke in den Geräteschuppen. Sorgfältig befestigte er das Vorhängeschloss und drehte den Schlüssel um.

Auf dem Weg zum Parkplatz sagte er: »Ich glaube, ich pfeife auf das Plumpsklo.«

»Wollen wir am Hafen entlangfahren? Das gefällt dir doch immer«, sagte Gunnar, als sie am Hotel Svea vorbeikamen.

»Gern.« Berta streckte sich in ihrem Sitz. »Es ist zwar schon beinahe dunkel, aber das Meer ist immer etwas Besonderes.«

Gunnar bog am Fischgeschäft ab und fuhr dann auf der Straße am Wasser weiter. Er hielt an.

»Willst du aussteigen und den Wind spüren?«

Berta antwortete nicht, sondern löste den Gurt.

Dann standen sie eine ganze Weile nebeneinander und sahen aufs dunkle Meer hinaus. Gunnar hielt seine Hand in der Hosentasche, und Berta schob ihre Hand dazu. Gunnar drückte sie liebevoll.

24. Kapitel

Am nächsten Tag machten Konrad und Gunnar einen Spaziergang. Sie setzten sich auf eine Bank vor der St.-Nicolai-Kirche, von wo aus sie die vorbeiflanierenden Leute beobachten konnten.

»Ich hatte gehofft, auf dem Friedhof in Smedstorp beerdigt zu werden«, sagte Gunnar plötzlich. »In der Kirche haben Berta und ich geheiratet, und Mikael ist dort getauft und konfirmiert worden. Es ist schon ein bisschen seltsam, oder? In Simrishamn gibt es eine große und schöne Kirche, aber die Friedhöfe liegen ganz woanders. Am Ende der Welt, der eine zumindest.«

»Ach, darüber muss man sich doch keine Sorgen machen«, meinte Konrad.

»Womöglich sterbe ich vor Berta und werde auf dem Friedhof bei Åbackarna bestattet. Dann muss Berta wirklich weit gehen.«

»Da ist sie so alt, dass sie den Friedhofsfahrdienst in Anspruch nehmen kann«, versuchte Konrad zu scherzen. Aber es war nicht zu übersehen, dass auch er ins Grübeln gekommen war.

»Berta hat gelesen, dass diese Kirche dem Schutzpatron der Seeleute geweiht ist.«

»Nicht gerade ein überzeugender Schutzpatron. Stell dir vor, wie viele Fischer und Seeleute hier draußen auf der Ostsee zugrunde gegangen sind.«

»Da hast du recht. Das Meer gibt, und das Meer nimmt«, meinte Konrad bedrückt. »Verdammt, jetzt werden wir langsam senil. Gibt es keine netteren Gesprächsthemen als Begräbnisse und Kirchen?«

»Ich habe keine Angst vor dem Sterben, ich will bloß nicht anwesend sein, wenn es passiert.« Gunnar musste die Stirn in tiefe Falten legen, um sich an den genauen Wortlaut zu erinnern.

»Wo hast du das nur alles her?«

»Es steckt irgendwo hier drinnen.« Gunnar schlug sich auf den Kopf.

»Das sind wahre und kluge Worte.«

»Meine Mutter war ja auch eine kluge Frau.«

Rut und Gert kamen vorbei und grüßten freundlich.

»Hier sitzt ihr also und philosophiert«, meinte Gert.

»Das kann man wohl sagen. Über ernsthafte Themen wie Begräbnisse und anderes Teufelszeug. Setzt euch doch«, sagte Konrad und rückte näher zu Gunnar.

»Tu das, Gert, dann gehe ich inzwischen in den Ort und kaufe ein paar Pflanzen.« Rut hängte sich die Tasche über die Schulter und spazierte davon.

»Allmählich nähert sich der große Tag, nicht wahr, Gunnar? Dann werden die Töpfe, Pflanzkästen und Blumenampeln herausgeholt.«

»Das ist gar nicht mal so wild. Das Schlimmste ist doch das verdammte Gießen. Der Grundwasserspiegel sinkt.«

»Da kennst du dich ja aus, Gunnar.«

Konrad und Gert lachten, und Gunnar wand sich verlegen.

»Habt ihr noch was von Holgers Apfelbaum gehört?«, erkundigte sich Gert.

»Hat Holger etwa einen Apfelbaum?«, entgegnete Konrad lachend. »Ich habe neulich nur gehört, dass Asp den Verdächtigen mit einem Beweis konfrontieren will.«

»Es gab doch keine Zeugen«, stotterte Gunnar so prompt, dass Konrad ihn verwundert ansah.

Immer wieder hatte er über Gunnars komische Äußerung nachgedacht, dass Holger bekommen habe, was er verdiene, oder so ähnlich. Doch jedes Mal hatte er den Gedanken von sich geschoben. Es war doch vollkommen absurd.

»Es wäre bedauerlich, wenn es im Kleingartengelände Unfrieden gäbe.« Gert rang unruhig seine Hände.

»Unsere Frauen haben irgendwas aufgeschnappt, dass Geld in der Kasse fehlen soll. Das haben sie neulich gehört, als der Vorstand nach der Sitzung heimgegangen ist.« Konrad sah auf die Straße, während er redete.

»In der Kasse des Kleingartenvereins?« Gert atmete heftiger.

»Weitere Details haben sie nicht gehört.«

Ein paar Motorradfahrer kamen auf ihren chromglänzenden großen Maschinen vorbei.

»Ist es jetzt wieder so weit?« Gunnars Blick verdüsterte sich.

»Ich habe gehört, die schlagen jedes Jahr zu Mittsommer ihr Lager auf dem Campingplatz auf«, berichtete Gert.

»Hauptsache, die bleiben auch dort …«

»Warm ist es wirklich noch nicht.« Gert stand auf und rieb sich den Hintern. »Ich werde mal sehen, ob ich

Rut auslösen muss. Wenn sie Blumen kauft, weiß man nie, wo das endet.«

Plötzlich schien zwischen den Männern ein großes Einvernehmen zu herrschen. Sie alle hatten genug Erfahrungen mit Frauen und ihren Sommerblumen gesammelt.

»Haben wir etwa Besuch?« Gunnar schlich vorsichtig in die Küche, als er nach Hause kam, und sah Berta fragend an.

»Wenn du dich als Besuch in deiner eigenen Wohnung fühlst, dann ist eben Besuch durch die Tür gekommen«, schnappte Berta. Sie lief in den Flur, raffte ihre neue Aktentasche an sich und stellte sie in den Kleiderschrank. »Es gibt heute Kohlrouladen, Gunnar. Die magst du doch.« Vor Aufregung hatte sie rote Flecken auf den Wangen, und sie rührte eifrig in der Soße, ohne Gunnar anzusehen.

»Kohlrouladen mag ich schon, aber nicht dieses verdammte Getuschel und diese Heimlichtuerei.«

Berta antwortete nicht, sondern begann den Tisch zu decken. Verunsichert ging Gunnar ins Wohnzimmer und setzte sich in seinen Sessel. Er starrte die Steine an, die auf dem Tisch lagen. Was für ein Affentheater, dachte er. Sie hatten doch schon genug seltsame Ereignisse. Er fühlte sich unendlich müde.

Am Nachmittag wollten Konrad und Hjördis nach Smedstorp fahren. Berta blieb zu Hause, um Zimtschnecken zu backen, und Gunnar war im Schrebergarten, wo er den Geräteschuppen mit einem Dach versehen und anschließend ein wenig aufräumen wollte. Der Verein hatte einen Container für den bevorstehenden Großputz des Gemeinschaftsgeländes aufgestellt, und Gunnar nutzte die Gelegenheit, Bretter, Reste von der Dachpappe und anderes übrig gebliebenes Material zu entsorgen.

Gerade hatte er die Schubkarre gefüllt und war auf dem Weg zum Container, als er Signe herumspazieren sah. Sie schien zu überlegen, ob sie auf einen anderen Weg ausweichen sollte, machte sich dann aber wohl klar, dass es dafür zu spät war. Gunnar nickte ihr steif zu, und sie erwiderte seinen Gruß, ohne ihm in die Augen zu schauen.

Wahre Freunde sind so wertvoll und selten wie Diamanten, doch falsche Freunde sind wie welkes Laub – es gibt sie überall, dachte Gunnar, zog die Nase hoch und spuckte aus. Als er wenig später seinen Bauabfall in den Container kippte, kam Asp vorbei. Er sah ernst aus, gönnte sich jedoch ein schiefes Lächeln.

»Hier ist aber jemand fleißig«, bemerkte er.

»Na ja, man muss die Gelegenheit nutzen, um das Zeug loszuwerden.«

»Ich wollte dir nur eben etwas zeigen«, fuhr Asp fort und schien plötzlich nervös zu werden.

Gunnar empfand ein kriechendes Unbehagen im Körper. Seine Augenbraue zuckte, und er kniff die Augen zusammen.

»Zeig schon her«, sagte er und versuchte, unberührt zu wirken.

Asp zog umständlich den Zettel heraus, den Gunnar letzten Sommer in den Kummerkasten gesteckt hatte. Gunnar las ihn durch, ohne zu begreifen, was Asp meinte.

»Meine Meinung dazu hat sich nicht geändert«, sagte Gunnar mürrisch, nachdem er den Zettel eingehend studiert hatte. »Ihr solltet wirklich mehr Mülltonnen aufstellen lassen.«

Asp steckte die Hand erneut in seine Tasche und förderte den Zettel zutage, der in Holgers Briefkasten gelegen hatte. Gunnars Angst blühte erneut auf, und er spürte, wie sein Herz pochte.

»Wirklich traurig, die Sache mit dem Apfelbaum«, meinte er und versuchte seine Stimme ruhig klingen zu lassen.

»Siehst du irgendwelche Ähnlichkeiten?« Asp legte einen schärferen Ton an den Tag.

»Beide sind auf Papier geschrieben – und mit Bleistift.« Gunnar merkte selbst, wie lächerlich das klang.

»Wie du sicher verstehst, ist es von großer Bedeutung, das Geschehen aufzuklären.«

»Ich bin aber kein Sheriff«, brummte Gunnar.

»Wie du siehst, ist das Wort Laubenkolonie mit zwei L geschrieben.« Asp zeigte auf die beiden Zettel.

»Das stimmt doch auch, soweit ich weiß, oder? Aber ich habe natürlich nur die siebenjährige Volksschule besucht.« Gunnar war ganz schwach zumute.

»Du hast also nichts mit Holgers Apfelbaum und dem Zettel zu tun?«

»Wenn das hier eine Vernehmung werden soll, hätte ich gern einen Anwalt.« Auch Gunnar verschärfte seinen Ton. Das kannte er aus den Krimiserien im Fernsehen.

»Ich klage dich nicht an. Aber fragen wird man ja

wohl noch dürfen.« Asp seufzte. Er wusste nicht, wie er weitermachen sollte, und dachte an das, was Laila zum Thema falsche Beschuldigungen gesagt hatte. Gunnar wirkte aufrichtig erstaunt. Vielleicht war er trotz allem unschuldig. Asp wusste, dass viele Leute Schwierigkeiten mit der Rechtschreibung hatten, und am Vorabend, als er sich die Zettel noch mal angesehen hatte, war ihm ein seltsamer Extraschnörkel an einem K auf dem einen Blatt aufgefallen, der auf dem anderen fehlte.

»Du weißt aber nicht zufällig jemand anderen, der es gewesen sein könnte?«

»Holger ist ziemlich großspurig. Bestimmt könnten sich viele vorstellen, sich mit ihm anzulegen.«

Asp wusste, dass es schon früher Kontroversen mit Holger gegeben hatte, und in dem, was Gunnar gesagt hatte, steckte ein Funken Wahrheit. Da es keine Zeugen gab, würde es schwierig werden, die Sache weiterzuverfolgen. Eine Anzeige bei der Polizei würde das Rätsel kaum lösen. Außerdem würde es eine Menge Schmierereien in der Zeitung geben, die dem Verein nur schaden würden. Er lächelte Gunnar an und steckte die Zettel wieder in die Tasche.

»Bitte entschuldige, dass ich dir deine Zeit gestohlen habe. Einen schönen Tag noch!« Asp ging davon.

Gunnar stand da wie versteinert. Jetzt ist das Rennen gelaufen, dachte er und wischte sich die Stirn ab. Unabhängig davon, was bevorstand, würde er bei dem bleiben, was er beschlossen hatte. Er würde niemals gestehen, *niemals*. Weder Asp noch Berta gegenüber. Herrgott, auf der ganzen Welt herrschte Krieg. Was bedeutete im Vergleich dazu ein Apfelbaum?

Er schnaubte empört und warf die letzten Holzreste in den Container. Im hinteren Teil ragten Äste von Holgers abgesägtem Apfelbaum auf – wie ein Mahnmal für all den Ärger, den er verursacht hatte. Die Schubkarre knirschte, als Gunnar davonging. Wieder sah er Signe, die diesmal auf einen anderen Kiesweg auswich, um ihm nicht zu begegnen.

Am Abend servierte Berta ihm frisch gebackene Zimtschnecken. Sie summte vor sich hin, und Gunnar betrachtete sie voller Zärtlichkeit. Dann stand er plötzlich auf und ging eilig in die Küche. An den Kühlschrank hatte Berta das Schreiben gehängt, mit dem die Mitglieder des Kleingartenvereins zum Großputz des Gemeinschaftsgeländes eingeladen wurden. Sein Blick blieb an der Überschrift hängen. »Willkommen zur jährlichen Verschönerung der Laubenkolonie!« Kolonie mit einem L, stellte er fest. Asp hatte also recht gehabt, aber das musste nichts heißen, gar nichts …

»Hjördis war kurz hier, bevor sie nach Smedstorp gefahren sind«, erzählte Berta. »Wir haben ausgemacht, dass wir am Donnerstag nach Tommarp fahren und Pflanzen kaufen. Vorausgesetzt, jemand von euch fährt uns«, fuhr sie fort.

»Dann muss Konrad wohl den Anhänger ankoppeln. Übrigens habe ich nach den Bauarbeiten ein bisschen aufgeräumt. Jetzt ist es wieder schön im Schrebergarten«, sagte Gunnar stolz.

»Du hast doch wohl auf die Pfingstrose achtgegeben? Man stößt ja leicht mal dagegen, wenn man mit der vollen Schubkarre vorbeischiebt.«

Danke, lieber Gott, dachte Gunnar. Die Schubkarre wäre nämlich um ein Haar umgekippt und auf die Pfingstrose gefallen, doch er hatte sie gerade noch rechtzeitig wieder ins Gleichgewicht gebracht.

»Morgen soll es also schön werden«, stellte Berta zufrieden fest, als sie die Wettervorhersage gehört hatten. »Hoffentlich bekomme ich keinen so schweren Arbeitsauftrag beim Großputz«, fuhr sie seufzend fort.

»Du kannst ja fragen, ob du die Aufgabe übernehmen kannst, die sich Signe letztes Jahr unter den Nagel gerissen hat, nämlich Altpapier sammeln!« Gunnar schnaufte empört. »Und die einzige Aufgabe, die für Camilla übrig geblieben war, als sie endlich kam, war das Harken von drei Kieswegen. Das nenne ich ungerecht.«

Asp hatte doch tatsächlich etwas verunsichert gewirkt, als Gunnar die Bemerkung mit dem Rechtsanwalt gemacht hatte, und er war mehr als zufrieden mit dieser Reaktion. Denn ehrlich gesagt war Gunnar noch immer ein wenig unruhig – weniger, weil man ihn als Schuldigen überführen könnte, sondern eher, weil er Berta nichts von der ganzen Sache erzählt hatte. Er drehte sich zu ihr und strich ihr übers Haar. Sie hatte die Decke hochgezogen, und nur ein kleines Haarbüschel sah oben heraus.

»Gute Nacht, Gunnar.«

»Bis morgen«, antwortete er.

25. Kapitel

Wie immer kamen viele zum Großputz. Man versammelte sich oben am Gemeinschaftshaus.

»Herzlich willkommen«, sagte Asp laut und vernehmlich. »Auch in diesem Jahr haben wir großartiges Wetter. Ich habe auf dem Tisch eine Liste mit den Aufgaben ausgelegt, mit der Bitte, euch einzutragen. Ich gehe davon aus, dass ihr selbst über die nötigen Geräte verfügt. Wie immer haben wir einen großen Müllcontainer für die Abfälle aufgestellt.«

»Ich werde mir alle Leute notieren, die ihren Müll einfach vor die Tonnen und den Container kippen. Offenbar ist es dem Verein wichtiger, Einzelprobleme zu lösen, als Dinge zu klären, die uns alle betreffen«, brummte Kvist.

Konrad stellte fest, dass Erik Kvists Gesichtsfarbe immer diesen rötlichen Farbton aufwies – ganz egal, ob er betrunken war oder nicht.

»Anschließend gibt es eine kleine Überraschung«, sagte Asp. »Wir sollen uns um elf Uhr im Pfadfinderheim einfinden.«

»Wird auch getanzt?«, fragte Camilla hoffnungsvoll und zur allgemeinen Erheiterung.

Signe wollte sich vor Gunnar zum Tisch drängeln, aber er schob sie kurzerhand beiseite, packte den Stift und trug Berta fürs Sammeln von Papierabfällen im

Kleingartengelände ein. Allerdings war die Aufgabe diesmal um das Entfernen von Hundekot erweitert worden.

»Danke, Gunnar«, sagte Berta, als sie sah, wo er ihren Namen eingetragen hatte. »Und welche Aufgabe übernimmst du, Hjördis?«

Ihre Freundin überflog die Liste.

»Ich kann das Moos von den Straßenschildern waschen.«

»Das klingt gut. Dann können wir zusammen gehen.«

»Ich putze die Fenster«, erklärte Rut und zeigte auf die Sanitärräume.

»Dann kümmere ich mich um die Grünanlage am Gemeinschaftshaus«, meinte Gert.

Nach lebhaften Diskussionen und ein bisschen Gequengel darüber, wer die gröberen Arbeiten übernehmen sollte, verteilten sich die Vereinsmitglieder auf dem Gelände wie ein Zug verirrter Lemminge.

»Wir fangen ganz oben an«, schlug Hjördis vor, als sie einen Eimer Wasser, eine Bürste und einen Lappen geholt hatte.

Berta bückte sich, hob die leere Verpackung eines Schokoriegels auf und steckte sie in den Müllbeutel, den sie mit sich herumtrug.

»Eigentlich bräuchte man einen Moosentferner«, sagte Hjördis, während sie eifrig an einem Straßenschild herumrubbelte. »So was nehmen wir immer, wenn wir den Grabstein meiner Eltern putzen.«

Als sie ein Stück entfernt Konrad und Gunnar sahen, winkten die beiden Frauen ihnen zu.

»Pass auf, dass du dich nicht an den Ästen verletzt,

Gunnar. Du hättest die Sonnenbrille aufsetzen sollen, damit du keine Zweige in die Augen bekommst.«

Doch die beiden Männer gingen weiter, ohne zu reagieren.

»Holger hat mich nicht eines Blickes gewürdigt«, stellte Gunnar fest.

»Auf seine Blicke kannst du doch wohl verzichten. Halt mal den Sack auf«, fuhr Konrad mit einem Nicken fort. Sie hatten die Aufgabe übernommen, die Äste abzuschneiden, die zu weit auf die Kieswege ragten.

»Dann ist es wohl am besten, wenn wir die Äste bei Holger eher vorsichtig zurückschneiden«, meinte Konrad lachend. »Sonst werden wir noch der Sachbeschädigung bezichtigt.«

Gunnar genoss den Anblick von Signe, die bei den Mülltonnen den Boden harkte. Dabei musste sie sich immer wieder bücken und Abfälle in die Tonne werfen.

»Sieh mal einer an, da ist sie ausnahmsweise an der richtigen Stelle gelandet.« Gunnar sah sehr zufrieden aus.

Um kurz vor elf machten sich die Mitglieder in Richtung Pfadfinderheim auf. Ein wenig unschlüssig setzten sie sich an die Tische. Lisette freute sich, dass Laila auf den Kanarischen Inseln war. Diese Frau hatte wirklich einen Röntgenblick, dachte sie. Unter Laila hatte sie schon früher zu leiden gehabt und wusste, dass sie vor ihr nichts verbergen konnte.

Trotzdem war Lisette etwas bedrückt. Sie war zuletzt bei der Vorstandssitzung hier gewesen, als sie hatte beichten müssen, dass in der Kasse Geld fehlte. Ein bisschen schuldig hatte sie sich schon gefühlt, schließlich hatte sie die Kasse auch mal unbeobachtet gelassen. Aber es waren ja nur Vereinsmitglieder dort gewesen, und sie hätte sich nicht einmal in ihrer lebhaftesten Fantasie vorstellen können, dass jemand Geld entwendete. Um ihr schlechtes Gewissen zu beruhigen, hatte sie fünfhundert Kronen aus ihrem eigenen Portemonnaie in die Kasse gelegt. Zu Asp hatte sie gesagt, das Geld sei wieder aufgetaucht. Sie habe ganz einfach vergessen, dass sie den Schein in eine Dose in der Küche des Pfadfinderheims gesteckt habe. Inzwischen habe sie sich das Geld geholt und es wieder in die Kasse gelegt. Allerdings hatte Asp sie etwas zweifelnd angesehen, als sie ihm diese Geschichte auftischte, und sie hatte sich unbehaglich gefühlt.

In diesem Moment ertönte ein Gongschlag. Klemens Frynt, der Hausmeister des Pfadfinderheims, rollte einen Servierwagen mit Tassen und Tellern in den Saal und brachte anschließend eine große Platte Brötchen herein, die mit Schinken und Salami belegt waren. Rut klatschte Beifall, und mehrere andere fielen ein.

»Darf ich eine Runde Kaffee mit belegten Brötchen ausgeben?«, sagte Klemens Frynt fröhlich. »Ein Grund ist natürlich, dass Sie heute alle so gut mitgemacht haben beim Großputz Ihrer Anlage, aber es gibt auch einen anderen. Wir haben nämlich beim Aufräumen unserer Küche fünfhundert Kronen in der Mikrowelle gefunden. Natürlich haben wir erst bei unseren Leuten herumgefragt, da aber niemand von den Pfadfindern Geld vermisst, haben wir uns erlaubt, Ihnen eine kleine Kaffeepause auszurichten.«

Erstaunte Ausrufe waren von den Tischen zu hören. Lisette zuckte auf ihrem Stuhl zusammen und sah aus, als hätte sie Ameisen verschluckt. Plötzlich erinnerte sie sich, dass sie fünf Hundertkronenscheine in die Mikrowelle gelegt hatte, weil sie bei der Tombola so viele große Scheine eingenommen hatten. Verstohlen blickte sie zu Asp hinüber, der ziemlich mitgenommen aussah. Herrje, und sie hatte behauptet, das Geld in einer Dose gefunden zu haben.

Die Anwesenden stürzten sich auf den Kaffeewagen und ließen es sich schmecken. Lisette war verschwitzt und verärgert. Irgendwie hatte sie das Gefühl, den ganzen Verein zum Vormittagskaffee eingeladen zu haben.

Holger und Erna hatten sich beim Großputz ziemlich zurückgehalten. Sie hatten eine Liste aller Schrebergärtner erstellt, die auf ihren Grundstücken noch immer keine Briefkästen angebracht hatten. Zum Kaffee im Pfadfinderheim waren sie auch nicht gekommen, denn sie waren auf eine Geburtstagsfeier eingeladen.

Nun ergriff der Vereinsvorsitzende das Wort. »Angesichts des bevorstehenden Mittsommerfestes möchte ich zur Mäßigung aufrufen. In einem seriösen Verein wie unserem sind Besäufnisse wirklich unpassend.«

»Darf man sich wenigstens ein Leichtbier gönnen, oder ist durchgängig Himbeerlimo angesagt?«, brummte Kvist.

»Ich mische mich nicht ein, was jeder trinkt, ich will nur zur Mäßigung aufrufen«, wiederholte Asp.

»Ich bin mir nicht so sicher, ob Himbeerlimonade zum Hering passt«, fuhr Kvist fort.

Die Anwesenden kicherten verlegen.

»Abstinenz ist leichter als Mäßigung«, kommentierte Gunnar.

»Was redest du da?« Berta sah ihn genervt an.

»Ich glaube, der Spruch stammt von einem Deutschen. Der ist aber bestimmt schon tot«, meinte Gunnar.

»Vielleicht hat der Alkohol seinem Leben ein Ende gesetzt«, bemerkte Konrad lachend.

»Es ist unglaublich, wie gut du dir solche Sprüche merken kannst, Gunnar«, lobte Hjördis. »Übrigens habe ich gehört, dass das verschwundene Geld aus der Kasse wieder aufgetaucht ist.«

»Wie schön. Und von diesem Apfelbaum habe ich auch nichts mehr gehört. Vielleicht hat sich das ebenfalls aufgeklärt.« Berta sah zufrieden aus.

»Da ihr mit euren Aufgaben fertig seid, könnt ihr in eure Gärten zurückkehren«, sagte Asp. »Bestimmt wollt ihr euch auf Mittsommer vorbereiten. Ich bedanke mich für das große Engagement heute. Ein besonderes Dankeschön geht an Klemens Frynt für seine nette Initiative mit der Kaffeepause. Das wissen wir wirklich zu schätzen.«

Die Anwesenden machten sich auf den Weg. Einige gingen bei Klemens Frynt vorbei, um sich zu bedanken, nur Lisette blieb lustlos auf ihrem Stuhl sitzen. Asp kam an ihren Tisch.

»Du hast doch gesagt, du hättest das Geld in eine Dose gesteckt, oder?« Er sah sie durchdringend an.

»Das habe ich doch auch«, meinte sie. »Und jetzt liegt das Geld wieder in der Kasse.«

»Und wie erklärst du dir dann die fünfhundert, die Klemens in der Mikrowelle gefunden hat? Ist das nicht ein komischer Zufall?«

Lisette antwortete nicht, stand auf, schob ihren Stuhl energisch an den Tisch und marschierte hinaus.

Im Vorübergehen schnappte sich Erik Kvist noch ein belegtes Brötchen vom Kaffeewagen und trollte sich ebenfalls.

»Wollen wir uns nicht auf dem Heimweg ein Eis kaufen und uns auf eine Bank unten am Hafen setzen?« Berta sah Hjördis beinahe bittend an. »Ich habe diesen Frühling noch gar nicht dort gesessen.«

»Gern. Ich nehme eine Waffel … mit Streuseln.« Hjördis leckte sich die Lippen.

»Asp ist ein bisschen anstrengend, findest du nicht auch, Hjördis?«

»Na ja, er will eben, dass alles seine Ordnung hat. Das gefällt mir.« Plötzlich sah Hjördis ihre Freundin beunruhigt an. »Aber jetzt, wo du es sagst, Berta … Na ja, er ist wirklich ein bisschen nervig.«

Warum nur musste Hjördis ständig allem zustimmen, anstatt bei ihrer eigenen Meinung zu bleiben?, fragte sich Berta wie so oft.

»Hast du gesehen, wie Signe zwischen den Tischen herumgeschlichen ist? Bestimmt wollte sie wissen, worüber die Leute reden.« Berta sah zum Gartenweg hinüber, als erwartete sie, Signe dort zu entdecken.

»Ich kann ja gar nicht mehr mit dieser Frau, seit sie mir von dieser Sache erzählt hat, dass …« Im nächsten Moment zuckte Hjördis entsetzt zusammen.

»Was hat sie dir erzählt?«, fragte Berta neugierig.

Abrupt stand Hjördis auf und ging hinüber zu Bertas Pfingstrose.

»Die blüht in diesem Jahr ganz besonders schön.«

»Ach, so blüht die eigentlich jedes Jahr. Dabei dünge ich gar nicht. Was hat Signe denn nun erzählt?«, fragte Berta wieder.

»Signe?« Hjördis lachte gekünstelt und tat so, als hätte sie vergessen, worum es ging. »Ach, die redet viel, wenn der Tag lang ist – da kann man sich nicht an alles erinnern.«

»Ich hole die Pflanzkästen und Blumentöpfe, die hinter der Gartenlaube stehen.« Plötzlich klang Berta eifrig. »Das wird sicher nett, wenn wir am Donnerstag Pflanzen besorgen. Ich werde mir jedenfalls Studentenblumen kaufen. Es ist mir egal, wenn jemand sie Totenblumen nennt.«

»Das kann dir auch egal sein. Die Hauptsache ist doch, dass sie dir gefallen.«

»So, jetzt haben wir unseren Einsatz für den Verein geleistet«, sagte Gunnar, als er mit Konrad an der Gartenpforte stand, nachdem sie den letzten Müll in den Container gekippt hatten.

»Ein bisschen ärgere ich mich schon über die Leute, die sich nie einbringen«, brummte Konrad. »Zu den Festen kommen sie ja immer.«

»Berta und ich wollen uns auf dem Heimweg an den Hafen setzen und ein Eis essen.«

Die Männer antworteten nicht, sondern räumten die Gerätschaften weg. Jedes Mal, wenn er die Tür zu seinem neugebauten Schuppen öffnete, freute sich Gunnar.

Er war richtig zufrieden mit dem Ergebnis seiner handwerklichen Fähigkeiten.

»Berta und ich fahren morgen nach Malmö zum Shoppen«, sagte Hjördis plötzlich, ohne die beiden Männer anzusehen.

Berta zupfte hektisch an den Blumen herum.

»Nach Malmö? Schafft ihr es, so weit mit dem Rad zu fahren?« Gunnar stellte die Harke in den Schuppen und lachte gezwungen.

»Wir nehmen den Zug«, erklärte Berta vorsichtig.

»Ihr müsst doch nicht den Zug nehmen«, meinte Konrad. »Wir können euch hinfahren. Nicht wahr, Gunnar?«

»Natürlich. Aber es gibt doch auch hier Geschäfte. Die Storgatan ist voller Läden.«

»Wir möchten gern allein mit dem Zug fahren. Ihr seid so ungeduldig, wenn man euch mit in die Geschäfte nimmt«, erklärte Berta.

»Wie ihr wollt. Aber das ist wirklich ein bisschen kurzfristig. Ist euch das jetzt erst eingefallen?« Konrad klang vorwurfsvoll.

Die Frauen antworteten nicht, sondern wechselten nur unruhige Blicke.

Die vier stellten ihre Räder unten am Hafen ab.

»Ich nehme eine Waffel«, sagte Hjordis. »Und was nimmst du, Konrad?« Sie wühlte im Fahrradkorb nach ihrer Geldbörse.

»Einen Nogger.«

»Was ist das?«, fragte Gunnar.

»Das ist richtig lecker«, versicherte Konrad. »Vanille mit Schokonussglasur.«

»Dann nehme ich auch so was, Berta.«

Die Männer setzten sich auf eine Bank, und die Frauen gingen zum Eiskiosk.

Als sie zurückkamen, nahm Berta ihre Jacke aus dem Fahrradkorb und breitete sie auf der Bank aus.

»Setz dich auf die Jacke, Hjördis«, sagte sie freundlich. »Es ist noch nicht richtig warm.«

Dann saßen sie alle vier auf der Bank. Konrad und Gunnar leckten an ihrem Stieleis, während die Frauen von ihren Eiswaffeln mit Streuseln schwärmten.

»Verdammt«, sagte Gunnar plötzlich.

Berta fuhr hoch und schlug ihm fest auf den Rücken.

»Hast du dich etwa an den Nüssen verschluckt?« Sie sah erschrocken aus.

»Immer mit der Ruhe.« Gunnar wandte sich an Konrad. »Weißt du was? Wir haben vergessen, Kürbis anzusäen.«

»Meine Güte!«, rief Konrad und lachte. »Wie konnte das passieren? Nun, in der letzten Zeit war ja auch einiges los. Aber es ist doch noch nicht zu spät.«

»Stimmt. Hauptsache, wir können noch vor dem Frost ernten«, witzelte Gunnar, schloss die Augen und nahm noch einen Bissen von seinem Nogger.

»Das passt doch gut. Dann kaufen wir gleich Kürbissamen, wenn wir am Donnerstag nach Tommarp fahren«, sagte Berta und sog ganz unten an der Waffel, wo das Eis zu tropfen begann. »Ich glaube aber nicht, dass wir noch genug Pflanzerde haben.«

Sie saßen eine ganze Weile da und beobachteten die Leute, die vorbeispazierten. Ein Schwarm schreiender Möwen tat sich an einem Hotdogbrötchen gütlich, das auf dem Boden lag. Segelboote hielten auf den Gasthafen zu, während ein paar Freizeitfischer in ihren Booten hinausfuhren.

»Du musst deine Haut heute Abend besonders genau absuchen, Gunnar. Nicht, dass du eine Zecke erwischt hast«, sagte Berta besorgt. »Ihr habt euch doch zwischen den Zweigen aufgehalten. Genau da sitzen die kleinen Fieslinge.«

Berta erinnerte sich nur zu gut, wie sie Hjördis von Gunnars Borreliose erzählt hatte und wie krank er gewesen war. Damals hatte Hjördis ihre beiden Hände in ihre genommen und sie mit großem Ernst angesehen. Es war ein ganz besonderer Moment der Anteilnahme gewesen, den Berta in ihrem Herzen bewahrte.

Sie tupfte sich den Mund mit dem Taschentuch ab, tätschelte Hjördis freundlich das Bein und lächelte.

Es begann zu nieseln, aber keiner von ihnen schien aufbrechen zu wollen. Erst als der Regen stärker wurde und der Wind auffrischte, standen sie auf und gingen zu ihren Rädern.

Jetzt hat Berta wieder die Wohnzimmertür geschlossen, um in Ruhe zu telefonieren, dachte Gunnar und starrte durch die Glasscheibe in der Tür in den Raum. Berta stand mit dem Rücken zu ihm. Ob sie mit Hjördis sprach? Mein Gott, die beiden hatten sich doch gerade erst getrennt.

Er musste mal ein paar Takte mit Konrad reden. Irgendwie fühlte es sich blöd an, dass die beiden Frauen herumschlichen und sich merkwürdig verhielten, während sie als Männer außen vor waren.

»Ist mit Hjördis alles in Ordnung?«, fragte Gunnar spöttisch, als Berta die Tür öffnete.

»Woher soll ich das wissen?« Berta zwirbelte nervös das Band ihrer Schürze um den Finger.

Offenbar waren noch mehr Leute in die Sache verwickelt, dachte Gunnar und ging ins Wohnzimmer. Auf dem kleinen Telefontisch lag ein Block, auf dem Berta etwas notiert hatte. Gunnar hob ihn hoch. »A-36« und »10–17 Uhr« las er. »Namensschilder.« Ganz unten stand etwas, was er nicht entziffern konnte.

In dieser Nacht konnte Berta nicht gut schlafen. Gunnar hatte sie den ganzen Abend forschend angesehen, ohne ein Wort zu sagen. Aber seine Blicke waren unangenehm genug gewesen. Berta hatte nicht gewagt, ihre Aktentasche und den Einkaufstrolley herauszustellen. Sie hoffte, dass Gunnar und Konrad in den Schrebergarten fahren würden, ehe sie sich auf den Weg machten.

Gunnar hatte nicht: »Gute Nacht, Berta, bis morgen« gesagt. Er hatte steif auf dem Rücken gelegen und an die Decke gestarrt.

Auf dem Esszimmertisch lagen keine bemalten Steine mehr, und der handbestickte Läufer hatte wieder seinen angestammten Platz. Ein schwacher Geruch von Sekundenkleber hing noch in der Wohnung.

26. Kapitel

»Es ist so schönes Wetter. Willst du nicht in den Garten fahren?«, fragte Berta am nächsten Morgen freundlich.

»Ich will mich erst davon überzeugen, dass ihr gut losgekommen seid.« Gunnar fixierte Berta mit dem Blick. »Ich kann euch zum Bahnhof bringen.«

»Jetzt haben Hjördis und ich entschieden, wie wir es machen, und dann bleibt es dabei.« Berta versuchte entschlossen zu wirken, aber ihr Blick flackerte in Richtung Schranktür, hinter der das Gepäck bereitstand.

Während des Frühstücks sah Gunnar seine Frau über den Zeitungsrand hinweg an. Berta spürte seinen Blick, wo immer sie sich befand. Sie sah ständig auf die Uhr und wünschte sich nur, dass es endlich acht sein möge, denn da wollte Hjördis kommen.

Um Viertel vor acht stand Berta fertig angezogen im Flur. Sie trug einen beigefarbenen Popelinemantel und hatte sich ein grüngeblümtes Tuch um den Hals gelegt. Gunnar saß im Wohnzimmersessel und hatte die aufgeschlagene Zeitung vor sich. Er hatte den Sessel ein Stück vom Couchtisch weggerückt, damit er Berta besser im Blick hatte. Irgendwelches Teufelszeug hatten die Frauen vor, davon war er überzeugt. Schließlich waren sie noch nie allein nach Malmö zum Einkaufen gefahren. Er war sich gar nicht so sicher, ob er wissen wollte, was sie vorhatten. Auf einmal fühlte er sich einsam und ausgeschlossen.

Um Punkt acht Uhr klingelte Hjördis an der Tür.

»Tschüss, Gunnar.« Berta schnappte sich ihre Aktentasche und den Einkaufstrolley, während Gunnar die Zeitung zu Boden warf.

»Wolltet ihr nicht heute Abend nach Hause kommen?«, fragte er und betrachtete mit großen Augen ihr Gepäck.

»Vermutlich kommen wir mit dem Zug um Viertel nach acht«, sagte Berta, ohne Gunnars Blick aufzufangen. »Mach's gut«, fuhr sie fort und schloss die Tür hinter sich.

Während Berta und Hjördis ihre Trolleys über den Parkplatz zogen, standen Gunnar und Konrad auf ihren Balkonen. Beide starrten der kleinen Karawane hinterher, die langsam in Richtung Bahnhof zog.

Eine leichte Meeresbrise versetzte die Ampel mit den Stiefmütterchen in Bewegung. Gunnar ließ sich müde auf Bertas Korbstuhl in der einen Ecke des Balkons fallen. Er meinte Bertas Wärme im rotgeblümten Kissen zu spüren. Ein Zitronenfalter flatterte zwischen den Blumen umher, und Gunnar schloss die Augen.

Zwei Minuten nach halb neun stiegen die Freundinnen mit ihrem Gepäck in den Zug. Sie entschieden sich für Sitze quer zur Fahrtrichtung, denn so konnten sie das Gepäck vor sich auf den Boden stellen. Weil sie häufig mit dem Zug nach Smedstorp fuhren, machten sie sich keine Sorgen wegen der Eisenbahnfahrt. Trotzdem war Berta etwas unruhig, weil ihr nicht ganz klar war, wo genau sie aussteigen mussten. Im letzten Moment hatte Hjördis nämlich herausgefunden, dass die Messe nach Hyllie umgezogen war. Den Hauptbahnhof in Malmö konnte man nicht verpassen, aber von einer Haltestelle namens Hyllie hatte sie noch nie gehört.

Berta sah vorsichtig hinaus, als der Zug in Smedstorp hielt. Sie fürchtete, dass jemand einsteigen könnte, den sie kannten.

»Du hast Konrad aber nichts von unserem Vorhaben erzählt, oder?« Berta fingerte nervös an ihrem Einkaufstrolley herum.

Der Zug fuhr ruckartig wieder an und brachte das Kleingeld im Trolley zum Klimpern.

»Er hat nicht mal gefrühstückt, sondern ist im Bett geblieben und hat an die Decke gestarrt.« Hjördis klang selbst ein bisschen erstaunt, als sie davon erzählte.

»Verrückt eigentlich«, sagte Berta und kicherte. »Jetzt werden die beiden sich aber fragen, was wir eigentlich vorhaben.« Sie tätschelte Hjördis das Knie.

»Stell dir das mal vor, jetzt sind wir auf Geschäftsreise«, sagte Hjördis ernst. Ein junger Mann sah die beiden Damen misstrauisch an und tippte dann weiter auf seinem Handy herum.

»Sollen wir die Namensschilder anstecken, ehe wir ankommen?«, fragte Berta und sah auf die Uhr.

»Vielleicht lassen die uns sonst nicht rein.« Hjördis kramte in ihrer Tasche.

Je weiter sie sich Malmö näherten, desto stiller wurden die Freundinnen. Berta schloss die Augen. Der Frühling war aufregend gewesen wie noch nie. Es war so viel passiert. Die Sache in der Laubenkolonie würde sich bestimmt aufklären, tröstete sie sich. Die Zugreise nach Malmö mit Hjördis erschien ihr auch viel bedeutsamer als ein lumpiger Apfelbaum. Sie öffnete ihre Handtasche und zog das Namensschild heraus, das mit der Nummer »A-36« versehen war.

Hjördis sah verstohlen zu Berta hinüber. Sie sah so süß aus, wenn sie lächelte. Woran sie wohl gerade dachte? Frau Fernfahrer Andersson. Jetzt lächelte auch Hjördis und warf ihrer Freundin einen fast zärtlichen Blick zu, dieser Frau Schreiner Kron oder wie auch immer man sie nennen sollte. So eine Anrede passte wohl nur bei einer Frau Doktor.

»Nächster Halt Malmö-Süd«, erklang es aus dem Lautsprecher.

»Ich glaube, dieser Zug fährt weiter nach Kopenhagen«, sagte Hjördis und knüllte nervös ihre Fahrkarte zu einem kleinen Ball zusammen.

»Oh«, machte Berta und nahm den Mantel vom Haken.

Sie spürte, dass sie plötzlich der Mut verließ. Natürlich bereute sie nicht ihren Entschluss, aber die ganze Situation war so unwirklich und zugleich etwas erschreckend. Dass auch Hjördis auf einmal nervös wirkte, machte es nicht besser.

»Geht es dir gut, Berta?«, erkundigte sich Hjördis.

»Ich fühle mich müde«, antwortete ihre Freundin leise.

»Müde? Du verrücktes Huhn, wir sind ja noch gar nicht angekommen!«

»Ach«, meinte Berta und lachte verlegen.

Als der Zug sich Malmö-Süd näherte, standen die

beiden schon mit ihrem Gepäck am Ausgang und hielten sich an den Griffen fest. Nach einigen Minuten scharten sich weitere Passagiere um sie.

»Sind wir in Hyllie?«, fragte Hjördis einen Mann, als der Zug hielt.

»Nein«, sagte der Mann kurz angebunden und desinteressiert, ohne sie auch nur anzublicken.

Die beiden Frauen zogen ihre Trolleys zur Seite, um die Leute vorbeizulassen, die am Bahnhof aussteigen wollten.

»Nächster Halt ist Svågertorp, und dann kommt Hyllie«, sagte eine freundliche Dame, die ihre Frage gehört hatte.

Bertas Halstuch war hochgerutscht, und sie versuchte es in den Mantel zurückzuschieben und dabei Hjördis anzusehen.

»Wir sind bald da«, sagte sie tröstend, während sich weitere Fahrgäste in den Wagen drängten.

Der Zug fuhr ruckend an. Schweigend bemühten sich die beiden, das Gleichgewicht zu halten, indem sie sich mit der einen Hand an den Griff klammerten und mit der anderen die Taschen umfassten.

»Glaubst du, unsere Männer sind im Schrebergarten?«, fragte Hjördis, und in diesem Moment wünschte sich Berta, sie wäre ebenfalls dort.

»Was für ein Wirbel«, seufzte Gunnar. »Ich verstehe nicht, was sie mit dem ganzen Gepäck anfangen wollen. Normalerweise ist es doch genau umgekehrt: Man bringt Gepäck mit, wenn man vom Einkaufen zurückkommt.«

Konrad lachte. »Das wird nicht viel zusätzliches Gepäck werden. Hjördis wollte nur fünfhundert Kronen mitnehmen. Die Bankkarte wollte sie gar nicht erst einstecken.«

Die Männer waren unruhig. Sie saßen auf Gunnars Balkon und hatten beschlossen, heute auf den Schrebergarten zu pfeifen. Irgendwie wollte sich die Arbeitslust nicht einfinden. Mikael hatte am Vormittag angerufen, um Berta etwas zu fragen. Er hatte erstaunt gehört, dass seine Mutter mit dem Zug nach Malmö gefahren sei.

»Ich glaube ja nicht, dass sie zum Einkaufen gefahren sind«, sagte Gunnar plötzlich. »Da muss etwas anderes dahinterstecken.«

»Was sollte das denn sein?«

»Ich weiß es nicht, und das ärgert mich. Aber es gab in der letzten Zeit jede Menge Getuschel und Gewisper. Briefe, Telefonate und anderen Unfug.«

Konrad hätte gern gewusst, was er mit »anderem Unfug« meinte, mochte aber einfach nicht diskutieren. Eine Antwort würden sie ohnehin nicht finden. Eigentlich hatte er Gunnar noch mal wegen der Sache mit Holger fragen wollen, aber auch darauf verzichtete er lieber. Alles war so schon verwirrend genug.

Die beiden hingen schweigend ihren Gedanken nach. Auch unten auf dem Hof war es ruhig und still. Keine Motorräder und keine spielenden Kinder. Es war, als würde die ganze Landstingsgatan die Luft anhalten. In den Töpfen ließen die Blumen ihre Köpfe hängen. Ein eindeutiges Anzeichen dafür, dass irgendetwas nicht in Ordnung war, dachte Gunnar.

27. Kapitel

»Oh, wie groß«, keuchte Berta, als sie nach dem Spaziergang vom Bahnhof endlich auf dem Parkplatz am Messezentrum Malmö standen. Sie starrten auf das große Schild: »Kunsthandwerk aus der Natur«. Die Trolleys quietschten, als die beiden mit unsicheren Schritten dem großen Eingangsbereich zustrebten. Sie blieben stehen und sahen sich um, als sie die Messehalle betreten hatten.

»Da ist der Informationsschalter!«, rief Hjördis erleichtert und ging schneller.

Berta kniff die Augen zusammen. In der Halle herrschte ein fürchterliches Gewirr von Stimmen und Lautsprechern, die sich anscheinend gegenseitig übertönen wollten.

Eine Messehostess begrüßte sie freundlich und gab ihnen einen Überblicksplan über das Messegelände. Die Frauen irrten hilflos durch die Gänge und lasen die Schilder. Berta hielt den Plan in der Hand und drehte ihn mal nach rechts und mal nach links.

»Da!«, rief Berta und zog Hjördis am Mantelärmel. »A-36!«

Als sie am Tisch angekommen waren, standen sie erst eine Weile orientierungslos herum. Dann begrüßten sie freundlich die Kollegen am benachbarten Messestand. Berta öffnete ihren Einkaufstrolley und zog eine hübsche beigefarbene Leinentischdecke heraus, die sie auf dem Tisch ausbreitete.

Nach einer Weile hatten die beiden ihre Broschen auf je einer Hälfte des Tisches ausgebreitet. Berta hatte eine Zigarrenkiste mit Wechselgeld aufgestellt, während Hjördis ihres in einem Schmuckkästchen verwahrte. Sie hängten ihre Mäntel über die Stühle, die zum Messestand gehörten. Hjördis hatte ein Schild angefertigt, auf das sie: »Handgemalte Broschen – hergestellt aus Steinen von den Stränden Österlens« geschrieben hatte.

»Das Schild ist wirklich sehr schön«, lobte Berta ihre Freundin.

»Ach, das ist doch nichts Besonderes«, meinte Hjördis verlegen.

Hjördis hatte auch eine Preisliste geschrieben. Sie hatten lange diskutiert, was sie für die Broschen nehmen sollten. Auch wenn es viel klang, hatten sie sich letztlich für hundert Kronen entschieden. Sie hatten schließlich Unkosten für den Messestand und die Reise gehabt, und sie wollten wenigstens einen Teil davon decken.

»Was für hübsche Broschen!« Die Frau vom Nachbarstand kam zu ihrem Tisch und sah sich die Broschen genauer an.

»Die Steine haben wir am Strand gesammelt«, sagte Berta stolz.

»Diese da würde ich gern kaufen«, sagte die Frau und hielt eine von Bertas Broschen hoch. Sie reichte ihr einen Hundertkronenschein und fuhr fort: »Ihr solltet aber mehr dafür verlangen. Die sind zu billig.«

»Das Material ist ja nicht so teuer.« Hjördis fuhr mit ihrer Hand über die Tischdecke.

»Kunsthandwerk ist aber teuer. Man sollte sich auch seine kreative Arbeit bezahlen lassen.«

Bald stand eine Menge interessierter Messebesucher an ihrem Tisch und nahm die Broschen in Augenschein.

»Ich führe einen Laden für Kunsthandwerk und würde gern Ihre Broschen dort verkaufen.« Eine hochgewachsene Dame mit dunklem Haar und lilafarbenem Cape sah die beiden Frauen mit forschendem Blick an. »Hätten Sie vielleicht eine Visitenkarte? Hier ist es ein bisschen zu unruhig zum Diskutieren«, fuhr sie fort, während sich eine andere Frau rücksichtslos zum Messestand vordrängelte.

Erst wollte Berta sagen, dass sie ihre Visitenkarten leider zu Hause vergessen hätten. Doch dann zog sie einen Notizblock aus ihrer neuen Aktentasche.

»Schreiben Sie bitte Ihre Nummer auf, dann melden wir uns bei Ihnen«, sagte Berta keck. »Wir sind manchmal etwas schwer zu erreichen.« Sie befürchtete, dass Gunnar ans Telefon gehen könnte, wenn die Dame anrief. Hjördis und sie würden erst einmal in aller Ruhe diskutieren, wie sie weitermachen wollten. Sie waren davon ausgegangen, dass es eine einmalige Sache sein würde, und waren nun überwältigt von dem Interesse für ihre Produkte.

»Hast du Knieschmerzen?«, fragte Berta, als sie Hjördis' gequälten Blick sah.

»Nicht so schlimm, aber ich muss mal wohin«, flüsterte ihre Freundin.

Berta griff nach dem Übersichtsplan und zeigte auf die Toiletten.

»Ich kann so lange auf deine Tasche und deine Kasse

aufpassen«, schlug sie vor, während ihr die nächste Kundin eine Brosche hinhielt, die sie kaufen wollte.

Nach einer Weile kam Hjördis mit leichten Schritten zurück. Berta winkte ihr fröhlich zu.

»Ein Kaffee gefällig?« Hjördis hielt Berta einen Pappbecher hin.

»Oh, das tut gut. Wir haben noch gar nichts gegessen oder getrunken.« Dankbar nahm Berta den Kaffee in Empfang.

»Dort drüben gibt es ein Café. Wir müssen abwechselnd hingehen«, meinte Hjördis.

»Könnten Sie wohl eine Ihrer Broschen hochhalten, solange es noch welche zu kaufen gibt?«, fragte ein freundlicher bärtiger Mann und richtete eine Kamera auf die beiden.

Die beiden Frauen waren so überrumpelt, dass sie taten, worum er sie bat.

»Sieh mal, Hjördis. Die Zigarrenkiste ist beinahe voll mit Scheinen.« Berta drückte den Deckel zu.

»Da werden Gunnar und Konrad aber stolz auf euch sein.«

Berta und Hjördis zuckten zusammen und sahen in Ulla Anderssons freundliche blaue Augen.

Beinahe hätte Berta gesagt, dass ihre Männer noch gar nichts von ihrem Messebesuch wussten, doch dann nickte sie Ulla nur freundlich zu. Sie war eine Nachbarin aus der Landstingsgatan, und sie begegneten sich manchmal im Waschkeller.

Ehe die Messe schloss, waren alle Broschen verkauft. Erschöpft, aber mit zufriedenem Lächeln saßen die beiden auf ihren Stühlen. Sie hatten die Kassen in ihre Trolleys zurückgelegt, in denen nun auch ihre Aktentaschen Platz fanden.

»Eigentlich würde ich gern eine Runde drehen und mir die vielen schönen Dinge ansehen, die es an den Ständen zu kaufen gibt, aber ich bin einfach zu müde«, sagte Berta und kicherte.

»So müde bin ich nicht mehr gewesen, seit ich als Kind bei Hervor Allansson Rüben verziehen musste.« Hjördis lachte. »Das war doch eine gelungene Aktion, oder?«

»Ja, und wie – und wir haben so viel Geld verdient! Vielleicht sollten wir unsere Männer in die Pizzeria einladen?« Zwischendurch, als es am Stand mal ein bisschen ruhiger gewesen war, hatten sie diskutiert, ob sie ihren Männern alles erzählen sollten. Sie hatten jedoch beschlossen, bis nach Mittsommer zu warten. Erst mussten sie sich einigen, wie sie weitermachen wollten. Das Angebot der Dame, ihre Broschen in ihrem Laden zu verkaufen, brannte in der Tasche.

Einige Besucher betrachteten amüsiert die beiden älteren Frauen, die so erschöpft mit ihren Einkaufstrolleys in dem leeren Stand saßen. Noch immer beschallten die Lautsprecher die Messehalle, doch das Stimmengewirr ebbte allmählich ab.

»Den ganzen Tag haben wir vertrödelt«, witzelte Gunnar. »Wir haben gar nichts Vernünftiges getan.«

»Jetzt kommen sie bald.« Konrad klang froh und sah auf die Uhr. »Zehn nach acht«, stellte er fest. Seit kurz vor acht standen Gunnar und Konrad auf dem Bahnhof in Simrishamn und warteten auf ihre Frauen.

»Was für ein Glück, dass du den Wagen genommen hast. Vermutlich haben sie die halbe Stadt aufgekauft.« Gunnar klang ein bisschen verunsichert.

Im selben Moment rollte der Zug in den Bahnhof ein. Sie streckten sich und beobachteten mit zunehmender Unruhe die aussteigenden Passagiere. Als der Zug und der Bahnsteig leer waren, standen sie noch immer da. Die beiden wechselten kein einziges Wort.

Als Konrad das Auto in der Landstingsgatan abstellte, standen die beiden Frauen schon auf Bertas und Gunnars Balkon und winkten.

»Da sind sie ja!«, rief Gunnar erleichtert. Im selben Moment überkam ihn der Ärger, und er hätte beinahe hinzugefügt: Da stehen unsere beiden verrückten Hühner.

Es gab vieles, was die beiden Männer an diesem Abend gern besprochen hätten. Aber die Frauen verloren kein einziges Wort über ihre Erlebnisse in Malmö. Sie waren so früh nach Hause gekommen, weil sie bei Ulla Andersson und ihrem Mann Sture hatten mitfahren dürfen.

Nachdem Konrad und Hjördis nach oben gegangen waren, setzte sich Berta an den Küchentisch und aß ein belegtes Brot. Heute wollte sie nicht fernsehen, sondern gleich ins Bett. Wie sehr hatte sie sich danach gesehnt, sich hinlegen zu dürfen.

Jedes Mal, wenn Gunnar an der neuen Aktentasche vorbeikam, warf er ihr wütende Blicke zu, und als er den Einkaufstrolley zur Seite rollte, wunderte er sich, dass er so leicht war. Das Geld hatten Berta und Hjördis längst an einem sicheren Ort versteckt.

Trotz ihrer Müdigkeit fiel Berta das Einschlafen schwer. Die Füße schmerzten, und der Lärm aus der Lautsprecheranlage dröhnte noch in ihrem Kopf. Fünfzig mal hundert Kronen, dachte sie und seufzte zufrieden.

Als Berta am nächsten Morgen die Tageszeitung auf den Küchentisch legte, sprangen ihr die Schlagzeile und das Foto ins Auge: »Zwei ältere Damen aus Simrishamn verbuchen Erfolge auf der Messe in Malmö.« Als sie zu lesen begann, klingelte das Telefon. Rasch legte sie die Zeitung auf ihren Stuhl und schob ihn unter den Tisch. Dann lief sie ins Wohnzimmer und hob den Hörer ab.

»Hier Berta Andersson … Hallo, Mikael … Danke, das ist aber lieb. Gunnar weiß noch gar nichts davon«, flüsterte sie. »Ja, ich rufe später noch mal an.«

In diesem Moment kam Gunnar herein und sah Berta neugierig an.

»Wer war das denn?«

»Mikael.«

»Mikael? Der ruft doch sonst nicht so früh an.« Gunnar wartete die Antwort nicht ab, sondern ging weiter in die Küche. Berta stand wie gelähmt am Telefon. In diesem Moment bereute sie, dass sie ihren Männern nichts von ihrem »Projekt« erzählt hatten, wie sie und Hjördis es zu nennen pflegten.

»Hast du die Zeitung genommen, Berta?«

Am liebsten hätte sie Hjördis angerufen, damit zur Stunde der Offenbarung alle anwesend waren. Aber jetzt war es nicht mehr zu ändern. Sie ging in die Küche und legte die Zeitung vor Gunnar auf den Esstisch.

Die Küchenuhr tickte, und Berta hörte, wie in der Wohnung über ihnen Wasser rauschte.

»Wir wollten euch ja davon erzählen«, fing Berta kleinlaut an. »Wir wollten euch überraschen und zu einer Pizza einladen.«

»Pizza!«, sagte Gunnar verächtlich, während er den Artikel überflog. »Habt ihr etwa gedacht, ihr würdet Geld für eine Pizza zusammenkriegen mit ein paar Steinen, die ihr am Strand gesammelt habt?«

Jetzt fühlte Berta sich ungerecht behandelt. Sie zögerte kurz, dann ging sie mit raschen Schritten ins Wohnzimmer und holte die Zigarrenkiste aus dem Wäscheschrank.

»Das dürfte für eine Runde Pizza reichen.« Berta warf Gunnar das Bündel mit Geldscheinen hin.

Schweigend ließ er seinen Blick zwischen dem Zeitungsartikel und den Banknoten hin- und herwandern.

»Das reicht bestimmt nicht nur für Pizza, sondern auch noch für einen Nogger zum Nachtisch«, meinte er schließlich und lachte verlegen.

»Ist das alles, was dir dazu einfällt?«

»Was sollte ich denn noch sagen?«

»Dass wir das gut gemacht haben zum Beispiel.«

»Ihr macht doch alles gut. Aber es fühlt sich irgendwie peinlich an.«

»Peinlich?«, wiederholte Berta und schnaubte verächtlich.

»Dass alle davon erfahren, meine ich.«

»Es ist doch nur gut, wenn man tatkräftig ist.« Berta riss Gunnar die Zeitung aus der Hand und las voller Stolz den Artikel von vorne bis hinten.

»Siehst du die Schlange vor unserem Stand?« Berta hielt Gunnar die Zeitung hin.

»Unglaublich.«

In diesem Moment klingelte das Telefon zum zweiten Mal. So ging es den ganzen Vormittag. Erstaunte Verwandte und Freunde meldeten sich, weil sie den Artikel gelesen hatten.

Berta war zufrieden. Im Alter von zweiundsiebzig mit dem Arbeiten anfangen – das schafft nicht jeder, dachte sie.

»Vielleicht ziehen sie euch das von der Rente ab, wenn ihr jetzt euer eigenes Geld verdient«, meinte Konrad scherzhaft, als sich die zwei Paare später am Tag trafen. Aber er war stolz auf die beiden, das musste er zugeben.

»Oder es kommt jemand vom Finanzamt vorbei, weil ihr keine Einkommensteuer gezahlt habt«, fiel Gunnar ein.

»Eine Dame wollte sogar unsere Broschen in ihrem Laden verkaufen«, erzählte Berta stolz.

»Ich will auf gar keinen Fall irgendwelches Gerenne hier in unserer Wohnung«, sagte Gunnar entschlossen.

»Ich habe doch gesagt, dass sie die Broschen in ihrem Laden verkaufen will.« Berta fuhr sich irritiert durchs Haar.

»Vielleicht solltet ihr euch Gewerberäume suchen und ein paar Leute anstellen?«, meinte Konrad verunsichert.

»Ich muss heute Nachmittag zum Friseur«, sagte

Gunnar plötzlich und zupfte an einer Haarsträhne, die am Ohr hervorschaute.

»Hast du genug Bargeld? Sonst kannst du dir was von mir leihen.« Berta fand selbst, dass sie etwas zu übermütig klang, aber Hjördis lachte.

Obwohl sie stolz auf ihre Frauen waren, fühlte es sich für Gunnar und Konrad ein bisschen komisch an, dass Berta und Hjördis plötzlich eigenes Geld verdienten. Ja, sie empfanden fast so etwas wie Bedauern darüber, dass sie als Haupternährer gewissermaßen überflüssig geworden waren.

28. Kapitel

Am Mittsommerabend war strahlender Sonnenschein. Die Getreidefelder, die Österlen wie ein Patchworkmuster durchzogen, wogten leicht im Wind. Am Wegesrand und auf den Wiesen waren Familien unterwegs und pflückten Blumen, mit denen sie den Maibaum schmücken wollten.

Auch in der Laubenkolonie liefen die Vorbereitungen für die abendliche Feier auf Hochtouren. Einige Mitglieder hatten einen Maibaum errichtet, andere hatten große Töpfe mit Kornblumen, Mohn und Margeriten vor ihre Gärten gestellt.

Berta fand, dass die Blumen, die sie in ihrem Garten angepflanzt hatte, als Schmuck ausreichten. Gunnar und Konrad waren während des Einkaufs im Bau- und Gartencenter in Tommarp ungewöhnlich geduldig gewesen. Sie hatten Kürbissamen besorgt, und am Nachmittag hatten alle vier in ihren Schrebergärten gebuddelt und gesät.

Berta stellte die kleine Tischflagge auf. Sie fand es schade, dass Konrad und Hjördis in Smedstorp Mittsommer feiern würden. Umso mehr hatte sie sich gefreut, als Mikael, Mona und die Enkelin letztens unangekündigt in der Laubenkolonie erschienen waren. Stolz hatten sie ihnen den neuen Geräteschuppen und die üppige Blumenpracht gezeigt und viel Lob eingeheimst. Zum Abschied hatte Mikael sie fest in den Arm genommen.

Sie hatte Mona eine ihrer Steinbroschen gezeigt, und ihre Schwiegertochter hatte richtig imponiert gewirkt und gesagt, sie wünsche sich so eine zu Weihnachten. Gunnar und Berta waren für nächstes Wochenende bei ihnen eingeladen, weil Louise ihren Geburtstag feierte. Darauf freuten sie sich sehr.

Berta machte sich längst Gedanken über ein passendes Geschenk. Am liebsten hätte sie ihr nach und nach Geschirr und Besteck geschenkt, aber ihr war klar, dass auf der Wunschliste des Mädchens ganz andere Dinge standen.

Wenn Berta nervös wurde, begann sie an irgendetwas herumzuspielen. Jetzt stand sie zwischen den Blumen und dachte an das Geschenk für Louise. Sie war gerade auf der Toilette gewesen und fingerte an dem Schlüsselring herum. Kaum hatte sie ihn zum Kreisen gebracht, da glitt er ihr vom Finger und fiel in ein Loch direkt am Fundament der Gartenlaube. Gunnar hatte es erst kürzlich gegraben, weil dort eine Drainage gelegt werden sollte, aber er hatte es noch nicht wieder mit Kies aufgefüllt. Berta bückte sich mühsam, um nach dem Schlüssel zu suchen.

»Willst du drainieren, oder was machst du da?«, fragte Gunnar. Seinem resignierten Blick war zu entnehmen, dass er ahnte, es könne ein Problem geben.

»Ich habe den Toilettenschlüssel verloren«, sagte Berta unglücklich.

»Verloren!«, rief Gunnar. »Du hast vermutlich damit herumgespielt. Ich muss wohl doch ein Plumpsklo für uns bauen, wenn du den Toilettenschlüssel einfach wegwirfst.«

Berta senkte den Blick. Es lag noch gar nicht so lange zurück, dass sie die Schlüssel so heftig hatte kreisen lassen, dass sie aufs Dach geflogen waren. Damals war Gunnar beinahe der Geduldsfaden gerissen. Am schlimmsten aber war der Abend gewesen, als sie wegen irgendetwas so nervös gewesen war, dass sie mit dem Fahrradschlüssel herumgewirbelt hatte, bis er davongeflogen war. Es war dämmrig, und Berta befürchtete, dass er im Garten der Nachbarn gelandet sein könnte. Gunnar hatte mit der Taschenlampe gesucht, aber schon bald war es so finster gewesen, dass sie aufgeben mussten. An jenem Abend hatte Gunnar nicht auf sie gewartet, sondern war mit seinem Fahrrad vorgefahren. Sie hatte allein und kreuzunglücklich nach Hause gehen müssen.

Gunnar kniete sich genervt hin.

»Pass auf!« Berta packte ihn am Hosenbein. »Ich halte dich, damit du nicht runterfällst.«

»Runterfällst!« Gunnar sah sie scharf an. »Selbst wenn ich ein wenig mager sein sollte, werde ich sicher nicht in ein Loch von fünfzehn Zentimetern Durchmesser fallen.«

Trotzdem fingerte Berta nervös an ihrem Gürtel herum, als er sich erneut hinkniete und im Loch herumwühlte. Nach einer Weile stand er auf und warf Berta den Schlüssel zu.

»Danke«, sagte sie und lächelte verlegen.

»Du hast aber nicht darüber nachgedacht, dich für die Olympischen Spiele zu bewerben?«, fragte Gunnar grinsend. »Im Schleuderball dürftest du wirklich gute Chancen haben.«

Berta versuchte sich ein Lachen zu verkneifen, denn sie war sich nicht sicher, ob das eine passende Reaktion gewesen wäre. Dann hängte sie den Schlüssel in die Laube zurück, und Gunnar verschwand hinter dem Haus. Berta beschloss, den Kiesweg vor dem Garten zu harken. Sie wusste, dass viele Leute an diesem lauen Sommerabend durchs Kleingartengelände schlendern würden, und es sollte hübsch aussehen.

Sie drehte sich um, als sie ein Stück entfernt laute Stimmen hörte.

»Sieh an! Das ist doch Berta, die alles fürs Mittsommerfest herrichtet! Wir warten noch immer auf die Zimtschnecken, die du uns bringen wolltest.«

»Hallo, Jörgen«, sagte Berta fröhlich und stellte die Harke beiseite. »Zeltet ihr wieder?«

»Nur übers Wochenende«, antwortete Göran, der junge Mann mit dem Ohrring.

»Ich habe die Zimtschnecken nicht vergessen«, versicherte Berta. »Ich habe es nur nicht geschafft. Aber ich komme schon noch.«

»Du bist wirklich cool, Berta«, meinte Jörgen, der einen Blumenstrauß in der Hand hielt. »Wir sind bei Freunden in der Stadt zur Mittsommerfeier eingeladen. Da haben wir uns gedacht, wir lassen die Motorräder lieber auf dem Campingplatz stehen.«

Berta sah Gunnar vorsichtig hinter der Hausecke hervorlugen. Manchmal benimmt er sich richtig peinlich, dachte sie. Statt hinzugehen und wie normale Leute zu grüßen, drückt er sich hinter der Hausecke herum. Jetzt lehnte er sich so weit vor, dass sie fürchtete, er könnte ins Blumenbeet fallen.

»Eine Mittsommerblume für eine nette Frau«, sagte Jörgen, zog eine Margeritenblüte aus dem Strauß und steckte sie hinter Bertas Ohr.

Ihre Wangen glühten. Als sie sich zur Laube umdrehte, sah sie gerade noch Gunnars Kopf hinter der Hausecke verschwinden.

»Ihr kriegt schon noch eure Zimtschnecken, versprochen«, sagte Berta lachend, als die vier jungen Leute sich in Richtung Stadt davonmachten.

»Du machst dich wirklich lächerlich«, sagte Gunnar, als er seinen Beobachtungsposten verlassen hatte.

»Danke gleichfalls«, fauchte Berta.

Eine ganze Weile redeten sie nicht miteinander. Gunnar bewegte sich ruckartig wie immer, wenn er gereizt war.

»Ist es nicht bald Zeit für Hering und Kartoffeln?«, fragte er irgendwann freundlich. Er war zum Glück nicht nachtragend, und Berta merkte, dass er nicht mehr an den Besuch der jungen Leute dachte. Kein Wort wurde mehr darüber verloren.

Obwohl es noch immer hell war, hatte Berta ein Glas auf den Tisch gestellt und ein Teelicht darin angezündet. Sie hatten vereinbart, nur das Nötigste mitzunehmen: Matjes, Schnittlauch und Saure Sahne. Natürlich hatte sie auch ein paar Eier gekocht und einige Scheiben Vollkornbrot aufgeschnitten.

»Das sieht aber lecker aus, Berta.«

Sie verbrachten einen gemütlichen Abend miteinander und sprachen darüber, wie viel ihnen die Freundschaft mit Hjördis und Konrad bedeutete und wie viel Freude sie an ihrem Schrebergarten hatten. Gunnar trank zwei Schnäpse zum Hering und hätte sich bestimmt noch einen dritten genehmigt, wenn nicht Berta den Verschluss der Flasche kurzerhand zugeschraubt hätte.

»Dann ist es wohl Zeit, die Kürbissamen und die verflixten Sommerblumen zu gießen«, scherzte Gunnar, während Berta abdeckte und die Sachen in die Laube brachte. Die Butter, den Schnaps und den Rest von der Sauren Sahne legte sie in den Fahrradkorb. Alles andere würden sie am nächsten Tag mitnehmen, wenn sie mit dem Auto da waren.

»Klingt das nett!«, sagte Berta, als jemand ein paar Grundstücke weiter lauthals ein Schnapslied trällerte.

»Wir hätten doch auch was singen können.« Scherzhaft fuhr Gunnar ihr durchs Haar. »Hast du deinen Fahrradschlüssel, oder hast du den wieder mal durch die Gegend geschleudert?«

Ehe sie losfuhren, blieben sie auf dem Kiesweg stehen und betrachteten zufrieden ihren kleinen Garten.

»Richtig hübsch sieht alles aus«, sagte Berta. »Auch die Studentenblumen, da sollen die Leute sagen, was sie wollen.«

Berta hatte die Margeritenblüte von Jörgen in eine Untertasse mit etwas Wasser gelegt und auf den Tisch in der Laube gestellt. Daneben hatte sie die kleine Flagge drapiert und zufrieden ihre kleine Installation betrachtet, ehe sie die Tür zusperrte.

»Das war doch ein netter Abend trotz des Schlüssels«, sagte Berta kichernd.

»Aber nicht noch mal, ich warne dich«, meinte Gunnar mit gespielt strenger Stimme. »Sonst baue ich ein

Plumpsklo, und zwar nicht draußen, sondern in der Laube.«

»Puh!« Berta zog eine Grimasse.

»Jetzt weißt du, woran du bist. Glaubst du eigentlich, dass die beiden in Smedstorp übernachten?« Gunnar ging ans Fenster und sah auf den Parkplatz hinunter.

»Konrad ist eine Nachteule, das müsstest du inzwischen wissen. Willst du eine Tasse heißen Kakao, ehe wir schlafen gehen? Das beruhigt den Magen«, meinte Berta.

»Mein Magen ist ganz ruhig ... aber eine Tasse Kakao würde mir trotzdem schmecken.«

Sie setzten sich in ihre Sessel, und Gunnar zappte zwischen den verschiedenen Fernsehsendern herum. In regelmäßigen Abständen ging er ans Fenster und sah hinunter auf den Parkplatz.

»Ach, im Fernsehen gibt es wirklich nur Gewalt und Elend«, bemerkte Berta.

»Die könnten ruhig ein paar Wiederholungen von diesen Heimatfilmen mit Åsa-Nisse zeigen.«

»Na ja, die Geschmäcker sind verschieden.« Berta nippte vorsichtig an der heißen Tasse.

»Jetzt kommen sie!«, schrie Gunnar und zeigte auf den Parkplatz.

Berta zuckte zusammen und verschüttete ein bisschen Kakao.

»Meine Güte, wie du schreist! Man könnte meinen, sie würden von einer Weltreise zurückkehren. Dabei sind sie erst um sechs losgefahren. Das erinnert mich an früher, als wir aufgeblieben sind und gewartet haben, bis Mikael nach Hause gekommen ist«, sagte Berta und stellte die Tasse vorsichtig auf dem Tisch ab.

»*Ich* habe auf ihn gewartet. Dir war ja ohnehin klar, dass irgendwas passiert sein müsste und dass er nie wieder nach Hause käme.«

»Quatsch.« Berta stand auf und ging ebenfalls zum Fenster. Sie sah fröhlich aus. »Sollen wir Konrad und Hjördis auch auf eine Tasse Kakao einladen?«

»Bist du verrückt? Es ist doch schon spät.«

Berta musste zugeben, dass er recht hatte, und setzte sich wieder in den Sessel.

Schließlich stieß Gunnar auf einen alten Schwarz-Weiß-Film, den sie zerstreut guckten, während sie den Kakao austranken.

»Fernsehen ist die einzige Schlaftablette, die man mit den Augen einnimmt«, sagte Gunnar. Nach einer Weile waren sie beide eingenickt. Gunnar begann zu schnarchen, während Berta mit einem Lächeln auf den Lippen dasaß und die leere Kakaotasse in der Hand hielt.

Als die Kirchturmuhr von St. Nicolai ein Uhr schlug, hatte sich die Dunkelheit über die Laubenkolonie gelegt. Die Kleingärtner hatten sich in die Wärme ihrer Wohnhäuser zurückgezogen. Die Temperaturen luden noch nicht zur Übernachtung in den Lauben ein. Der Ostwind sollte laut Wettervorhersage zwölf Meter pro Sekunde erreichen, und das Schlagen der Seile gegen die Fahnenstangen zeugte davon, dass die Prognose ausnahmsweise stimmte. Die Wolken trieben rasch über den Himmel und verdeckten immer wieder den abnehmenden Mond. Der Deckel eines Briefkastens klapperte im Wind, und vom Meer war ein dumpfes Brausen zu hören, als sich die Wellen am Ufer brachen.

Im Solrosgången knirschte der Kies. Ein einsamer Mann duckte sich im starken Wind. Nach einer Weile waren Hammerschläge und knarzende Geräusche zu hören, die sogar den Wind übertönten.

»Gibt es wirklich Idioten, die mitten in der Nacht in ihrem Schrebergarten arbeiten, und das zu Mittsommer?«

Jörgen und seine Freunde waren auf dem Rückweg von der Feier und wunderten sich über das klopfende Geräusch.

»Komm«, flüsterte Göran. »Da arbeitet keiner, das ist was anderes.«

Eine Katze sprang auf ihrem nächtlichen Beutezug aus einer Ligusterhecke hervor. Plötzlich hörte das Klopfen auf, und es erklangen laute Stimmen.

29. *Kapitel*

In den frühen Morgenstunden zogen die Eheleute Andersson wortlos ins Schlafzimmer um. Wie in Trance schaltete Gunnar die flimmernde Mattscheibe aus. Die Kakaotassen blieben auf dem Tisch stehen, und zum ersten Mal seit vielen Jahren standen die beiden Zahnbürsten unbenutzt in ihren Bechern im Badezimmer. Nicht einmal das Klappern der Zeitung im Briefkasten löste bei Gunnar eine nennenswerte Reaktion aus. Die beiden lagen Seite an Seite in ihren Betten, glücklich unwissend, was in diesem Moment in der Laubenkolonie für ein Aufstand herrschte.

»Was tust du da?«, brüllte Jörgen und sprang über die Gartenpforte auf Bertas und Gunnars Grundstück.

»Ich wollte doch nur…«, wimmerte der Mann im Dunkeln.

»Gar nichts sollst du!«, zischte Göran.

Die beiden Frauen in Ledermontur zogen sich erschrocken vom Schauplatz zurück.

»Und das will ein erwachsener Mensch sein, der hier randaliert und sich so aufführt!« Jörgens Stimme überschlug sich vor Empörung. »Ruf die Polizei, Göran. Ich halte ihn so lange fest.«

Ein dumpfes Geräusch war zu hören, dann ertönte ein klägliches Jammern.

»Jetzt übertreib mal nicht«, meinte die eine Frau, als sie sah, wie Jörgen das Gesicht des Mannes auf den Kiesweg drückte.

»Lass mich los. Ich habe nichts getan«, keuchte der Mann erstickt.

»Du bewegst dich nicht von der Stelle, bis die Polizei da ist, kapiert?«

Nach einer Weile hielt unten auf dem Parkplatz ein Streifenwagen. Das Blaulicht blinkte rhythmisch, und die beiden Polizisten liefen rasch zum Kleingartengelände hinunter. Sie leuchteten mit ihren Taschenlampen und hielten die andere Hand am Pistolenholster.

»Hier!«, schrie Jörgen, als er den flackernden Schein der Taschenlampen sah. »Wir haben ihn unschädlich gemacht. Er liegt auf dem Kies und schnappt nach Luft wie ein Fisch an Land.«

Die Polizisten sprangen über die Gartenpforte und packten Jörgen.

»Was machen Sie da eigentlich?«, schrie der eine.

»Ich halte einen Randalierer fest.«

»Wer hat mit der Schlägerei begonnen?«, fragte der andere Polizist etwas vorsichtiger.

»Welche Schlägerei? Hören Sie nicht zu? Wir haben einen Mann gefasst, der in einem Kleingarten randaliert hat.« Göran blies sich auf, versuchte aber die Fassung zu bewahren.

»Ist das Ihr Garten?«, wollte der erste Polizist wissen und beugte sich über den Mann, der noch immer ausgestreckt auf dem Kiesweg lag.

»Nein«, war die erschöpfte Stimme des Mannes zu

hören. Er versuchte sich aufzurichten und sah die Polizisten unglücklich an.

»Bist du das, Holger?«, fragte der erste Polizist erstaunt. »Haben die jungen Leute angefangen? Sind sie etwa in deinen Garten eingestiegen?«

»Das ist nicht mein Garten, Alvar. Das habe ich ja schon gesagt. Ich kann dir alles erklären …«

»Und was machst du hier drinnen?«

»Ich erkläre es dir.«

»Scheint so, als gäbe es eine ganze Menge zu erklären. Zum Beispiel, wie Sie beide hier gelandet sind.« Der Polizist wandte sich an Jörgen und Göran. »Wollten Sie Ärger provozieren oder wie? Es hat in der letzten Zeit ja einige Einbrüche hier auf dem Gelände gegeben.«

Inzwischen hatten sich die beiden jungen Frauen vorgewagt. Die Blonde kaute nervös an ihren langen, grünlackierten Fingernägeln.

»Wir zelten draußen in Tobisvik«, erklärte Jörgen. »Heute Abend waren wir auf einer Party in der Stadt und haben auf dem Rückweg die Abkürzung durch die Laubenkolonie genommen. Ich kenne Berta und ihren Mann, denen diese Laube gehört.« Er zeigte mit dem Finger auf das Grundstück. »Wir haben uns noch am frühen Abend mit ihnen unterhalten.«

Nun war auch Holger aufgestanden und fuhr sich mit dem Finger über die blutende Lippe.

»Können wir jetzt gehen?«, fragte Jörgen mürrisch und zupfte an seinem Hemd, das aus der Hose gerutscht war.

»Nimm mal ihre Personalien auf, Nils. Holger kenne

ich von früher, aber nicht aus solchen Zusammenhängen«, meinte Alvar zu seinem Kollegen.

»Ich kann alles erklären«, beharrte Holger.

»Jetzt hörst du auf, Unsinn zu reden, Holger. Was ist hier eigentlich los?«

»Wir haben gesehen, wie er angefangen hat, die Fensterleisten vom Schuppen zu brechen«, sagte Jörgen wütend, »und dann …«

»Ich habe Holger gefragt und nicht Sie«, unterbrach ihn Alvar. »Nun, Holger?«

»Gunnar hat angefangen. Es ging um meinen Apfelbaum.« Holgers Stimme hatte ihre gewohnte Autorität verloren.

»Welcher Gunnar? Und was hat dein Apfelbaum mit der Sache zu tun?«, fragte Alvar genervt.

»Gunnar ist der Pächter dieser Parzelle. Und jetzt ist mein Apfelbaum abgesägt.«

»Meinst du etwa, dieser Gunnar hat deinen Baum abgesägt?«

»Nein, das war ich selbst.«

»Du hast deinen Apfelbaum abgesägt, und deshalb bist du zu diesem Gunnar in den Garten gestiegen und hast die Fensterleisten abgebrochen?«

»Da sehen Sie«, meinte Jörgen lachend. »Der ist doch nicht normal. Kein normaler Mensch …«

»Ruhe!«, zischte der zweite Polizist und wandte sich dann wieder an Holger: »Sind diese vier jungen Leute irgendwie in die Sache involviert?«

»Die haben mich so heftig auf die Erde geworfen, dass ich blute.« Holger fasste sich an die Lippe.

»Das war doch nur, um seiner Zerstörungswut Einhalt zu gebieten.« Jörgen machte einen Schritt auf Holger zu.

»Gut, dann ab nach Tobisvik mit Ihnen«, erklärte Alvar. »Wir melden uns, falls wir weitere Fragen haben.«

»Und Sie kommen mit auf die Polizeiwache«, wandte sich sein Kollege Nils an Holger. »Wir müssen Ihnen einige ergänzende Fragen stellen.« Dann schlug er seinen Notizblock zu.

Als die Stille sich wieder über das Kleingartengelände legte, hatte auch der Wind abgeflaut. Die Vögel zwitscherten und ließen sich die Reste von den Mittsommerfeierlichkeiten in den umliegenden Gärten schmecken.

Vor Gunnars Geräteschuppen jedoch lagen die zerbrochenen Fensterleisten. Eine war direkt auf Bertas Pfingstrose gelandet.

30. Kapitel

Am Mittsommertag spazierten Berta und Hjördis zusammen die Storgatan entlang. Sie wollten zum »Apothekergarten« gehen, wo es hübsche Blumentöpfe und Mittelmeerpflanzen zu kaufen gab. Zwar hatten sie alle Blumen und Stauden, die sie brauchten, fanden es aber trotzdem interessant, sich die exotischen Pflanzen anzuschauen.

»Witziges Schild«, meinte Hjördis lachend. »8 Meter zum Mittelmeer.« Sie zeigte auf das Schild, das den Weg zum Apothekergarten wies.

Durch ein Tor gelangte man auf den Innenhof, wo viele Leute zwischen den ungewöhnlichen Blumenkübeln und Pflanzen umherschlenderten.

»Sieh mal, ein Olivenbaum. Ist der hübsch«, sagte Berta.

»In unserem kalten Klima gedeihen die offenbar nicht so ohne Weiteres. Ich habe gelesen, dass man sie im Winter mit Luftpolsterfolie umhüllen und innen eine Weihnachtsbaumbeleuchtung anbringen muss, damit sie die Kälte überstehen.«

»Stell dir nur vor, ich würde mit so was nach Hause kommen«, meinte Berta grinsend. »Gunnar würde durchdrehen, wenn ich anfangen wollte, die Pflanze mit Plastik zu umwickeln und Weihnachtsbaumbeleuchtung aufzuhängen.« Die beiden kicherten.

Hjördis' Blick fiel durch die Zweige eines Zitronenbäumchens auf Signe, die zwischen zwei großen kobaltblauen Blumenkübeln stand. Ihre Augen flackerten wie Irrlichter, als sie Berta und Hjördis sah. Sie kam auf die beiden zu und sagte ernst: »Das tut mir ja so leid.«

»Was tut dir leid?«

»Ach, ihr wisst wohl noch gar nichts? Dann werde ich auch nicht…« Signe ging davon, ehe Berta und Hjördis sie fragen konnten, was sie meinte. Sie packte ihr Fahrrad und schob es so eilig über den Hof, dass die Kette rasselnd gegen den Kettenschutz schlug. Schon bald war sie hinter der Hausecke verschwunden.

Hjördis sah sich weiter die Pflanzen an, als wäre nichts gewesen. Berta blieb reglos stehen, als wartete sie darauf, dass Signe umkehren würde. Sie zupfte Hjördis am Ärmel.

»Was kann sie wohl gemeint haben?«

»Das weiß kein Mensch bei Signe. Sieh mal, Berta! Ein Feigenbaum!«

»Aber sie hat gesagt, ihr tue irgendwas leid, und sie hat so ernst geguckt. Es wird doch wohl Konrad und Gunnar nichts zugestoßen sein?«

»Ganz sicher nicht. Wir sind doch eben erst losgegangen, und da saßen sie zu Hause am Küchentisch. Signe tut es vielleicht leid, dass es morgen regnen soll. Das haben sie jedenfalls vorhin im Radio gesagt.«

»Man geht doch nicht zu Leuten, die man kaum kennt, und sagt, es tut einem leid, dass es morgen regnet.«

»Konrad wird nicht begeistert sein, aber ich kaufe trotzdem eine Lavendelstaude. Findest du die nicht auch hübsch? Wir haben doch jetzt eigenes Geld, Berta.«

»Ja, die sind hübsch«, antwortete Berta. Hjördis hat recht, dachte sie. Wir sind vor zwanzig Minuten zu Hause losgegangen, und da war noch nichts passiert. *Das tut mir ja so leid.* Was für eine blöde Person.

»Willst du denn gar nichts kaufen, Berta?«, fragte Hjördis, als sie an der Kasse stand, um zu zahlen.

»Wenn überhaupt, dann eine Tomatenpflanze. Aber ich glaube, die kaufe ich besser ein andermal.«

Mehrere Leute aus der Laubenkolonie waren am Vorabend auf Berta zugekommen und hatten ihr zum Erfolg auf der Messe gratuliert. Rut hatte sie umarmt und gesagt, dass sie stolz darauf sei, sie und Hjördis zu kennen. Auch Signe war in der Kleingartenanlage gewesen, aber sie hatte kein Wort über die Messe verloren, sondern den Mund zu einem Strich verzogen wie so oft.

Als sie wieder auf die Storgatan traten, sah Berta in die Richtung, in der Signe verschwunden war.

»Ragnhild Blom hat ihren Fünfundsiebzigsten im Gemeindehaus von Smedstorp gefeiert«, sagte Hjördis und blieb stehen.

»Tja, manche lassen es richtig krachen, das muss ich schon sagen. Hat sie viele Leute eingeladen?«

»Beinahe hundert.«

»Hundert! Kennt sie überhaupt so viele Leute? Ich meine, besonders sozial ist sie doch eigentlich nicht«, meinte Berta.

»Auf den Einladungskarten stand, dass Ragnhild sich Geld für eine Reise wünscht.«

»Für eine Reise! Sie ist doch noch nie gereist, soweit ich weiß. Aber klar, wenn andere die Kosten übernehmen …«

»Das ist wirklich eine zähe Steigung hier. Findest du nicht, Berta?«

Berta antwortete nicht. Sie wollte erst die Sache mit Ragnhilds Feier zu Ende bringen.

»Vielleicht sollten die Gäste einen Beitrag fürs Büfett mitbringen. Geizig ist sie ja immer schon gewesen.«

Ragnhild war sogar richtig unfreundlich gewesen, als Mikael einmal versucht hatte, ihr im Rahmen der jährlichen Spendenaktion für bedürftige Kinder eine Maiblume aus Papier zu verkaufen. Sie hatte gesagt, sie investiere ihr Geld lieber in wichtigere Dinge. Und dann hatte sie Mikael die Tür vor der Nase zugeknallt. Ihr Junge war richtig traurig gewesen, als er nach Hause gekommen war. Seitdem konnte Berta diese Frau nicht ausstehen. Sie hatte Ähnliches aber auch von anderer Seite gehört.

»Es gab Essen vom Cateringservice.« Hjördis keuchte die Steigung hinauf.

»Und wurde auch getanzt? Vielleicht sogar zu Livemusik?«

»Natürlich wurde getanzt. Und es gab Livemusik, das habe ich beim Einkaufen gehört. Und es gab sogar eine Mitternachtssuppe ...«

»Sieh mal einer an«, schnaufte Berta, die auch allmählich außer Atem geriet.

Das letzte Stück gingen sie schweigend nebeneinander her. Als sie zu Hause in der Landstingsgatan ankamen, sah Berta auf dem Parkplatz einen Polizeiwagen stehen.

»Es ist wirklich was passiert, Hjördis! Sieh mal, die Polizei!« Berta rannte zur Haustür.

»Beruhige dich, Berta. Außer uns wohnen ja noch mehr Leute im Haus.« Hjördis konnte mit ihrer Freundin kaum Schritt halten, und schon fiel die Haustür vor ihrer Nase zu.

Vor Gunnars und Bertas Grundstück standen ein paar Kleingärtner und unterhielten sich. Sie zeigten auf die Fensterleisten, die hinter dem Zaun auf der Erde lagen.

»Signe hat davon erzählt. Sie und ihr Mann haben von ihrem Haus im Grånemadsvägen aus die Polizei gesehen«, sagte ein Mann aufgeregt.

»Weiß man schon, wer es war?« Rut rang die Hände, und Gert legte tröstend den Arm um ihre Schultern.

»Dabei war der Schuppen doch gerade erst fertig geworden, und Gunnar war so stolz.« Camilla sah aus, als wäre sie jetzt erst von der Mittsommerfeier nach Hause gekommen.

»Verdammtes Pack. Wenn ich da gewesen wäre, hätte ich den Typen den Hals umgedreht«, sagte Erik Kvist, der mit einer Schubkarre voller Gerümpel vorbeikam.

Rut Pedersen duckte sich und sah Kvist ganz erschrocken an.

»Bald ist es mir richtig unheimlich, einen Garten hier auf dem Gelände zu haben. Es passieren so viele merkwürdige Dinge.«

Nach einer Weile zerstreute sich das Grüppchen, aber die Spannung hielt an.

Der Duft des Falschen Jasmins lag in der Luft und mischte sich mit den Gerüchen vom Meer. Dunkle Wolken zogen von Westen heran, und die ersten Regentropfen fielen.

31. Kapitel

Berta riss die Wohnungstür auf. Als sie die beiden Polizisten am Küchentisch sitzen sah, blieb ihr fast das Herz stehen. Im nächsten Moment stellte sie fest, dass Gunnar und Konrad unversehrt dort saßen. Es blieb zwar ein gewisses Unbehagen, aber die Angst verschwand. Ehe jemand etwas zu sagen vermochte, stand Hjördis erschrocken in der Tür.

»Es war Holger«, sagte Gunnar matt.

In dieser Sekunde zog der Zettel, den Gunnar in jener Nacht geschrieben hatte, vor Bertas innerem Auge vorüber. Was mochte Gunnar mit Holger zu schaffen haben? Sie bot Hjördis einen Platz an und ließ sich selbst auf einen Stuhl fallen.

»Das ist doch kein Grund, so erschrocken auszusehen«, sagte der Polizist und ließ seine Mütze auf dem Tisch kreisen. »Es ist doch nicht so schlimm.«

»Wirklich nicht?« In Bertas Augen flammte ein Hoffnungsschimmer auf. »Er kann ja einen neuen Apfelbaum anpflanzen. Schließlich hat Gunnar den Baum nicht abgesägt.«

Gunnar sah sie erschrocken an. Ob Berta etwas ahnte? Sonst hätte sie sich doch nicht so energisch eingemischt.

»Wir müssen zurück auf die Polizeiwache.« Der zweite Polizist sah auf die Uhr. »Ihren Bericht haben wir aufgenommen, und jetzt sind Sie über den aktuellen Stand der Dinge informiert. Wir werden sehen, wie sich das Ganze entwickelt.«

Konrad war klar, dass Berta etwas missverstanden haben musste, wollte sich aber lieber nicht ins Gespräch einmischen. Es sah fast so aus, als hätte Berta einen Verdacht.

»Bringen Sie ihn hinter Gitter«, brummte Gunnar.

Berta zuckte zusammen.

»Immer mit der Ruhe«, sagte der Polizist, nahm seine Mütze und ging zusammen mit seinem Kollegen hinaus.

»Hast du das gehört?«, sagte Nils vor der Wohnungstür der Anderssons. »Auch Frau Andersson hat von diesem Apfelbaum angefangen.«

»Was für ein Bohei um einen alten Baum. Vernehmungen, Berichte und ein beschädigter Geräteschuppen. Ich sehne mich nach einem richtigen Einsatz. Einem Bankraub oder so«, meinte Alvar seufzend und sprang die Treppen hinunter.

»Ich glaube, die Herrschaften da oben haben einiges aufzuklären. Die Frau war ja völlig aufgelöst, dabei haben wir in ihrer Anwesenheit gar nichts vom Schuppen erzählt.«

»Da hast du recht. Man könnte den Eindruck bekommen, sie hätte vor etwas ganz anderem Angst gehabt.«

Die Stimmen der Polizisten verloren sich im Treppenhaus, und wenig später schlug die Haustür hinter ihnen zu.

»Du bist ja richtig blass geworden, Gunnar«, sagte Berta besorgt.

»Dieser verdammte Holger.« Gunnar ballte die Hände zu Fäusten.

»Was ist denn mit ihm?«

»Es war Holger.«

»Das hat er ja selbst zugegeben.«

»Hat er gestanden?«

»Das hat er doch auf der Mitgliederversammlung getan, du Dummerchen. Er hat vor allen Leuten erzählt, dass er selbst den Apfelbaum abgesägt hat.«

»Ich habe den Schuppen gemeint«, sagte Gunnar müde.

»Welchen Schuppen?« Berta stellte eine Schale mit Bonbons auf den Tisch.

»Er hat an unserem Geräteschuppen herumrandaliert. Deshalb waren die Polizisten hier.«

Berta setzte sich.

»Hat Holger den Geräteschuppen zerstört? Ich dachte, sie wären wegen des Zettels in Holgers Briefkasten gekommen.«

»Warum sollten die denn deshalb herkommen?« Jetzt war Gunnar nervös.

»Keine Ahnung. Ist der Schuppen richtig zerstört?« Berta sah unglücklich aus.

»So schlimm ist es auch wieder nicht. Das hast du doch gehört.«

»Warum sollte Holger denn so etwas tun?«, fragte Berta ratlos.

»Er glaubt, dass ich diesen Zettel in seinen Briefkasten gesteckt habe.«

»Warst du es denn nicht?« Berta ließ ihren Mann nicht aus den Augen.

»So, Konrad, jetzt gehen wir hoch zu uns.« Hjördis nahm sich einen Bonbon und stand auf.

»Ich fahre zum Schrebergarten. Kommst du mit?«, fragte Gunnar und sah Konrad bittend an.

»Natürlich«, erwiderte der und warf Hjördis einen fragenden Blick zu.

»Ich komme auch mit.« Berta stand abrupt auf.

»Du bleibst hier!« Gunnars Stimme war so entschlossen, dass Berta sich wieder setzte.

»Ich kann bei dir bleiben, dann unterhalten wir uns in Ruhe«, sagte Hjördis mit einem nervösen Lachen.

»Wir kommen später nach. Wolltest du nicht deinen Lavendel einpflanzen, Hjördis?«

Eilig lief Hjördis in den Flur und versteckte die Tüte mit dem Lavendel hinter dem Schirmständer.

»Wir nehmen das Auto.« Gunnar zog die Autoschlüssel von einem kleinen Messinghaken neben der Tür.

»Pass auf dich auf, Gunnar. Mach keine Dummheiten, die du später bereust.«

»Du glaubst doch wohl nicht, dass dieser feige Kerl heute in der Laubenkolonie auftauchen wird!«

»Nimm das Handy mit.« Berta zog eine Schublade auf und legte das Telefon auf den Tisch. »Ich will, dass du es mitnimmst, wenn du allein bist. Man kann nie wissen, was passiert.«

»Meine Güte! Ich kriege es doch kaum hin, mit dem Ding zu telefonieren, wenn alles in Ordnung ist. Wie soll das denn in einer Notsituation funktionieren, in der ich angeblich jederzeit landen kann?«

»Das ist doch wirklich nicht so schwer. Einfach die Tasten wie bei einem normalen Telefon drücken. Und die Vorwahl natürlich.«

»Das sagst du mit deinen kleinen Kinderhänden. Meine Wurstfinger sind einfach zu breit. Wenn ich eine Nummer wählen will, drücke ich die anderen Tasten gleich mit. Und vom Schrebergarten bis nach Hause die Vorwahl eingeben – die lassen sich ja komische Sachen einfallen.«

»Ich halte auch nicht viel von diesem neumodischen Kram«, stimmte Konrad ein. »Diese herkömmlichen Wählscheibentelefone waren doch stabil und gut. Da wusste man, was man tat.«

»Erna kann einem richtig leidtun«, sagte Berta, als die Haustür hinter den beiden Männern ins Schloss fiel.

Eine ganze Weile saßen die Frauen schweigend in der Küche. Die Pendeluhr im Wohnzimmer tickte beharrlich. In einer Nachbarwohnung wurde geduscht.

»Es ist wirklich hellhörig hier«, bemerkte Hjördis und sah in die Richtung, aus der das Geräusch kam.

»Manchmal wünschte ich mir, ich könnte gar nichts hören«, sagte Berta mit einem Seufzen.

»Was meinst du denn damit?«

»Na ja, diese ganzen komischen Dinge, die man hört ... Ich mache mir ständig Sorgen.«

»Hast du denn irgendwas Neues gehört?«

»Gehört und gesehen. Ich habe dir doch erzählt, dass ich Gunnar eines Nachts in der Küche angetroffen habe, wo er irgendwas geschrieben hat. Manchmal wirkt er so rastlos und sagt auch merkwürdige Sachen.«

Berta verstummte, und Hjördis sah sie an, als erwartete sie eine Fortsetzung.

»Manchmal glaube ich, dass es Gunnar war, der diesen Zettel in Holgers Briefkasten gesteckt hat«, meinte Berta.

Hjördis umfasste die Hände ihrer Freundin. Sie sagte nichts, aber ihr Blick war voller Mitleid.

Trotz seiner Wut gelang es Gunnar, den Wagen ohne Probleme aus der Parklücke zu manövrieren. Doch er fuhr ruckartig und unkonzentriert und nahm einem Auto auf dem Tumatorpsvägen die Vorfahrt. Entsetzt stemmte Konrad die Füße auf den Boden vor dem Beifahrersitz.

Als sie am Schrebergarten angekommen waren, inspizierte Gunnar den Schuppen. Zu seiner Erleichterung war die Verwüstung nicht so groß wie befürchtet. Anscheinend waren nur die Fensterleisten abgebrochen worden. Gunnar nahm die Holzstücke genauer in Augenschein, während Konrad schweigend an seiner Seite stand.

»Ein Glück, dass die Typen mit den Abzeichen das gesehen haben. Sonst wäre wohl der ganze Schuppen zerstört«, sagte Gunnar seufzend.

Konrad wollte gerade sagen, wie merkwürdig es doch sei, dass Holger so etwas tat. Aber dann überkamen ihn wieder diese Zweifel.

Offenbar hatte sich Holgers nächtlicher Besuch in Gunnars Schrebergarten auf dem Gelände herumgesprochen. Mehrere Schaulustige kamen vorbei, um Fragen zu stellen und ihr Mitleid zu bekunden. Natürlich wussten nicht alle, dass es Holger gewesen war. Die Buschtrommeln hatten noch nicht alle erreicht.

»Fürchterlich. Mir fehlen die Worte.« Asp stand an der Gartenpforte. »Ich verstehe nicht, warum Holger so etwas getan hat«, fuhr er fort, und Gunnar senkte den Blick. »Er hat dir vorgeworfen, diesen Zettel in seinen Briefkasten gelegt zu haben, und du hast ja auch irgendwelche Vorwürfe gegen Holger erhoben.«

»Vorwürfe? Ich habe weder etwas gesehen noch jemals mit Holger darüber diskutiert!«

Inzwischen waren auch Berta und Hjördis gekommen. Sie standen an der Gartenpforte und lauschten entsetzt den lauten Stimmen.

»Den Zettel da hätte ich sowieso nicht schreiben können«, fuhr Gunnar fort. »Ich leide unter Anorexie und habe gewisse Schwierigkeiten mit dem Lesen und Schreiben.«

»Dyslexie«, korrigierte Berta, als sie Asps erstaunten Blick sah.

»Ich beschuldige dich ja gar nicht, Gunnar.« Asp hielt abwehrend die Hand hoch. »Ich gebe nur wieder, was Holger gesagt hat.«

»Sind seine Worte etwa mehr wert als meine?«, konterte Gunnar.

»Den Zettel, den du letzten Sommer in den Kummerkasten gesteckt hast, konntest du jedenfalls schreiben.« Asp richtete die Reihe von Bleistiften in seiner Brusttasche am oberen Rand aus.

»Da ging es ja nur um Müll. Ich meine, um mehr Mülltonnen. Das ist doch wohl ein Unterschied im Vergleich zu dem Zettel, den Holger bekommen hat.«

»Ich verstehe, dass du empört bist über das, was passiert ist, Gunnar. Das geht uns allen so. Wir wollen hoffen, dass es künftig keine derartigen Ereignisse mehr in unserer Laubenkolonie gibt. Das sieht nach außen nicht so gut aus für den Verein.«

»Das hier sieht *nach außen* auch nicht so gut aus«, brummte Gunnar und zeigte auf den Schuppen.

Es fing an zu nieseln, und die beiden Frauen suchten Schutz in der Laube von Hjördis und Konrad. Sie standen hinter den Gardinen und sahen hinaus.

Nach einer Weile ging Asp davon, und Gunnar und Konrad kamen auch herein.

»Die Leute, die Holger erwischt haben, waren übrigens die mit den Abzeichen auf dem Rücken«, sagte Gunnar so freundlich, als wollte er ein Gegengewicht zum aggressiven Gespräch dort draußen schaffen.

»Meinst du Jörgen und seine Freunde mit den Motorrädern?«

»Die sind genau im richtigen Moment gekommen. Verdammt gut haben sie das gemacht.« Er sah seine Frau lächelnd an.

»Da siehst du mal.« Berta verschränkte die Arme vor der Brust und nickte vielsagend. »Und vor denen habt ihr Angst gehabt.«

»Ich hatte doch keine Angst«, meinte Gunnar vorsichtig.

»Mein Gott, Gunnar, du wolltest sogar nachts im Schrebergarten Wache halten.«

»Genug geredet«, sagte Konrad. »Der Randalierer wurde gefasst, und die Motorradclique hat Genugtuung erhalten.«

»Ich habe doch nie ein böses Wort über sie verloren«, sagte Berta beleidigt.

»Da hast du recht«, stimmte Hjördis zu. »Du hast immer gesagt, dass das nette Menschen sind.«

»Ja, ja. Dann habe ich mich wohl geirrt. Dieses Mal zumindest. Dabei habe ich ja sonst eigentlich immer recht…« Gunnar schloss den obersten Knopf seines Hemdes. »Was für eine verdammte Aufregung. Und ich hatte gedacht, wir genießen die Zeit in unserem Schrebergarten.«

»Das tun wir doch auch«, mischte sich Hjördis ein. »Nicht wahr, Berta?«

»Jetzt müssen wir nach Hause. Es ist schon Nachmittag, und wir haben noch nicht zu Mittag gegessen«, meinte Konrad lachend.

»Gott schuf den Tag und die Frau das Mittagessen«, kommentierte Gunnar und ging hinaus, um den Schuppen abzuschließen.

32. Kapitel

Zu Hause legte sich Gunnar aufs Bett, während Berta das Mittagessen vorbereitete. Er hatte das Gefühl, eine tickende Zeitbombe in sich zu tragen. Mehrmals hätte er sich fast verplappert, und außerdem hatte er auf beiden Zetteln das Wort Laubenkolonie mit zwei L geschrieben. Man würde ihn durchschauen, das war ihm in den letzten Tagen klar geworden. Manchmal fragte er sich, ob seine Mutter das ganze Elend vom Himmel aus sehen konnte. Wie enttäuscht sie von ihm sein würde, wenn er so log. »Ehrlichkeit ist eine Tugend«, hatte sie immer gesagt. Angenommen, man traf im Himmel auf seine ganze Verwandtschaft, auf frühere Nachbarn und alle anderen, wenn man eines Tages das Zeitliche gesegnet hatte – dann würde er dastehen wie ein Idiot und alles erklären müssen.

Er musste sich entlasten und hatte deshalb erwogen, wenigstens Konrad von der ganzen Sache zu erzählen. Dann wäre es fast nur noch eine halbe Lüge.

Er hörte Berta in der Küche vor sich hin summen, und ihm wurde ganz warm zumute. Natürlich musste er Berta von der Geschichte erzählen. Das war seine verdammte Pflicht und Schuldigkeit. Wenn sie es von anderer Seite hörte, wäre es viel schlimmer. Sie hatte ihm ja vor dem Pfarrer versprochen, in guten wie in schlechten Zeiten zu ihm zu halten. Das war nun eindeutig ein

Fall von schlechten Zeiten. Heute Abend würden sie zu Konrad und Hjördis gehen, um Kniffel zu spielen. Das würde seine Grübeleien zumindest für eine Weile zerstreuen. Morgen würde er sich mit der Lüge befassen, das nahm er sich fest vor.

»Hallihallo«, rief Berta um Punkt sechs Uhr durch den Briefschlitz ihrer Freunde. »Wir sind daha!«

»Hör auf, hier im Treppenhaus herumzuschreien«, sagte Gunnar genervt, während Hjördis ihnen die Tür öffnete.

»Willkommen in der Spielhölle«, scherzte sie. Konrad stand wie ein Schatten hinter ihr.

Hjördis hatte schon alles vorbereitet. Wie immer hatte sie eine weiche Decke über den Wohnzimmertisch gebreitet. Das Kniffelspiel lag zusammen mit einem gespitzten Bleistift bereit. Auf einem Tablett standen eine Karaffe mit Saft, vier Gläser und ein Schälchen Schokoladenpralinen.

»Der Einsatz«, sagte Konrad und schüttelte eine Blechdose.

Berta steckte gleich zwei Zwanzigkronenscheine in die Dose. Sie hatten beschlossen, nicht um Geld zu spielen, sondern bei jedem Spieleabend je einen Zwanziger einzuzahlen. Wenn genug Geld zusammengekommen war, wollten sie gemeinsam Pizza essen gehen.

»Ihr Frauen könntet ja Hunderter einzahlen. Jetzt, wo ihr Unternehmerinnen seid«, witzelte Konrad, und die beiden Frauen warfen sich stolze Blicke zu.

»Fang du an«, sagte Berta zu ihrer Freundin, als sie Platz genommen hatten.

»Ach«, sagte Hjördis, nachdem sie drei Mal gewürfelt hatte. »Nichts als Kleinkram. Dann schreibe ich mal die Zweier auf.«

»Toi, toi, toi«, machte Gunnar und tat so, als würde er in die Hand spucken. Dann schüttelte er die Würfel lange.

»Hör auf damit. Du kannst doch sowieso nichts am Wurf ändern, wenn die Würfel einmal auf dem Tisch liegen«, meinte Berta.

»Gar nicht mal so schlecht«, kommentierte Gunnar seinen Wurf. »Full House, aber nicht so hohe Ziffern.«

»Dann ist es doch besser, wenn du die beiden Fünfen als Zweierpasch zählst«, schlug Hjördis vor.

»Notier sie als Full House«, wandte Gunnar sich an Hjördis, die in der ersten Spielrunde die Ergebnisse in die Tabelle eintrug.

»Drei Sechsen!«, schrie Berta nach ihrem ersten Wurf.

»Hör auf zu schreien! Meine Trommelfelle platzen gleich«, beschwerte sich Gunnar.

»Hjördis hat gesagt, dass Ragnhild Blom ihren Fünfundsiebzigsten im Gemeindehaus gefeiert hat«, berichtete Berta. »Das habe ich noch gar nicht erzählt.«

»Hat sie den zehn Gästen, die gekommen sind, eine Runde Hering und Pellkartoffeln ausgegeben?«, bemerkte Gunnar sarkastisch.

»Hundert Personen, Essen vom Cateringservice und Tanz zu Livemusik.« Hjördis wirkte richtiggehend stolz, diese Informationen präsentieren zu können.

»Nicht zu glauben.« Gunnar nahm sich eine Praline und kaute eifrig. »Hat sie im Lotto gewonnen?«

Konrad warf die Würfel so heftig auf den Tisch, dass zwei auf den Boden fielen.

»Für dich müsste ein Tisch groß wie eine Tanzfläche sein, damit du die Würfel nicht über den Rand wirfst«, meinte Hjördis seufzend.

Nach genau einer Stunde machten sie wie immer eine Pause. Hjördis holte Obst, und sie unterhielten sich eine Weile über Alltagsangelegenheiten.

»Ich frage mich, ob unsere Kürbisse genauso groß werden wie die von Camilla«, witzelte Konrad. Hjördis stupste ihn an, und die beiden Frauen lächelten etwas betreten.

»Was das betrifft, könnte Signe ein halbes Pfund mehr gebrauchen.« Gunnar nagte intensiv und hörbar am Kerngehäuse eines Apfels. Berta sah ihn missbilligend an.

»Typisch Männer – dass ihr immer in so sensiblen Details schwelgen müsst.«

»Ach, ich habe doch gemerkt, dass ihr Frauen euch auch darüber amüsiert habt.«

Auf einmal war Gunnar wieder bedrückt. Warum hatten sie bloß angefangen, von Camilla zu reden? Seine Gedanken rasten sofort weiter zu den Ereignissen in der Laubenkolonie.

»Gestern habe ich Signe und ihren Mann im ICA-Supermarkt getroffen«, erzählte Hjördis. »Er sieht aus wie ein kleiner schüchterner Junge, wenn er neben ihr steht und ihr in allem und jedem zustimmt.«

»Es ist ja nicht zu übersehen, wer in dieser Ehe das Sagen hat«, meinte Berta lächelnd.

»Auch Signe hat Schuld an der ganzen Sache«, sagte

Gunnar abrupt. »Schließlich ist sie herumgerannt und hat allen Leute von den Freiersfüßen erzählt und ...« Der Apfelgriebs fiel ihm auf den Schoß, und die anderen sahen ihn verwundert an.

»Wollen wir weiterspielen?«, unterbrach Hjördis die Stille.

»Jetzt hat sich's ausgespielt, Gunnar Andersson. Leg die Karten auf den Tisch. Ich will die Wahrheit wissen!«, sagte Berta wütend. »Und ich wette, es gibt noch mehr Leute, die gern erfahren wollen, wie es sich wirklich verhält.«

Drei Augenpaare starrten ihn an und warteten auf Antwort. In guten wie in schlechten Zeiten, dachte Gunnar.

33. Kapitel

Asp saß im Gemeinschaftshaus, wo die Sanitärräume untergebracht waren. Er hatte gerade das Protokoll der letzten Sitzung ans Schwarze Brett gehängt, als ein Kleingärtner hereinkam. Bo Alfklint war alleinstehend und nutzte seinen Schrebergarten nur wenig. Er hatte weder am Frühlingsfest noch an den letzten Mitgliederversammlungen teilgenommen.

»Ich habe von den seltsamen Ereignissen hier auf dem Gelände gehört«, sagte Bo und überflog das Protokoll.

»Ach«, erwiderte Asp. »So schlimm ist es auch wieder nicht. Das Geld, das gefehlt hat, ist wieder aufgetaucht. Und die Sache mit dem Geräteschuppen und dem Apfelbaum hat sich als Streit zwischen zwei Pächtern entpuppt, der die übrigen Vereinsmitglieder nicht weiter tangiert.«

Asp hatte Respekt vor Alfklint, denn der war Assessor und Mitglied bei den Rotariern und im Lions-Club. Weil er als Vorsitzender den guten Ruf des Vereins schützen wollte, versuchte er die Ereignisse herunterzuspielen.

»Ich habe heute früh mit Holger gesprochen«, fuhr Bo Alfklint fort und zog ein paarmal heftig an seiner Zigarre. »Holger ist so zufrieden darüber, dass der Apfelbaum weg ist. Und Erna freut sich, dass es auf dem

Grundstück viel heller geworden ist, seit der Baum verschwunden ist.«

Asp sperrte die Augen auf und spürte, wie seine Irritation zunahm. Er bemühte sich jedoch um einen ruhigen Ton.

»Du hast vielleicht auch mit Gunnar Andersson gesprochen?«, erkundigte er sich freundlich, obwohl sein starrer Gesichtsausdruck nicht gerade für eine ruhige Gemütslage sprach. »Womöglich gefällt ihm sein Geräteschuppen auch besser, seit Holger die Fensterleisten abgebaut hat? Gegen eine gute Lüftung ist ja nichts einzuwenden.«

Bo Alfklint sah Asp erstaunt an, ohne etwas zu sagen.

»Dann scheinen ja alle zufrieden und glücklich zu sein«, fuhr Asp fort, aber seine Stimme klang schärfer als beabsichtigt.

»Ich bin keineswegs zufrieden. Es gibt noch immer keine Mülleimer für Hundekot, obwohl ich das Thema mehrmals angesprochen habe.«

»Hier hängt der Kummerkasten.« Asp klapperte mit dem Deckel des Briefkastens. »Und für die Diskussion von solchen Fragen sind unsere Mitgliederversammlungen da.«

Es war Zeit, dass jemand anders den Posten des Vereinsvorsitzenden übernahm, dachte Asp. Er hatte genug. Die Stifte in seiner Brusttasche klapperten beim Gehen, und er ballte die Hände in den Hosentaschen zu Fäusten.

Währenddessen herrschte in der Landstingsgatan Begräbnisstimmung. Berta und Hjördis saßen in der Küche und weinten. Die Männer hockten schweigend im Wohnzimmer und starrten einander ratlos an.

»Das regelt sich schon irgendwie, Berta«, meinte Hjördis tröstend. Sie ging hinüber zur Spüle, riss ein Stück Papier von der Küchenrolle, die mit roten Herzchen bedruckt war, und reichte es Berta.

»Was für ein dekoratives Papier«, schniefte Berta.

»Ich glaube, es wäre gut, wenn wir das Ganze mal durchsprechen, Berta«, meinte Hjördis.

»Das hilft doch auch nichts.«

Aus dem Wohnzimmer waren die Stimmen ihrer Männer zu hören. Die Frauen verstummten, konnten aber trotzdem nur vereinzelte Wörter verstehen.

»Ich wollte gar nicht glauben, dass du das gewesen bist, Gunnar. Ich verstehe es einfach nicht…« Konrad ließ seinen Blick durchs Zimmer schweifen.

»Das versteht ja auch kein Mensch. Es ist einfach so passiert. Ich wollte Berta schützen, und dann habe ich mich in ein ganzes Netz von Lügen verstrickt. Aber ich hatte sowieso vor, ihr morgen davon zu erzählen.«

Hjördis saß schweigend da und hielt Bertas Hand, als die beiden Männer in die Küche traten.

»Es war deinetwegen, Berta.«

»Aha. Wie nett von dir.«

Hjördis stand auf und ging rückwärts in den Flur, als hätte sie Angst, dass das Ganze irgendwie ausarten könnte.

Nach einer Weile stellte Konrad eine Flasche Sherry auf den Tisch.

»Wir brauchen etwas Stärkeres als Saft, denke ich«, sagte er und bemühte sich um einen leichten Ton.

Als alle ein Glas Sherry vor sich stehen hatten, erzählte Gunnar die Geschichte ganz von vorn. Von den Nelken, die er für Berta gekauft hatte, und davon, wie unverschämt Holger gewesen war. Er enthielt ihnen keine Details vor, nicht einmal die Tatsache, dass Camilla in ihrem Schrebergarten gewesen war und was Holger zu ihm gesagt hatte. Hjördis ergänzte die Schilderung durch das, was Signe im Supermarkt von sich gegeben hatte.

»Nichts davon rechtfertigt, was du getan hast, Gunnar«, sagte Berta und putzte sich die Nase.

»Was ich angestellt habe, tut mir wirklich leid. Es geschieht Holger zwar recht, aber …«

»Das ist das eine«, unterbrach Berta, »aber du hättest zugeben können, dass du es warst. Ich schäme mich so. Der Verein hat extra eine Mitgliederversammlung anberaumt …« Sie weinte wieder, und Gunnar strich ihr übers Haar.

»Was wirst du jetzt tun?«, fragte Konrad, und Gunnar sah erschrocken aus.

»Jetzt habe ich euch die Wahrheit gesagt. Ich finde, mehr Worte müssen darüber nicht verloren werden.«

»So siehst du das also?« Berta wickelte sich einen Zipfel des Küchenpapiers um den Finger.

»Je mehr man in der Scheiße wühlt, desto mehr stinkt es.«

»Das solltest du besser wissen, Gunnar«, meinte Berta.

»Aber Gunnar wollte dich doch nur schützen, Berta«, versuchte Konrad zu erklären. »Was Holger mit dem Schuppen angestellt hat, war auch nicht gerade nett.« Hjördis nickte zustimmend.

»Vielleicht sollten wir das alles auf sich beruhen lassen und es vergessen. Oder was meinst du, Berta?« Hjördis betrachtete ihre Freundin, als suchte sie nach Bestätigung.

Eine Stunde später spielten sie wieder Kniffel. Die gute Stimmung von zuvor wollte sich zwar nicht wieder einstellen, aber es war immer noch das Beste, den Abend auf diese Weise zu beschließen.

Sie waren übereingekommen, dass Gunnar mit Holger reden sollte. Er würde versichern, dass die Sache mit dem Schuppen gar nicht so schlimm sei. Sie waren sich auch einig, dass Gunnar nicht zugeben musste, den Zettel in den Briefkasten gesteckt zu haben. Berta war zunächst etwas unsicher gewesen, hatte aber einräumen müssen, dass sonst der ganze Konflikt erneut aufflammen könnte.

Gunnar hatte seine Hand über die von Berta gelegt, und die Tatsache, dass sie sie nicht wegzog, deutete er so, dass sie ihm schon halb verziehen hatte.

»Eine ganz schön verrückte Geschichte«, sagte Hjördis lächelnd, als sie sich voneinander verabschiedeten.

»Hör mal, Gunnar«, sagte Berta mit gespielt strenger Stimme. »Als Wiedergutmachung erwarte ich, dass du uns auf einen Ausflug zum Gartencenter Vellingeblomman einlädst. Die schicken immer so hübsche Prospekte, und wir sind noch nie dort gewesen.«

»Ihr denkt immer nur an Blumen. Aber klar, ich kann die Gelegenheit nutzen, um ein paar Nelken zu kaufen und auf Freiersfüßen zu wandeln.«

»Untersteh dich!«, sagte Berta und versetzte ihm lachend einen kleinen Schlag mit ihrer Handtasche.

Gunnar ging zu Bett, sobald sie in ihrer Wohnung waren. Er wusste nicht, wie Berta reagieren würde, wenn sie wieder unter vier Augen waren. Sie sah traurig aus, sagte aber keinen Ton. Stattdessen setzte sie sich an den Küchentisch und löste Kreuzworträtsel.

Natürlich könnte er mit Holger reden und versuchen, die Sache mit dem Schuppen runterzuspielen. Nachtragend bin ich wirklich nicht, dachte er. Die Sache mit dem Gartencenter ist viel schlimmer. Dann muss ich auf der Autobahn nach Malmö fahren. Das hatte er zwar schon einmal getan, als sie bei IKEA gewesen waren. Der Aufenthalt in einem großen Gartencenter war jedoch eine ziemlich harte Strafe für einen schäbigen Apfelbaum. Aber wenn er die Borreliose überlebt hatte, dann würde er auch das schaffen. Im Übrigen war er dankbar, dass Berta sich nicht das riesige Einkaufszentrum in Ullared als Ausflugsziel gewünscht hatte.

Er sah auf die Uhr. Zehn nach elf. Sollte er nach Berta rufen? Nein, es war sicher besser, sich schlafend zu stellen. Stattdessen würde er das Gespräch sacken lassen. Als er Berta kommen hörte, kniff er die Augen zusammen. Er spürte den schwachen Duft ihres Maiglöckchenparfüms, als sie ins Bett kroch.

Verdammt, ich werde ihr im Gartencenter ein paar Nelken kaufen, dachte er. Der letzte Blumenstrauß ist zwar noch nicht so lange her, und womöglich gewöhnt sie sich daran, aber das Risiko muss ich eingehen.

Am Kühlschrank in der Küche hing der Zeitungsartikel mit dem Foto von Berta und Hjördis, die stolz ihre Broschen hochhielten.

34. Kapitel

Berta war an diesem Morgen ungewöhnlich schweigsam gewesen, und auch Konrad und Hjördis wirkten etwas bedrückt. Da die Pflanzen im Gemüsebeet so schön gekeimt waren, hatten sie beschlossen, dass es an der Zeit sei, die Pflänzchen zu verziehen.

»Hjördis und ich fangen an, Unkraut zu zupfen, und ihr macht solange einen Spaziergang«, sagte Berta beinahe streng zu den beiden Männern. »Du legst einen Zwischenstopp bei Holger und Erna ein, wenn sie da sind, Gunnar, und klärst die Sache so auf, wie du es versprochen hast. Und jetzt los mit euch.« Sie machte eine eindeutige Geste und ging in Richtung Gemüsebeet davon.

»Ich weiß nicht, wie ich anfangen soll«, sagte Gunnar beunruhigt zu Konrad.

»Das kommt ganz von allein. Sag ihm, dass du ihm nicht böse bist wegen des Schuppens. Ich glaube, dass auch Erna sich freuen wird. Es ist doch schade, wenn man so zerstritten ist.«

Gunnar drehte mehrere Runden am äußeren Rand des Kleingartengeländes, um die Konfrontation hinauszuzögern. Sie kamen an Ruts und Gerts Schrebergarten vorbei und winkten ihnen zu. Als sie schließlich in den Solrosgången einbogen, begegneten sie Camilla.

»Was sind an diesem frühen Morgen doch für flotte

Herren unterwegs. Eure Frauen können sich glücklich schätzen, euch eingefangen zu haben«, sagte sie einschmeichelnd.

In diesem Moment ist Berta wahrscheinlich nicht so glücklich über mich, dachte Gunnar und nickte nur zur Antwort.

Er stellte fest, dass Holger und Erna in der Laubenkolonie waren, und wäre am liebsten umgekehrt. Ganz so, als hätte Konrad das gespürt, schob er seinen Freund vorwärts.

»Guten Morgen«, sagte Gunnar verhalten und blieb an Holgers Gartenpforte stehen.

»Es tut mir wirklich leid, Gunnar«, setzte Holger an.

»Vergiss es, Holger. Es ist ja nicht so viel passiert, ist schon alles repariert.«

»Danke. Erna und mir hat es richtig leidgetan, was ich da angestellt habe. Es ist wirklich großzügig von dir, Gunnar, mir zu verzeihen.«

»Nicht der Rede wert. Ich rufe morgen die Polizei an und sage, dass wir die Sache unter uns geregelt haben.«

Erna wirkte erleichtert.

»Wir wollten dir auch danken, dass du uns gebeten hast, den Baum abzusägen.« Als Holger Gunnars entsetztes Gesicht sah, fuhr er grinsend fort: »Na ja, du hast ja was von irgendwelchen Schädlingen geschrieben.«

»Vielleicht bin ich nicht so gut im Formulieren«, meinte Gunnar und bekam im nächsten Moment einen Rippenstoß von Konrad.

»Ich habe ja schon geahnt, dass du das warst, Gunnar. Sieh nicht so erschrocken aus. Erna meint, dass unser Garten viel luftiger und schöner ist, seit der Baum weg ist.«

»Meine Rosen bekommen mehr Sonne. Aber ich verstehe nicht so ganz, warum du das getan hast, Gunnar.« Erna sah plötzlich wieder ernst aus.

Gunnar erzählte von Holgers Angriffen und dem Spott, mit dem er ihn überhäuft hatte. Ihm war ganz leicht zumute, nachdem er all das über die Lippen gebracht hatte.

»Dann sind wir ja beinahe quitt.« Holger reichte ihm die Hand.

Sie unterhielten sich noch eine Weile über allgemeine Dinge, und als Asp wenig später mit seiner Aktentasche vorbeikam, wunderte er sich über die fröhlichen Mienen.

Hjördis stand auf und rieb sich den Rücken.

»Weißt du, der Abstand zum Boden wird wirklich von Jahr zu Jahr größer.«

»Da hast du recht.« Berta kicherte.

Ihre Gemüsebeete lagen direkt nebeneinander. Die beiden Grundstücke waren nur durch einen niedrigen Zaun und ein paar Büsche voneinander getrennt.

»Die Radieschen gedeihen gut, finde ich. Gunnar hat schnurgerade Reihen gesät.«

»Was meinst du, wie es den beiden drüben bei Holger ergangen ist?« Hjördis sah unruhig über die Parzellen hinweg.

»Bestimmt klärt sich alles auf. Holger sollte dankbar sein, dass Gunnar einen Schlussstrich unter die Sache mit dem Geräteschuppen zieht«, meinte Berta.

»Aber was ist, wenn er mit der anderen Sache anfängt?«

»Du wirst es nicht glauben, aber manchmal kann Gunnar richtig clever sein.« Berta sah stolz aus. Natürlich fand sie seine Tat nach wie vor furchtbar, aber er hatte Reue gezeigt und seine Beweggründe so gut erklärt, wie er eben konnte.

»Da kommen sie«, sagte Hjördis gut gelaunt und zupfte ihre Bluse zurecht.

»Sie sehen fröhlich aus«, stellte Berta zufrieden fest.

Gunnar ging kerzengerade und hatte ein Lächeln auf den Lippen, während er mit Konrad redete.

»Wie schön ist doch die Hacke in der Hand des anderen«, meinte Gunnar lachend und betrachtete Berta.

»Was bist du wieder poetisch.« Berta räumte die Hacke weg, stellte Saft auf den Tisch und winkte die Freunde in ihren Garten.

»Holger ist so froh, dass ich den Baum abgesägt habe«, sagte Gunnar zufrieden lächelnd.

»Sag mal, Gunnar! Hast *du* den Baum abgesägt? Ich dachte …«

»Er hat es nur etwas verdreht formuliert. Glaub ihm nicht«, tröstete Konrad. »Aber ein bisschen recht hat er schon. Erna und Holger freuen sich wirklich, dass der Baum weg ist.«

»Warum hat er dann so ein Bohei um die Sache gemacht? Das hätte er doch früher sagen können.« Jetzt klang Berta wütend.

»Gunnar hat alles zugegeben«, erzählte Konrad. »Er hat sich für seine mangelnden Formulierungskünste entschuldigt, wodurch der Zettel etwas komisch geraten sei.«

»Aber Gunnar! Was hat Holger denn dazu gesagt?«, fragte Hjördis erschrocken.

»Er hat mir die Hand gereicht und gesagt, dass wir quitt sind.«

In diesem Moment hatte es den Anschein, als würden die Vögel ihr Lied nur für sie anstimmen. Die fliegenden Mäuse saßen abwartend unter dem Tisch.

Konrad und Hjördis kehrten früh nach Hause zurück, weil Hjördis eine Zeit im Waschkeller gebucht hatte.

Die Frühsommersonne brannte vom Himmel, und zum ersten Mal in dieser Saison trug Berta die Sonnenstühle heraus und stellte sie nebeneinander.

»Du solltest dich nach dieser Aufregung ein bisschen ausruhen«, sagte Berta und machte es sich auf einem der Sonnenstühle bequem. »Setz dich her. Es sei denn, du willst wieder auf Freiersfüßen wandeln oder irgendwelchen anderen Unsinn anstellen.« Ihre Stimme klang ironisch, aber Gunnar wusste nicht so recht, ob sie sich einen Spaß erlaubte oder noch böse auf ihn war. Vorsichtig setzte er sich in den zweiten Stuhl.

»Für so was werde ich allmählich zu alt.« Er tätschelte Berta vorsichtig das Bein.

»Sag das nicht. Ihr Männer scheint ja alles hinzukriegen, worauf ihr Lust habt. Zumindest, was Frauen betrifft.« Berta legte ihre Hand auf die von Gunnar.

Er knöpfte sein Hemd auf und seufzte vor Wohlbehagen, während er sich auf dem Sonnenstuhl rekelte.

»Heute hatte ich vor, gar nichts zu tun, das habe ich aber nicht geschafft«, witzelte er.

»Du machst wirklich verrückte Sachen, Gunnar.

Aber eins sage ich dir.« Berta beugte sich mit ernstem Blick über ihren Mann. »Wenn du noch ein einziges Mal lügst oder irgendwelche Geheimnisse vor mir hast, dann ist es Zeit für eine Shoppingrunde in Ullared, nur dass du es weißt.«

»Keine Lügen mehr – das schwöre ich bei meinem Herrgott.« Gunnar verzog sein Gesicht beim bloßen Gedanken an das riesige Einkaufszentrum.

Kurz darauf schlief er ein. Berta stand auf und breitete eine dünne Baumwolldecke über ihn. Sie bückte sich, hob seine Schirmmütze vom Boden auf und legte sie vorsichtig über seinen Kopf.

35. Kapitel

Auf Konrads und Hjördis' Esstisch stapelten sich die Broschenbestellungen. Neben einer Geldkassette lagen ein Taschenrechner und Luftpolsterumschläge. Schon auf der Messe hatten sich die Freundinnen darauf geeinigt, Hjördis' Adresse anzugeben, und nun strömten die Bestellungen nur so herein. Die Männer waren ihnen sogar behilflich gewesen und hatten eifrig Broschen verpackt.

»Das macht noch mehr Spaß als Kniffel«, hatte Berta gesagt, während sie die Umschläge beschriftete, und Hjördis hatte ihr zugestimmt.

»Im Übrigen wird es doch keine Pizza geben, wie wir es euch versprochen hatten«, sagte Hjördis, und die Männer sahen enttäuscht aus.

»Es gibt etwas viel Besseres. Wir laden euch ins Restaurant Maritim ein. Das können wir uns leisten. Mit einer Flasche Wein …«

»Wir hätten lieber ein ordentliches Bier, nicht wahr, Konrad?«

»Diesmal entscheiden wir!« Berta lachte.

»Das habt ihr doch immer schon getan«, konterte Konrad grinsend.

»Wer reich heiratet, muss das Beste draus machen«, sagte Gunnar, als er den letzten Umschlag zuklebte.

Berta öffnete ihr Fahrradschloss und stellte die Thermoskanne, die Zimtschnecken und die Handtasche in den Fahrradkorb. Es war ein warmer und sonniger Tag. Sie bückte sich und brachte die Pedale in die beste Position, um losfahren zu können.

Heute nahm sie nicht den üblichen Weg, sondern bog an der Fredsdalsgatan in Richtung Ententeich ab. Dort setzte sie sich auf eine Bank und sah den Enten im Wasser und den Kindern auf dem Spielplatz zu. In der letzten Zeit war viel geschehen. Ihr war klar, dass sie manchmal genervt, beunruhigt und unkonzentriert gewesen war, und sie freute sich, dass es Hjördis gab, der sie sich hatte anvertrauen können. Hjördis Kron, die es allen recht machen und bloß nicht auffallen wollte. Gott gebe, dass unsere Freundschaft ewig hält, dachte sie. Berta musste seufzen, als sie an all die seltsamen Dinge dachte, die Gunnar angestellt hatte. Dabei kannte sie das ja eigentlich längst. Manchmal fand sie seine Verrücktheiten sogar charmant. Aber in der letzten Zeit war es ein wenig zu viel des Guten gewesen, so viel stand fest.

Wobei Hjördis und sie ja auch ein paar Geheimnisse gesammelt hatten.

Nach der Erholungspause am Ententeich radelte Berta weiter zum Jachthafen und dann zum Strandpavillon. Als sie vom Rad gestiegen war, um es über die Brücke zu schieben, entdeckte sie ein Büschel Strandnelken. Die lila Farbe in Verbindung mit dem sonnengelben Sand hatte ihr schon immer so gut gefallen. Sie hatte sogar darüber nachgedacht, ein Büschel auszugraben und in den Schrebergarten zu pflanzen, aber dann hatte sie es sich anders überlegt, denn die Strandnelken sahen nun mal dort am besten aus, wo sie von Natur aus wuchsen.

Es roch nach Meer und nach einem geteerten Ruderboot, das kieloben am Strand lag. Berta war entspannt und fröhlich. Es gab so vieles, wofür sie dankbar sein konnte, dachte sie, während sie weiter zum Kleingartengelände radelte.

»Je später der Tag, desto vornehmer die Damen«, witzelte Gunnar, als sie in den Garten kam.

»Es muss doch wenigstens einen in der Familie geben, der Wert auf gutes Benehmen legt und die Spuren deiner Verwüstungen beseitigt.«

»Ja, ja«, brummte Gunnar.

»Ich habe frisch gebackene Zimtschnecken mitgebracht. Du wirst nach Strich und Faden verwöhnt, Schatz.«

»Unsinn«, meinte Gunnar, doch er sah ziemlich zufrieden aus, als Berta die Thermoskanne und das Gebäck in die Laube stellte. »Hjördis und Konrad kommen gegen vier.«

»Ich weiß.«

»Du weißt alles. Und das, was du nicht weißt, glaubst du trotzdem zu wissen.« Gunnar fuhr Berta zärtlich durchs Haar.

»Wenn du nicht nur Heimatfilme und ähnlichen Schwachsinn schauen würdest, dann wüsstest du sicher auch eine Menge. Was in der Welt passiert zum Beispiel«, erwiderte Berta.

»Wobei wir gerade darüber gesprochen haben, dass Hjördis und Konrad gegen vier Uhr herkommen. Du musst ja immer gleich über Gott und die Welt reden. Schaffe ich es, vor dem Kaffee ein bisschen Gerümpel zu den Mülltonnen zu bringen?«

»Die hier kannst du gleich mitnehmen.« Berta warf ein paar Äste in die Schubkarre.

Als Gunnar zurückkam, standen zwei Motorräder vor dem Schrebergarten. Er zögerte kurz, doch dann öffnete er die Gartenpforte und ging hinein.

»Hier sind zwei von denen, die unseren Geräteschuppen gerettet haben«, sagte Berta fröhlich und zeigte auf Jörgen und Göran.

Gunnar stellte die Schubkarre ab und grüßte höflich. Er nahm sogar seine Mütze ab.

»Wenn du uns keine Zimtschnecken bringst, müssen wir sie uns selbst holen«, witzelte Jörgen, während Berta die Zimtschnecken auf den Tisch legte.

»Das habt ihr richtig gut gemacht, dass ihr euch diesen Holger vorgenommen habt«, lobte Gunnar die jungen Männer, als sich alle an den Gartentisch gesetzt hatten.

»Das war ja auch ein Spinner, dieser Kerl«, meinte Göran lachend.

Gunnar fiel ein und schlug mehrmals mit der Faust auf den Tisch. Im weiteren Verlauf des Gesprächs nickte und lachte er abwechselnd. Berta fand es ein bisschen albern. Vor wenigen Tagen hatte er noch Gift und Galle über die Motorradfahrer gespuckt. Sie hatten seiner Meinung nach keinerlei Existenzberechtigung gehabt.

»Und du hast ihn wirklich mit dem Gesicht auf die

Erde gedrückt, bis er geblutet hat?« Es hatte den Anschein, als wollte Gunnar die Geschichte wieder und wieder hören.

Als das Ehepaar Kron eintraf und Hjördis die beiden Motorräder sah, blieb sie ein Stückchen entfernt stehen, als traute sie sich nicht, den Schrebergarten ihrer Nachbarn zu betreten. Erst nachdem Konrad die Gartenpforte geöffnet hatte, fuhr sie weiter und schlug vor lauter Aufregung mit dem Lenker gegen den Zaun, ehe sie das Rad im Fahrradständer parkte. Sie eilte in ihre Laube und wagte es nicht, zu Gunnar und Berta zu sehen.

»Es ist noch genug für euch da!«, rief Berta fröhlich und schwenkte die Thermoskanne. Noch ehe sie Hjördis' Antwort hörte, schlug die Tür zu deren Laube mit einem dumpfen Knall zu. Konrad winkte der Gesellschaft kurz zu und verschwand hinter dem Häuschen.

Berta wünschte sich fast, dass Signe in diesem Moment vorbeikäme. Dann hätte sie etwas zu erzählen.

Ehe ihre Gäste gingen, steckte Berta ein paar Zimtschnecken in eine Plastiktüte.

»Ihr müsst euren Freunden auch welche mitbringen«, sagte sie und fuhr mit der Hand über Jörgens Lederjacke. »Ich gehe ein Stück mit, denn ihr werdet eure Motorräder ja ohnehin nicht auf dem Gelände starten. Hier sind Kraftfahrzeuge verboten«, erklärte sie.

Gunnar sagte nichts, aber er sah ein wenig besorgt aus, als die kleine Gesellschaft in Richtung Grånemadsvägen startete.

»Du hast mir neulich eine Spritztour versprochen«, sagte Berta zu Jörgen, während sie unruhig hinüber zum Kleingartengelände sah.

»Du bist wirklich cool, Berta. Aber weißt du, wir haben keinen zusätzlichen Helm.«

»Ich will keinen Helm. Ich will den Wind in den Haaren spüren.« Ehe Jörgen protestieren konnte, hatte Berta ihr Kleid zusammengeknüllt und war mit einiger Mühe auf den Rücksitz geklettert. »Die Polizei hat schon Feierabend«, meinte sie und lächelte etwas steif.

»Wir fahren aber nur bis zum nächsten Rastplatz und wieder zurück.«

»Ich habe mir immer schon gewünscht, mal richtig schnell zu fahren. Gunnar fährt eigentlich nie über siebzig Stundenkilometer.«

»Fahr schon mal zurück zum Campingplatz, Göran. Ich komme nach. Und jetzt halt dich ordentlich fest, Berta«, sagte Jörgen, während er das Motorrad startete.

Berta umfasste Jörgens Taille mit ihren mageren Händen und spürte, wie ihren Körper ein angenehmer Schauer durchzog, als er Gas gab und auf den Strandvägen fuhr. Als sie auf den Kristianstadsvägen kamen, legte sich Jörgen mit dem Motorrad ordentlich in die Kurve. Berta spürte, wie ihre Sommerschuhe beinahe von den Fußrasten glitten. Jetzt zog Jörgen das Tempo an, und Berta genoss den Wind, der ihr Haar zum Flattern brachte. Ein Glücksgefühl erfüllte sie. Davon hatte sie schon lange geträumt.

Als sie am Rastplatz ankamen, hielt Jörgen an.

»Wie läuft es?«, fragte er. »Traust du dich, wieder mit zurückzufahren?«

»Na klar«, sagte Berta. Da sie im Wind mit offenem Mund gefahren war, fühlte es sich so an, als würde ihre Zunge am Gaumen kleben.

»Dann geht's weiter. Halt dich fest, Berta!«

Es dauerte eine Weile, bis sich Hjördis wieder hinaus in den Garten traute.

»Wo steckt denn Berta?«, fragte sie, als sie auf dem Gartenweg stand.

»Sie wollte die Jungs ein Stück begleiten«, antwortete Gunnar und sah in die Richtung, in der sie verschwunden waren.

»Könntest du bitte dieses Brett halten, während ich hämmere? Eins von den Brettern, die den Zaun halten, ist vermodert, und ich muss ein neues anbringen.« Konrad nickte in Richtung Zaun.

»Na klar.« Gunnar trat durch die Gartenpforte und stellte sich außen an den Zaun.

Hjördis stand ein Stück entfernt und sah irgendwie verloren aus.

Jörgen bog nicht in Richtung Laubenkolonie ab, sondern fuhr weiter zum Jachthafen.

Berta hielt sich krampfhaft fest, als er sich wieder mit seinem Motorrad in die Kurve legte und auf das Restaurant Röken zuhielt. Berta spürte, wie ihre Augen vom Windzug tränten. Sie wollte eigentlich sagen, dass Kraftfahrzeuge auf dem schmalen Weg verboten waren, aber ihr war klar, dass er das unter seinem Helm nicht hören würde. Jörgen drosselte das Tempo, weil viele Spaziergänger unterwegs waren. Da geht ja Frau

Doktor Rydholm, stellte Berta fest, und sie war ein ganz kleines bisschen enttäuscht, dass es nicht Signe war.

Hjördis wandte ihren Blick in Richtung Parkplatz. Im selben Moment entdeckte sie Berta. Jörgen hatte sein Motorrad angehalten, und Berta stieg gerade ab.

Hjördis zog Gunnar am Hemdsärmel, aber es kam kein Ton über ihre Lippen. Sie sah, wie Berta sich von dem jungen Mann mit dem Abzeichen auf dem Rücken verabschiedete und dann über die Brücke in Richtung Laubenkolonie spazierte.

»Hallo!«, sagte Berta fröhlich, als sie zu den anderen stieß.

»Mensch, Berta, was hast du denn mit deiner Frisur gemacht?« Gunnar sah seine Frau erschrocken an. Durch den Fahrtwind standen ihre Haare in alle Himmelsrichtungen ab.

Berta antwortete nicht, sondern fuhr sich etwas verlegen mit der Hand durch das zerzauste Haar und ging dann in ihren Garten. Hjördis folgte ihr.

»Dass du dich das getraut hast, Berta!«

»Ach«, meinte Berta lächelnd. »Es hat sich richtig gut angefühlt. Du hast mich also beobachtet? Die Frau Doktor hat mich auch gesehen.«

»Mensch, Berta!« Hjördis schnappte nach Luft. »Die Frau Doktor Rydholm?«

»Ganz genau. Kommst du mit zur Toilette?« Berta nahm den Schlüssel vom Haken.

Gunnar und Konrad ahnten nichts von Bertas Motorradausflug und arbeiteten systematisch weiter.

»Du bist wirklich mutig, Berta.« Hjördis betrachtete bewundernd ihre Freundin.

»Mutig bist du doch auch. Zum Beispiel trägst du Lippenstift. Das habe *ich* mich nie getraut.«

Hjördis sah sie verständnislos an.

Berta ging schnell auf die Toilette. Als Hjördis den Strahl gegen das Porzellan plätschern hörte, wurde sie von Zärtlichkeit erfüllt.

»Du hast dir doch nicht etwa eine Blasenentzündung geholt?«, scherzte sie.

»Und wenn schon, dann war es das wert«, sagte Berta, als sie herauskam und ihr Kleid richtete. Sie ging zum Schwarzen Brett und überflog die Informationen.

Hjördis riskierte einen raschen Blick in den Spiegel. Sie leckte sich die Lippen, als wollte sie den Lippenstift entfernen. Was hatte Berta vorhin eigentlich gemeint?

»Ich bin mir sicher, dass das Silikonkürbisse sind bei Camilla.« Hjördis zog die Gardine zur Seite und sah hinaus.

Berta stellte sich neben sie. »Aber ich finde, sie bewegen sich ein bisschen beim Gehen.«

»Egal.« Hjördis ließ die Gardine wieder fallen. »Die Kürbisse im Garten gedeihen übrigens ganz gut«, fuhr sie fort. »Und die bewegen sich nicht.« Dann lachten sie und schlossen die Tür ab.

Als sie zu ihren Gärten zurückgingen, hörten sie schon von Weitem die Stimmen ihrer Männer.

»Diese verdammten Viecher!«, rief Gunnar.

»Hast du nicht noch ein bisschen Bier?«, meinte Konrad lachend.

»Nein, das brauchen wir selbst nach all dem, was passiert ist.«

»Haben wir neuerdings Nacktschnecken?« Berta suchte den Gartenweg mit dem Blick ab. »Das ist natürlich nicht schön, aber es gibt Schlimmeres. Aber steck bloß keine Zettel in irgendwelche Briefkästen und bitte die Kleingärtner, ihre Beete umzugraben, um die Nacktschnecken auszurotten, Gunnar. Du weißt, was dir sonst blüht: das Einkaufszentrum in Ullared.«

Gunnar lachte verlegen und ging in die Laube, um zwei Flaschen Bier zu holen.

Berta ließ den Schlüssel kreisen. Als Gunnar hustete, zuckte sie zusammen, woraufhin der Schlüssel davonflog und im Eimer mit dem Unkraut landete.

»Hast du dich verschluckt, Gunnar?« Berta riss die Augen auf und rannte ins Häuschen, um nach ihrem Mann zu sehen. Doch als sie seinen genervten Blick sah, ging sie wieder hinaus zu Hjördis. »Machen wir einen Spaziergang?«

»Gern. Heute brauchen wir aber keine Strickjacken.«

Die Männer setzten sich an den Tisch und tranken das Bier direkt aus der Flasche, während die beiden Frauen in Richtung Brücke davongingen.

»Merkst du, wie der bluhende Busch im Garten von Bertilssons duftet?« Berta lehnte sich über den Zaun. »So einen hätte ich auch gern.«

»Hoffentlich leben wir nächsten Sommer noch, Berta.«

Berta blieb abrupt stehen und sah ihre Freundin erschrocken an.

»Geht es dir denn nicht gut?«

»Doch, aber man weiß ja nie. Wir sind keine jungen Hüpfer mehr, Berta.«

»So was darfst du nicht sagen.«

Hjördis ergriff die Hand ihrer Freundin.

»Manchmal kriegt man Angst. Du etwa nicht?«

»Ich habe immer Angst … vor allem«, meinte Berta seufzend und drückte Hjördis' Hand ganz fest. »Es ist schön hier, findest du nicht auch?«

Ein paar Schmetterlinge flatterten in übermütigem Spiel vorbei. Der Kies knirschte, als die beiden Frauen über die Brücke gingen. Seite an Seite spazierten sie den Pfad entlang in den Sommer hinein.